L’insolite évasion de Sebastian Wimer

Du même auteur

Le Clos Lothar, Zulma, 2002, Prix du Jury Jean-Giono, Prix Emmanuel-Roblès
Orkhidos, Zulma, 2004
Le Fou de Printzberg, Anne Carrière, 2006
Le Contemplateur, Anne Carrière, 2007
La Nuit de Fort-Haggar, Seuil, 2009
L'Idole noire, Le Moteur, 2011
Sheridan Square, Seuil, 2012, Prix de la Ville de Deauville

Stéphane Héaume

L'insolite évasion de Sebastian Wimer

roman

serge safran
éditeur

www.sergesafranediteur.fr

ISBN : 979-10-90175-53-2

À la mémoire de Thomas Narcejac

À Trouville et au clos 44

MAX BRUCH
Kol Nidrei, Op.47

Les deux femmes s'étaient identifiées en une seule. Si ressemblantes dans la vie, plus ressemblantes dans la mort qui les avait faites de la même pâleur, il ne les distingua plus l'une de l'autre – unique visage de son amour.

GEORGES RODENBACH
Bruges-la-Morte

À l'horizon lointain
apparaît, comme un mirage,
la ville avec ses tours,
enveloppée dans le crépuscule.

Une brise humide ride
le miroir gris des eaux ;
d'un rythme mélancolique
le rameur fait avancer ma barque.

Le soleil, une dernière fois,
embrase le couchant
et me montre ce lieu
où j'ai perdu ma bien-aimée.

HEINRICH HEINE & FRANZ SCHUBERT
La Ville

PREMIÈRE PARTIE

Ville close

I

Les portes de la ville fermeraient dans sept jours. Je n'arrivais pas à me faire à cette idée. Devant moi, la rue était déserte, striée de grands blocs d'ombre qu'espaçait de loin en loin le halo des réverbères. Sur le chemin du cimetière, je ne croisai qu'un groupe de sans-abri se réchauffant autour d'un feu de fortune. Ils se frappaient les bras sous les arbres nus d'un square. Près des bancs s'entassaient leurs couvertures, des sacs, des bidons informes. Quitteraient-ils la ville, eux aussi ? Étaient-ils des nôtres ? Seules la peur, la fatigue allumaient leurs regards. Je remontai le col de mon manteau, accélérai le pas.

Une nuit pâle était tombée – une nuit abstraite tant la voûte étoilée semblait mimer le jour. Le grand froid annoncé n'était pas encore venu, ni la neige. Depuis la rue, on apercevait la cime brune et sèche du Karlottashory d'ordinaire enneigée à cette époque de l'année. Soit l'hiver serait doux, une première, soit tardif et d'autant plus rigoureux – ce que beaucoup d'entre nous redoutaient.

Je fus bientôt devant le portique de pierre de l'entrée du cimetière. De sa guérite, le gardien me lança un bonsoir machinal. Cela faisait trois ans qu'il était là, tous les soirs, à la même heure, dans son cabanon minuscule. Nous n'avions jamais parlé ; à vrai dire je n'y tenais pas. J'avais voulu faire de mes visites quotidiennes un pèlerinage silencieux.

Dans la demi-pénombre, le gardien venait de lever une main. Une voix timide me héla, accompagnée d'une bouffée de vapeur blanche. L'homme sortit de son refuge et s'approcha. Je découvris à quel point son visage était jeune, vingt-cinq ans tout au plus. Quinze ans de moins que moi.

« Monsieur Wimer, commença-t-il, hésitant. Je voulais vous dire… Nous fermons le cimetière ce soir pour une semaine. »

Il pointait de son gant les hautes grilles. Je ne fus pas autrement surpris qu'il connût mon nom : en ville, tout se savait – mes fonctions à la Fondation avaient fait de moi un personnage presque public. Il reprit :

« Je pars, Monsieur Wimer. Je ne devrais pas en parler mais j'ai confiance en vous. On n'a pas encore trouvé mon successeur. Il faut dire que personne ne veut cette place. J'aurais dû finir à la fin du mois, mais les sculpteurs ont terminé plus tôt.

— Les sculpteurs ?

— Vous savez bien… Le chantier de la section nord, la grande tombe... Ils ont terminé ce matin. Ils ont enlevé la bâche, paraît-il. »

Une brève émotion m'étreignit. Peu m'importaient ces sculpteurs ; je venais surtout d'apprendre que ce soir serait mon dernier soir. C'était inconcevable. J'avais encore à renouveler les fleurs, laver la dalle et murmurer aux pierres tant de choses. Sept soirs à venir, m'étais-je répété le matin même, imaginant l'éternité. Sept soirs à faire durer ; et voilà que ces instants m'étaient brusquement confisqués. J'avais compris que le jeune homme espérait de ma part une confidence sur un éventuel départ ; je m'en gardai bien, redoutant une trahison. Depuis plusieurs mois, tout était devenu possible dans l'enceinte de Karlotta-Pietra.

« Merci, me bornai-je à répondre. Bonne chance. »

Il s'était avancé presque contre moi. Ses grands yeux clairs me dévisageaient. Il me prit le bras.

« Vous partez, vous aussi ?

— Je ne sais pas.

— Personne n'ose parler de ça. Moi, je m'en fiche. Après tout, je n'ai rien à perdre. Si vous quittez la ville, vous penserez à moi ? Nous partirons ensemble ? Tenez, je vous donne mon numéro. Mon nom, c'est Leos. Vous m'appellerez ?

— Je n'ai pas encore pris ma décision. »

J'empochai la carte de visite, un peu agacé par son insistance dans laquelle pointait malgré tout une certaine détresse. Le jeune homme recula. « Pardonnez-moi, dit-il en baissant le regard. Je ne voulais pas vous importuner. Je croyais que… Vous savez, je ne vois pas grand monde par ici. Vous êtes le seul visiteur régulier.

— Bonne chance, Leos. »

Tandis que je le saluais de mon chapeau et pénétrais dans le cimetière, il ajouta :

« J'ai désherbé autour de la tombe de votre femme, ce matin, Monsieur Wimer. Pour vous. Et pour elle, bien sûr. Je pouvais au moins faire ça… »

Je ne me retournai pas. Il y avait maintenant quelque chose de suppliant dans sa voix. Il me héla encore, d'une voix plus forte. Ses mots se détachaient dans le silence :

« Je vais fermer dans dix minutes, Monsieur Wimer ! Il faudra sortir par la porte nord ! Au revoir, Monsieur Wimer ! »

Marchant plus vite, je levai la main en signe d'adieu. Le calme revint ; il n'y eut plus que le bruit de mes souliers dans l'allée. Je longeai les stèles familières pour la dernière fois – était-ce bien réel ? De toutes leurs branches protectrices, les arbres semblaient désormais prendre la relève de la garde, sentinelles plus sages que les hommes. La dalle sobre de Simon Capek, le monument à la gloire de la veuve Kalman (qui se souvenait d'elle ?), la rangée de petites chapelles votives aux grilles noircies, la colonne de marbre de Jacob Kreuzer, la fontaine au croisement des quatre secteurs, tout défilait de part et d'autre de l'allée dans un rythme solennel.

Sans doute n'oublierai-je jamais ces images, elles qui m'avaient accompagné depuis trois ans, depuis ce jour où ma vie, à l'image de celle de beaucoup d'entre nous, s'était brusquement figée dans le cauchemar.

Le bosquet de sapins était devant moi, à présent. Sur la droite, l'étroite allée conduisait au cyprès, au petit pigeonnier, à la tombe. Je marquai un arrêt. J'inspirai fort, très fort, l'air frais qui baignait toute chose.

Je demeurai longtemps immobile, épousant chaque seconde, calme, les yeux rivés au ciel. Un vol de mouettes passa sans un cri au ras du cimetière, étiré et diffus comme une voie lactée, ample, parfaitement dessiné ; il monta les pentes du Karlottashory puis décrivit une large courbe avant de piquer derrière la montagne, en direction de la mer.

J'avançais vers le pigeonnier, mesurant le son de chacun de mes pas, enjambant une branche tombée dans la journée, des pots de fleurs fanées, de vieilles ronces.

Combien de temps laisserait-on les réverbères allumés ? À qui incombait la tâche de faire le jour ou la nuit sur ces lieux ? Au jeune Leos ? Je cherchai là un prétexte pour retarder l'instant où je paraîtrais devant la tombe.

Ce qui arriva, cruellement. Je m'accroupis, arrangeai le bouquet de renoncules bleues déposé la veille, puis je caressai la couronne de tulle tressée de rubans de satin rouge, cette couronne souvenir du jour de l'enterrement.

Agathe WIMER
1981 – 2014

Sur scène, Agathe avait été une autre – mienne, mais offerte au public. Ici, elle serait pour toujours à moi. Je me relevai. Des rafales d'images et de musiques me traversèrent de plein fouet : l'orchestre illuminé dans la fosse de l'Opéra impérial, Agathe multipliant les prouesses devant le chœur de ballet ébahi, les décors ravissants d'une *Belle au bois dormant* historique. Ce soir-là, au terme de la représentation, Agathe avait été nommée étoile.

Les applaudissements emplirent le cimetière. Le visage rayonnant d'Agathe fut partout ; elle n'avait pas trente ans. Son visage si joyeux, plus tard, lorsque nos corps s'étaient retrouvés dans l'écrin de la villa pour célébrer cette victoire... Son regard bouleversant. Elle me l'avait promis : elle avait réussi. Toute la nuit, son énergie m'avait submergé.

Nous nous étions aimés jusqu'à l'aube. Elle avait alors quitté le lit. Son corps s'était glissé dans les lueurs jade du vaste salon. Ses cheveux dénoués formaient une longue frange soyeuse sur son dos nu creusé d'ombres. Elle avait longé la baie vitrée, s'arrêtant pour contempler la mer en contrebas avant de rejoindre la cuisine américaine où bientôt fumerait une cafetière.

« Tu viens, ce soir ? m'avait-elle demandé. Ce sera encore mieux qu'hier. Il y aura des ministres et une délégation étrangère, je vais leur en mettre plein la vue ! »

Elle s'était mise à rire. Le soleil dorait la montagne au loin, progressant vers le ciel strié de nuages roses. Bien sûr, je viendrais ! J'attendrais impatiemment la seconde à laquelle le prince l'embrasserait, l'instant où, se redressant dans son lit comme dans un songe, les yeux éclairés par le faisceau argenté d'une poursuite, elle hésiterait à rejoindre le sol, timides entrechats, avant de déployer sa grâce trop longtemps assoupie et d'enlacer le prince dans une valse envoûtante.

Les lumières de la scène s'éteignirent brusquement. Le visage d'Agathe disparut, et son corps, et ses yeux verts. Je me retrouvai seul dans la nuit du cimetière. Combien de temps étais-je resté ainsi ? L'espace d'un instant, j'épiai le silence, sans doute pour m'assurer de la réalité à laquelle j'étais revenu. Puis, m'agenouillant, j'effleurai le nom d'Agathe gravé dans la pierre glacée. Je lui adressai mes plus belles pensées ; je lui répétai que nous serions toujours unis, quel que fût mon nouveau port d'attache.

Par superstition – et bien que cette attitude me parût ridicule –, je me penchai et, longuement, j'embrassai le A de son prénom. Je frottai mes lèvres contre le grain de la dalle, soufflai sur cette lettre comme pour la réchauffer (c'était absurde), comme pour réveiller mon Agathe, la princesse Aurore, mon Amour que l'on m'avait ravi. Je demeurai cependant veuf avec le vide de sa mort. Il n'y a que sur la scène du factice que se dansent les contes heureux.

Dans un dernier geste, j'arrachai un morceau de tulle de la couronne et le glissai dans ma poche – dérisoire relique dont je jurai aussitôt de ne jamais me séparer.

Il était temps de partir. Je redoutai soudain d'être enfermé. Meurtri, je gagnai l'allée principale sans me retourner. J'avais maintenant hâte de retrouver Dimitri au Karlotta & Savoy, d'étudier avec lui les étapes de notre fuite. Passer à autre chose. Vite. Avant qu'il ne soit trop tard.

Me rappelant les paroles du jeune Leos, je rebroussai chemin pour rejoindre la sortie nord. Je quitterais la ville le cœur gros mais sans regret. Nous serions peu nombreux à nous rappeler ce qu'avait été Karlotta-Pietra, cette cité fortifiée que j'avais tant aimée. Son ancienne splendeur ne résonnerait plus qu'à la lisière ténue de nos mémoires affaiblies par la peur.

Le mur du cimetière apparut derrière les arbres. J'aperçus la porte étroite qui donne sur les remparts ; elle était entrouverte. Je m'apprêtais à couper à travers la pelouse lorsque je remarquai l'emplacement du chantier des sculpteurs. Une grande bâche était repliée sur le côté. Dans le fond, contre le mur, on avait planté un rideau de cyprès. Haute et large, la masse de la tombe s'avançait devant cette taie de verdure. Par curiosité, je m'approchai. Au-dessus de l'imposante dalle, les sculpteurs avaient dessiné un lit. Les draps ou la couverture de pierre semblaient retomber de part et d'autre. Dans ce lit, il y avait deux gisants. De loin, je devinai une femme allongée, la tête sur un oreiller, les mains croisées sur le ventre. L'autre silhouette, à sa gauche, était un homme à demi redressé sur un coude, un livre ouvert à la main ; il regardait son épouse endormie. Au sommet de la tête de lit se dressait une haute croix surmontée d'un ange. Un travail de sculpture monumental, presque exagéré, qui justifiait la durée exceptionnelle du chantier. Par un effet de réalisme saisissant, on distinguait les plis de la robe, les cheveux ramassés en chignon, la coupe riche du costume et jusqu'aux pages superposées du livre à jamais pétrifié.

Pénétrant la pénombre, je vins près des gisants pour toucher cette pierre qui était du marbre. La lueur du dernier réverbère, près de la porte, enveloppait les profils de l'homme et de la femme, faisant glisser sur eux un doux glacis vert sombre. Ils vivaient presque. Ils allaient se lever, me sourire, me parler.

Alors mon sang se glaça. Mes jambes, puis tout mon corps furent pris d'un frisson épouvantable : le visage de la femme allongée était celui d'Agathe ; celui de l'homme qui la veillait, tristement élégant, n'était autre que le mien.

La voûte du ciel bascula pour se mêler à ces visages – nos visages –, emportant tout avec elle, mon équilibre et ma raison. Voyant la porte du cimetière entrouverte, je me précipitai vers elle, suffocant. Je l'ouvris en grand, elle buta contre un pilier dans un bruit de tôle assourdissant, je la refermai à pleine force, inondé d'une chaleur qui brûlait mes poumons. Horrible vision. Porte funèbre. J'ignorais alors *sur quoi* je venais d'ouvrir cette porte ; et – surtout – *sur quoi* je venais de la fermer.

II

La façade du palace Karlotta & Savoy était presque éteinte. À l'exception des lanternes de la porte-tambour et du perron, aucun des projecteurs ne fonctionnaient, qui d'ordinaire inondaient de lumière le crépi jaune et blanc des douze étages, les balcons en encorbellement, les moulures et les médaillons gravés au sommet des tourelles. Ce n'était pourtant pas une panne de secteur : de l'autre côté de la grande place, la verrière Art nouveau du restaurant Le Paris était illuminée, tout comme la vitrine de la poste centrale, des banques et des magasins. Nous étions vendredi soir mais il y avait peu de monde. Je croisai des silhouettes emmitouflées, des regards plus suspicieux et inquiets que jamais. Mains enfouies dans mon manteau, tête baissée, j'entrai dans l'hôtel. Mes efforts pour atténuer ma panique depuis le cimetière n'avaient pas été vains : j'avais repris le contrôle de mon corps et m'étais composé un visage impénétrable, bien décidé à garder pour moi ce que j'avais vu. Dimitri ne devait rien savoir – pour le moment. La seule difficulté que j'aurais à surmonter serait de gagner du temps avant l'heure de notre fuite. Je voulais maintenant comprendre le mystère des gisants.

Comme d'habitude, il faisait une chaleur étouffante. Le groom me salua, les hôtesses d'accueil en tailleur bleu nuit m'adressèrent à l'unisson un mielleux « Bonsoir, Monsieur

Wimer ». Je ne m'attardai pas et grimpai l'escalier qui conduit au Sljet Bar. Aux murs s'alignaient les photos des derniers présidents, figés dans une pose arrogante qui transpirait l'orgueil et la duplicité. Hélas, nous ne verrions pas le jour où ces icônes seraient enfin brûlées. Jusqu'au grand départ, le mot d'ordre était « profil bas ».

À l'entrée du bar, posté derrière son pupitre de réservations, le vieux Grégoire en livrée m'observait par-dessus ses lunettes. Il s'inclina, me souhaita la bienvenue. Je m'arrêtai.

« La façade du Palace est bien triste, ce soir, Grégoire.

— Ah, Monsieur Wimer, je suis bien d'accord. Le Palace ne sera plus éclairé que le samedi soir. Décision du nouveau directeur. Pour des raisons d'économie. Imaginez la clientèle que nous allons perdre. Que voulez-vous, c'est ainsi. Monsieur Waltz est arrivé, il vous attend à votre table. »

Tendu de tapisseries, de dorures et de moquette bleu nuit, le Sljet Bar était, avec le théâtre autour duquel il s'enroulait, le plus bel endroit du Karlotta & Savoy. Ils avaient été nombreux, les ministres, hommes d'affaires et artistes à faire craquer le cuir des fauteuils club, à porter des toasts au-dessus des tables 1930, se comparant les uns les autres, guettant les célébrités, prenant la pose au passage d'un photographe. Lieu de rendez-vous prestigieux des intellectuels jusqu'à la fin du siècle dernier, le Sljet s'était peu à peu vidé de ses vedettes. Habituellement pris d'assaut, les box et les rotondes s'étaient dépeuplés. On ne prenait plus la peine de réserver. L'ennui avait gagné le vieux Grégoire. Notre monde chavirait.

La désaffection pour le Sljet avait été symptomatique du déclin de la ville, de la médiocrité dans laquelle nous étions en train de sombrer. Nous, c'est-à-dire ceux de Karlotta-Pietra. Ceux qui y étaient nés, ceux qui l'avaient rejointe. Ceux qui la défendaient, ceux qui la détruisaient. En quelques années, un poison s'était répandu dans la cité. Avec tout ce qu'il a de sourd, de ténu, il avait gagné les uns et les autres, les plus jeunes comme les plus anciens, sans jamais se déclarer. Ce n'était pas politique, ce n'était pas religieux ; ce n'était pas technologique, ce n'était pas social ; ou c'était peut-être tout cela ensemble. Mais c'était. *Ça* était. On ne pouvait le nommer. On se gardait d'en parler. Seules les mentalités trahissaient ce poison. Certains, qui longtemps avaient résisté, abdiquaient progressivement ; d'autres, par un sursaut de conscience, faisaient machine arrière. Les plus solides s'étaient barricadés derrière des valeurs tues – et donc inexpugnables. Mais le plus redoutable, dans ce lent naufrage, c'était que l'ennemi n'avait pas de visage et se tenait tapi derrière des habitudes qui trompaient le voisin.

Soucieux de circonscrire cette régression – ou, au contraire, planifiant son maintien (qu'en savions-nous ?) –, le gouvernement avait décidé, au nom du passé, de redonner à Karlotta-Pietra son statut de ville close. Rappelant les conflits dont elle était toujours sortie victorieuse, le président avait annoncé aux habitants cette mise en quarantaine sous prétexte de veiller au bien général. Fallacieuse promesse. Nous étions nombreux à ne pas être dupes. Notre peuple souffrait. Au lieu d'être soignés, nous serions à jamais forclos, privés de notre liberté derrière des pierres infranchissables. Il n'était pas question de se laisser emporter par ce vent au parfum éventé. C'était à croire que beaucoup n'avaient pas su tirer les leçons de l'Histoire.

Le Sljet était presque désert. J'aperçus Dimitri plongé dans la lecture d'un magazine. Sous la lumière tamisée, il me parut préoccupé. Ses nouvelles lunettes le vieillissaient. Je posai une main sur son épaule.

« Désolé pour mon retard, dis-je, m'asseyant à ses côtés.

— Ah ! répondit-il en me lançant son sourire de jeune premier. Ne t'en fais pas. J'admirais ma dernière publicité. La toute dernière ! »

Il me tendit la revue et replaça sa mèche bouclée sur son front, avec cette brusquerie familière qui lui donnait un air anxieux. Dans son costume sombre, il avait plus belle allure que jamais ; la perspective de notre départ semblait l'avoir ragaillardi.

« Qu'en penses-tu ? demanda-t-il à voix basse. Il fallait bien faire croire que je ne mets pas la clé sous le paillasson. »

Élégante et sobre, à son image, la publicité montrait un jeune homme de trois quarts sur une plage en complet veston aubergine, pochette blanche, visage tourné vers la mer. Une simple mention figurait au bas de la page :

Dimitri Waltz
Tailleur pour hommes
Successeur de Wimer & Kreuzer
Place de la République

D'une grande distinction, cette composition était fidèle à l'esprit de la maison que j'avais créée quinze ans plus tôt. Assistant doué, Dimitri avait apporté à ma ligne classique une touche de décontraction, parfois d'excentricité, qui faisait mentir l'apparence première de la coupe. Il avait su préserver les règles d'or de la haute couture, fuyant le prêt-à-porter, fidèle aux belles étoffes, au raffinement des finitions et à un personnel des plus dévoués. Celui-ci n'avait d'ailleurs pratiquement pas changé durant toutes ces années, attaché à mes pratiques et à mes manies qu'il s'était appropriées.

« Magnifique ! dis-je. Ta plus belle pub ! »

Puis, me penchant vers lui et murmurant presque :

« À la boutique, ils ne savent rien ? »

Nous appelions encore l'établissement « la boutique », bien qu'il se fût considérablement agrandi, le show-room occupant tout le rez-de-chaussée, les ateliers les premier et deuxième étages, et les bureaux le troisième.

Dimitri m'inspecta de son regard dc husky, hésita et finit par répondre :

« Non. Ils ne savent pas. »

Ses lunettes d'écaille rectangulaires lui donnaient un air sévère, un côté strict auquel je n'étais pas habitué. J'étais son aîné de deux ans mais, par esprit de compétition masculine et parfois par bravade, il s'arrangeait toujours pour avoir un temps d'avance sur moi. Ses lunettes à la mode en étaient la preuve. Comme je m'y attendais, il plissa les yeux – signe annonciateur d'un scoop :

« Ils commencent à vérifier les passeports. Tu veux boire quelque chose ?

— La même chose que d'habitude. »

Dimitri se tourna vers le bar et fit signe à un garçon en veste blanche.

« Le boucher de la rue Nourry s'est fait arrêter hier soir avec toute sa famille.

— Chez lui ?

— À la porte sud des remparts. Leurs papiers n'étaient pas en règle, paraît-il. En réalité, ils fuyaient. Une voiture bourrée de valises les attendait après le calvaire pour les conduire au port. Le chauffeur a fini par tout avouer, ils l'ont embarqué, lui aussi.

— De quel droit ?

— Complicité de fuite. Tu sais, ça va être de plus en plus compliqué. Dès qu'ils ont des soupçons ou qu'une tête ne leur revient pas, ils contrôlent. La nouvelle fleuriste du marché Kinsky m'a raconté qu'ils tabassaient ceux qui refusaient de présenter leurs papiers. Ils ont laissé pour mort l'avocat de l'affaire Di Maggio. Cette nuit même. On l'a retrouvé sur les bords du canal. Certains prétendent que c'est un suicide, mais ça n'est pas un suicide. Bien entendu, pas un mot dans les journaux. »

Le garçon prit la commande. De nouveau, Dimitri passa une main dans ses cheveux. Je savais bien que les choses ne s'arrangeaient pas ; cela allait pourtant plus vite que prévu. Dimitri ne me laissa pas le temps de réagir. Il dit, avec dans la voix une intonation définitive : « Nous devons partir plus tôt. Tu en conviendras. »

Je m'adossai lentement, allongeant mes bras sur les gros accoudoirs, et soupirai. La question n'était pas de savoir si nous étions prêts – car nous l'étions –, mais de mesurer les risques pris, heure après heure, à rester plus longtemps en ville. La vision des gisants ne me quittait pas. Le visage de pierre d'Agathe souriant dans la mort se superposait aux tapisseries du Sljet, aux bouteilles multicolores du bar, à l'ombre de Dimitri portée sur le cuir des fauteuils. Je sentais le morceau de tulle gonfler légèrement la poche de mon pantalon. Dimitri me regarda de biais, haussant les sourcils.

« Qu'y a-t-il ?

— Écoute, dis-je avec effort, cela fait deux nuits que j'y pense. Je crois que je ne suis pas prêt.

— Quoi ?!

— Je ne suis pas prêt pour partir plus tôt. J'ai des choses à régler pour la Fondation. J'y tiens. »

Il s'empourpra.

« Je veux être loyal jusqu'au bout, ajoutai-je.

— La Fondation ! La Fondation !... Ce sont des salauds, comme tous les autres ! Des vendus ! Ils seront les premiers à te dénoncer s'ils apprennent que tu quittes la ville. Oublie-les ! Ils ne sont pas des nôtres. De Bondt utilise tes talents mais il a toujours conservé le pouvoir, en bon sbire du premier ministre. Tu ne vas quand même pas mettre en péril ta liberté pour ces pauvres types ! »

J'observai un silence embarrassé. Il m'était impossible de partager avec Dimitri le seul argument valable qui me faisait ainsi freiner. Il avait haussé le ton ; je le sentais prêt à s'emporter – cela lui arrivait parfois. Ce n'était pourtant pas le moment de se disputer. Un groupe de touristes venait d'entrer, bruyant. Dimitri se résigna au calme. D'une voix plus basse, il demanda :

« Tu as besoin de combien de temps ?

— Je ne sais pas. Quatre, cinq jours, dis-je au hasard.

— Cinq jours ! s'exclama-t-il consterné en faisant claquer ses mains sur ses cuisses. Et moi qui pensais partir demain soir ! »

Cette précipitation me semblait malgré tout exagérée. Cela ne collait pas avec notre plan initial. Pour reprendre le dessus, je haussai le ton à mon tour.

« Enfin, Dimitri, pourquoi veux-tu changer les choses au dernier moment ? Ça fait deux mois que nous avons fixé notre départ, bordé la feuille de route. J'ai des affaires à boucler, figure-toi. Ou alors, explique-moi ce qui se passe ! »

Dimitri avait détourné son regard vers le fond de la salle. Son visage avait pâli et il se raidit dans son fauteuil. Puis, inquiet, croisant ses mains qu'il serra, il bafouilla :

« Oui, oui. Je vais t'expliquer. »

Je me retournai. À l'entrée du Sljet, une jeune femme assez agitée parlait avec le vieux Grégoire. Elle était grande et maigre, prise dans une veste de fourrure blanche serrée à la ceinture d'où s'échappaient les plis jaunes et noirs d'une jupe un peu trop courte pour la saison. Elle semblait parlementer tout en nous désignant. Le vieux Grégoire finit par la laisser passer. Fourrageant d'une main satisfaite dans ses longs cheveux, elle traversa le Sljet d'un pas ferme en avançant dans notre direction. Les touristes la dévisageaient. Elle souriait largement, mais ce sourire qui découvrait des dents abîmées par le tabac était forcé. Ses bottines aux lacets grisâtres et ses bas de grosse laine complétaient un bien étrange tableau. Où diable Dimitri l'avait-il dénichée ?

Comme je m'y attendais, et avant même de me saluer, elle se jeta sur lui en l'enlaçant de tous les poils de sa fourrure, me regardant avec insistance et gloussant d'une voix nasillarde :

« Dimitrrri ! Dimitrrri ! Dimitrrri ! »

Le très respectable couturier la repoussa timidement et, gêné, me la présenta :

« Olga Ismaïlova, dit-il en lui accordant un baiser dans les cheveux. »

Je pris mon air le plus affable pour sourire et me retins de ne pas lever les yeux au ciel.

« Sebastian Wimer », me bornai-je à répondre avec un petit signe de tête.

Alors elle se dressa presque d'un bond, mimant la stupéfaction. Avec un accent à couper au couteau, elle martela :

« Sebastian Wimer ! Sebastian Wimer ! C'est vous, Sebastian Wimer ! J'ai adoré costumes ! J'ai adoré chapeaux, vestes, habillage très luxe ! Honneur pour moi ! Honneur, merci !

— Olga cherchait du travail, s'empressa de préciser Dimitri

en me regardant de biais. Je l'ai embauchée il y a six mois. Elle fait un boulot remarquable. Nous sommes tous très contents d'elle.

— Ouiii ! acquiesçait ladite Olga en gonflant de joie les narines de son néz extraordinairement long. Travail ! Travail ! Dimitri très bon avec moi ! Très formidable ! »

Et elle caressait son faux vison en dévorant des yeux Dimitri, pleine d'admiration et de reconnaissance. Derrière mon sourire de circonstance, j'étais furieux. Pourquoi Dimitri ne m'en avait-il pas parlé ? J'avais toujours jeté un voile pudique sur ses goûts en matière de femmes – en constante contradiction avec son allure et sa distinction –, jamais pourtant il ne m'avait caché ses conquêtes, ou devrais-je dire ses lorettes. Avait-il eu peur que je ne remette en question notre départ ? Que je ne fasse cavalier seul ? Car je voyais déjà se dessiner les minutes à venir, le discours de Dimitri ; et je comprenais maintenant la raison de sa hâte soudaine, sa crainte d'une arrestation pour une fille qui n'avait pas de papiers, une Olga sauvée de la déroute et fourrée dans son lit, une âme sans repère qu'à son corps défendant il avait recueillie. Je reconnaissais bien là mon Dimitri. Seulement, l'avenir prenait une autre tournure. Et beaucoup plus risquée. Nous ne serions plus deux à fuir. Nous serions trois.

Alors, tandis que Dimitri s'apprêtait à me l'annoncer, le regard d'Agathe vint me chercher, implorant, depuis la pénombre des salons éteints, dans les motifs bleu nuit des tapisseries du Sljet. Il m'exhortait à me méfier de ce départ.

III

L'humidité du canal me glaçait les os. À vrai dire, ce n'était pas tout à fait un canal. Détourné de son lit originel, le fleuve, qui traversait d'est en ouest tout le pays, irriguait la ville depuis cinq siècles par la seule volonté des hommes. On avait mis près de dix ans à creuser ce chenal artificiel, trois ans de plus pour bâtir les berges monumentales qui le longeaient. Prenant sa source dans les hauteurs du Karlottashory, le fleuve se jetait dans la mer quelques kilomètres plus bas.

Des nombreux commerces qui, en ville, avaient fleuri sur les quais ne restaient aujourd'hui que les maisonnettes au crépi défraîchi, à demi abandonnées, aux balcons mangés par la rouille. L'ocre, le jaune, le bleu des façades avaient passé. Le dédale couvert des ruelles avoisinantes s'était transformé en abri pour les mendiants, les chiens errants. Un lieu pestiféré. On appelait cette partie de la ville Karlotta-la-Morte. Personne n'y mettait plus les pieds. À l'approche du pont de l'Impératrice, bien avant le lourd édifice du Musée national, les quais retrouvaient leur lustre d'antan. Les fontaines aux mascarons de pierre s'y succédaient dans un alignement parfait ; les réverbères étaient plus nombreux, les grands hôtels fleurissaient. Puis s'ouvrait le quartier des vieilles brasseries et des cafés aux vitres dépolies, dissimulé aux regards mais prisé des plus anciens. Avec Agathe, nous y avions nos habitudes. À la fin des représentations, nous allions chez Lecinge.

Dans l'atmosphère enfumée et bruyante de la grande salle, nous trouvions toujours une table où nous réfugier. Sanglé dans son mythique tablier, Lecinge venait nous embrasser, débarrassait les bocks de bière vides, secouait la nappe à carreaux rouge et blanc dans un grand éclat de rire et nous apportait un plat de krönzell auquel Agathe touchait à peine. Au plat national, elle préférait la délicieuse crème brûlée maison, picorant, s'amusant des derniers potins qui agitaient le corps de ballet. Parfois dans son regard filtrait une ombre de lassitude ; je sentais qu'elle aspirait à autre chose. Changer de troupe, de ville, peut-être. Ou de pays. Dans la lumière fauve, ses cheveux prenaient une teinte cuivrée. Ils disparaissaient dans le col de laine de son pull sous lequel elle était nue. Les hommes la dévoraient des yeux. Agathe faisait mine de ne pas s'en apercevoir. Et j'étais fier. Je la regardai, moi aussi. Je ne parvenais pas à m'extraire de cette contemplation qui était un ravissement. J'étais fort de l'immense confiance que nous nous portions, de ce plein amour qui nous enveloppait l'un et l'autre sans une ombre.

Ce soir-là, ayant quitté Dimitri, j'avais pris comme d'habitude le chemin de la maison, longeant par le quai le quartier insalubre. J'étais rongé d'inquiétude. Pour être honnête, cette Olga me déplaisait. Je faisais l'inventaire des multiples complications liées à sa compagnie. Quelle imprudence ! Dimitri me décevait, m'agaçait soudain. Pur égoïsme de ma part. Après tout, si nous pouvions aider cette fille…

Un frisson me parcourut. Des sanderlings volaient au ras de l'eau, sans un cri. Ils filaient comme des barques silencieuses, libres, traçant un chemin qui les conduirait aux remparts d'où, d'un battement d'aile, ils obliqueraient vers le ciel. J'accélérai le pas. Le dernier départ du funiculaire approchait. Il me restait un petit quart d'heure. Pourquoi avait-il fallu que, le même soir, les gisants et la lorette surgissent dans les rouages de notre fuite ? Pourquoi Dimitri avait-il attendu le dernier moment pour changer nos plans ? Pourquoi Agathe me hantait-elle de son regard inquiet ? Je sentais son souvenir m'étreindre en tremblant. De réverbère en réverbère, les vieilles maisons inhabitées défilaient dans une lumière sale, misérables garde-fous de mes pensées en berne.

Peu avant les dernières constructions du quartier abominé, le dessin du quai se modifie. La partie piétonne s'élargit. Par un escalier, on peut rejoindre la rue, faire surface dans un monde plus accueillant. C'est par là que, chaque soir, je prenais congé des eaux troubles et de ma mélancolie. J'étais incapable, d'ailleurs, de comprendre pourquoi j'avais élu ce parcours, sorte de passage obligé avant une renaissance quotidienne, comme si je me forçais à une plongée nauséabonde avant le retour à l'air frais. Comme si j'obéissais à une pulsion qui m'y précipitait. Il y avait bien des choses noires en moi que je n'avais pas encore évacuées et de sombres images dont je n'avais pas fait le deuil ; il eût été tellement plus sain de les exorciser autrement qu'en empruntant le quai de Karlotta-la-Morte.

La rampe de l'escalier était froide. La fatigue alourdissait mes pas. Je songeai au funiculaire, au bruit des portes qui se refermaient, à la tête du contrôleur derrière la vitre s'éloignant dans les hauteurs du Karlottashory, vers notre maison autrefois tant aimée et bientôt délaissée, ces Mouettes Noires qui figuraient dans les guides et dominaient la mer.

Au-dessus de moi, il y eut un crissement de pneus. Une voiture que je ne voyais pas venait de s'arrêter brusquement – tous phares éteints car nulle lumière n'était venue balayer le ciel ou les façades. Des portières claquèrent, puis j'entendis des voix d'homme véhémentes. Et soudain des cris étouffés, les cris d'une femme. L'instinct me fit monter les marches précipitamment. L'escalier paraissait interminable. Quelque part dans la rue, des coups sourds redoublaient, amortis par le mur de pierre. La femme gémissait plus qu'elle ne criait – elle avait été probablement bâillonnée. Je gravis chaque marche le plus vite possible, pris par une peur soudaine : n'allais-je pas me mettre en danger ? Mais il s'agissait-là d'un être humain que l'on molestait ; je n'avais pas à hésiter.

Parvenu au haut de l'escalier, je découvris ce que j'avais redouté. Dans la partie la plus sombre de la rue – ce renfoncement de la chaussée qui, d'un côté, longe le canal et, de l'autre, s'ouvre sur la place du Musée national –, une berline blanche s'était arrêtée en travers de la voie. Déterminés, deux hommes à demi penchés tabassaient un corps allongé sur les pavés. Ce corps se tordait. Ces hommes frappaient. Leurs coups de pied rendaient un son mat, emprisonné dans les vêtements de la victime. Je me figeai. L'un des deux agresseurs paraissait grand, jeune malgré des cheveux très blancs. Je distinguais mal le second, mince, qui disparaissait sous un manteau à capuche rabattue. Ils s'acharnaient. Les gémissements s'étaient espacés. Les contorsions aussi. Rien, pourtant, ne pouvait infléchir la violence des coups. L'homme à capuche tenait une sorte de matraque. La vision de Dimitri me rapportant les derniers agissements de la milice me traversa. Le véhicule n'était pas banalisé, cependant. Une action isolée ? Je ne pouvais rester sans rien faire.

D'une voix forte, je les apostrophai, leur hurlant de cesser. Ils furent surpris, je crois ; mais vifs. Les secondes qui suivirent furent fulgurantes : l'homme à la capuche s'engouffra aussitôt dans la voiture qu'il démarra. L'autre me scruta, comme pour retenir l'image de mon visage, et monta à son tour. Il avait le regard d'un loup, les pupilles aussi blanches que les cheveux, aussi pâles que son teint. Claquement de portière. La berline blanche opéra une marche arrière et, tandis que je courrais dans sa direction, accéléra avant de filer vers le pont de l'Impératrice, disparaissant derrière la haute masse du Musée national.

Révolté bien que – pour être honnête – soulagé, je me précipitai vers le corps inerte recroquevillé contre le parapet. La lumière du plus proche réverbère enveloppait ses vêtements d'un glacis vert d'eau. Le canal exhalait un parfum doucereux, cette odeur si troublante que l'on ne percevait qu'en hiver et qui ce soir prenait un sens étrange car souvent l'on disait qu'il sentait le sang frais. Je m'accroupis. Le visage de la victime était tourné vers la pierre. Tout, dans sa morphologie, indiquait qu'il s'agissait bien d'une femme. Les cheveux désordonnés recouvraient sa joue. Je posai une main sur sa nuque, appelai. Il y avait du sang sur le front. Contre toutes les règles de secourisme, j'imprimai à ce corps une forte pression pour le faire basculer à moi, le plus délicatement possible. La femme était seulement vêtue d'un gros pull-over et d'un jean, chaussée de ballerines de toile bleue. Pas de manteau. D'une main résolue, je dégageai son visage des cheveux collés. La femme gémit. Elle sembla encourager mon geste pour, de toute l'énergie qui lui restait, faire pivoter son dos, ses bras vers moi. Elle leva une main tremblante, comme pour agripper mon épaule ; puis, dans la lumière verte et le parfum du canal, son visage m'apparut. Je crus que les pavés, soudain, se trouvaient aspirés par les eaux, m'entraînant avec eux. Un sanderling cria dans son vol et je criai aussi. Cette femme, c'était Agathe.

IV

Qu'est-ce qui cogne ? Qu'est-ce qui tape contre mes tempes ? Qu'est-ce qui bat, me bouleverse et me brise ? Pourquoi mon cauchemar vient-il de s'effacer d'un seul revers du sort ?

Agathe retrouvée. Je lui ai parlé. Je lui ai chuchoté à l'oreille des mots connus de nous, les mots d'avant. J'ai vu la veine bleue frémir au creux de son cou. J'ai humé son parfum familier malgré la terre entrée partout. J'ai décelé la présence de son âme. Sans ciller. Agathe ressuscitée. Dans le silence, longtemps, j'ai pu la contempler. J'avais toujours su que cela arriverait – un jour. La pénombre du canal faisait descendre sur elle un masque de martyr.

Ce que j'ai fait par la suite, je ne sais comment j'y suis parvenu. Je l'ai soulevée. J'ai blotti mon visage contre le sien et j'ai porté son corps à travers les rues jusque chez Lecinge. Je me rappelle peu de choses. Le grand vide de la ville, l'horloge de la tour du pont de l'Impératrice qui marquait vingt-deux heures, les premières brasseries éclairées. Les chants qui traversaient les vitraux losangés des fenêtres bleues et jaunes. Puis l'impasse longeant le restaurant, la petite porte de derrière. C'est essoufflé que j'ai monté l'escalier pour atteindre la chambrette louée à Lecinge où, parfois, quand il était trop tard pour attraper le funiculaire, je m'écroulais au terme d'interminables dîners.

Je vois la silhouette trapue de Lecinge se figer dans l'encadrement de la porte, un torchon à la main – mon arrivée n'a pas été discrète, sans doute. Il lance vers Agathe un regard ahuri. Je l'ai allongée, inconsciente, sur l'un des lits. Je me suis étendu sur l'autre, tremblant, assommé comme un homme ivre. Lecinge panse ses plaies. Il me parle mais je ne comprends pas bien. Tout n'est que bourdonnement. À plusieurs reprises, sa voix forte m'intime un ordre. « Cache-la ! » Je cède à une fatigue trop puissante, impossible de lutter, je sombre, c'est une sorte de délire, le cumul d'émotions violentes que je ne peux affronter. Lecinge s'anime devant l'armoire. Il tient un petit carnet qu'il inspecte. « J'ai trouvé son passeport. »

Qu'est-ce qui cogne ? Qu'est-ce qui bat, me bouleverse et me brise ? Lecinge renifle. Toute l'ombre de sa silhouette s'avance sur moi. Il me secoue d'une main de géant. Il approche un passeport de mon visage et laisse tomber de sa voix de stentor : « Allez, Sebastian, du cran ! Lève-toi ! Elle s'appelle Kathrin Petersen, elle a vingt-sept ans. Elle n'est pas d'ici. »

C'est à ce moment que j'ai plongé dans une sorte de sommeil libérateur – le sommeil des naufragés à bout qui ont failli périr.

V

« Tu t'es remis à fumer ? »

Me tournant le dos, accoudé au parapet, Dimitri regardait la mer. Le soleil tissait dans son costume bleu nuit de grandes ombres claires. Une faible brise courait sur la terrasse le long des antholias au feuillage pourpre. Étendu sur ma chaise longue, je la sentais couler sur moi et cela m'apaisait. Le calme. Le repos. Le lent reflux de toute nervosité, de toute inquiétude. C'était ce que j'avais guetté depuis deux jours, deux longues journées durant lesquelles je m'étais soustrait au monde. Par chance, le temps toujours clément m'avait permis de m'installer sur la vaste terrasse des Mouettes Noires aux heures les plus douces. Le ressac et des parfums d'écume venaient bercer mes réflexions et ma rêverie.

« Tu n'es donc venu que pour me faire des reproches ? » demandai-je en écrasant ma cigarette dans un cendrier posé à même les dalles.

Dimitri délaissa le parapet, s'approcha. Derrière ses lunettes, c'était un regard fraternel et protecteur qui se posait sur moi. Il ajusta sa pochette blanche, leva la tête vers le ciel et, mains dans les poches, il se mit à tourner autour de ma chaise longue. Il se maîtrisait. D'une voix bienveillante, il dit :

« Écoute, Sebastian, je ne suis pas là pour ça, tu le sais très bien ; mais tu peux concevoir que deux jours sans nouvelles de toi… J'étais inquiet. Tu n'as même pas répondu à mes messages. Je t'ai attendu toute la soirée d'hier au Sljet. Tu sembles avoir complètement oublié le compte à rebours qui s'est enclenché. Comme tu as oublié ta promesse de partir plus tôt. Que se passe-t-il, Sebastian ? Tu te mures dans un silence incompréhensible, tu disparais, tu te remets à fumer et tu as mauvaise mine. Pourquoi ne me dis-tu pas ce qui se passe ? »

Dans le contre-jour, sa silhouette coupait le ciel. Je mis ma main devant mes yeux, aveuglé par le soleil.

« Arrête de marcher comme ça », me bornai-je à dire d'une voix lasse.

Il se planta aussitôt à ma droite. Son visage préoccupé se pencha vers moi.

« Hein ? fit-il de nouveau. Sebastian ! Pourquoi tu ne me dis rien ? »

Je ne répondis pas, regardant derrière lui la façade abîmée du vieux sanatorium auquel s'adossaient les Mouettes Noires. Le contraste des deux architectures m'avait toujours fasciné – l'immense bâtiment aux allures gothiques construit du temps de l'empereur Pierre VII, aujourd'hui à l'abandon, et, comme suspendue dans le vide, la villa en V des Mouettes Noires, tout en verre fumé et structures de métal. Seule la terrasse de pierre constituait un trait d'union entre l'ancien et le moderne, le passé et le présent – une proue rassurante amarrée à la falaise.

« Tu as pris des calmants ? » poursuivit Dimitri.

Finalement, ces deux architectures, c'étaient Dimitri et moi. Lorsque je préparais des collections un peu trop classiques à son goût, Dimitri ne pouvait s'empêcher de hausser les épaules en soupirant : « Cette année encore, nous aurons un défilé très sanatorium de l'empereur... » Et il s'empressait de me proposer des ajustements moins « ringards », comme il disait, que j'approuvais toujours après de feintes hésitations.

Devant mon silence persistant, Dimitri se remit à faire les cent pas, de long en large, cette fois.

« Bon, fit-il d'un ton calme mais ferme. Je résume la situation. Voilà six mois, devant le durcissement de la politique et la montée d'un nationalisme qui ne dit pas son nom, nous évoquons toi et moi un possible départ pour monter ailleurs une affaire. Il y a trois mois, le gouvernement décide de fermer les portes de la ville pour lui redonner son statut de ville close indépendante, assurant son autarcie comme du temps de l'impératrice. Ce qui signifie pour beaucoup la fin des relations commerciales avec le reste du monde, et pour nous la fin des défilés à New York, Paris, Tokyo, Berlin et j'en passe. Nous décidons de partir tous les deux avant la fermeture des portes dont la date est fixée à samedi. Entre-temps, je t'avoue une liaison avec une petite qui n'a pas de permis de séjour – d'accord, j'aurais pu t'en parler plus tôt – et te demande si l'on peut avancer notre départ avec elle pour ne prendre aucun risque vis-à-vis d'une milice mafieuse qui s'en prend aux étrangers avec violence. Et là, hop, tu disparais ! Mais pourquoi, Sebastian ? Pourquoi, bon sang ? Dis-moi ! Attendre, c'est s'enferrer. Le piège va se refermer sur nous. Et samedi, clac ! Il sera trop tard. »

Il y eut un long moment durant lequel nous nous observâmes. Des oiseaux descendaient en escadrille des hauteurs du Karlottashory vers la mer. Dimitri avait croisé les bras. Attendre, c'est s'enferrer. C'était une expression qu'il employait souvent. Les antholias dissipaient des effluves poudrés. J'allumai une nouvelle cigarette et finis par parler.

« L'empereur a attendu, lui », dis-je simplement.

Dimitri fut surpris de ma remarque. Il riposta aussitôt :

« Parce qu'il était amoureux. Pas par tactique.

— Je ne le crois pas, figure-toi. Par stratégie aussi.

— Ses Mémoires prouvent le contraire.

— Mémoires apocryphes, comme chacun sait.

— C'est un coup de chance s'il a réussi à déjouer les plans adverses. S'il n'avait pas attendu, il y aurait eu beaucoup moins de morts dans cette ville maudite.

— Ne t'emporte pas. L'empereur a retenu la leçon du cheval de Troie et se l'est appliquée, mais à l'intérieur de son propre empire. Au lieu d'y entrer, il est resté.

— Son amour pour la princesse Karlotta a pourtant joué un rôle décisif. Et lorsqu'elle fut impératrice, elle l'a reconnu.

— Soit.

— Tout ça, c'est du passé. Nous sommes au vingt et unième siècle et cela fait longtemps qu'il n'y a plus ni empereur ni impératrice.

— La nature des hommes n'a pas changé.

— Cela ne justifie en rien ton attitude des derniers jours. »

Je tirai une bouffée sur ma cigarette et libérai lentement la fumée, savourant par avance les minutes qui allaient suivre ; car, depuis deux jours, j'avais eu le temps de réfléchir, de clarifier mes idées et – surtout – de prendre une décision.

« Bien au contraire, dis-je en acquiesçant. Que m'as-tu répondu lorsque je t'ai fait remarquer que l'empereur avait attendu ? »

Dimitri eut l'air ahuri.

« Qu'il l'avait fait par amour. Tu as rétorqué que c'était aussi par stratégie.

— Eh bien, il s'agit exactement de cela. Je me suis tu par amour et par stratégie.

— Que veux-tu dire ? »

De nouveau, j'écrasai ma cigarette – et cette fois me levai.

« Suis-moi, dis-je en souriant. Tu vas comprendre. »

Nous rentrâmes dans la villa par les hautes baies entrouvertes. Rien, dans le salon rangé et propre, ne pouvait laisser deviner les heures difficiles qui avaient suivi mon retour. Il faut dire que Lecinge m'avait aidé. Les grands draps de lin recouvraient les canapés, masquant les auréoles indélébiles que le sang avait laissées. Plus de traces non plus du verre à whisky que j'avais maladroitement brisé après plusieurs rasades imposées par Lecinge pour tenir le coup. Le calme des Mouettes Noires avait repris ses droits. Un calme illégal – je le savais bien.

Sans poser de questions, Dimitri me suivait. J'avais le sentiment que, dans notre petite compétition légendaire, j'avais l'avantage. Nous traversâmes le deuxième salon, la salle à manger où trônait la lourde table de verre – que de merveilleux dîners nous y avions donné ! – puis mon bureau, cette pièce pleine d'une atmosphère qui avait toute ma prédilection. Devant la vitre – sorte d'archère large et basse qui s'ouvrait sur un ruban de ciel –, la table de travail dessinée par mon père déployait ses tablettes chargées de livres et de croquis. Peu de temps avant son exil soudain et volontaire, il me l'avait donnée, insistant, « cela me fait plaisir, de créateur à créateur ». Il savait que l'heure de son départ était proche. Son plan était arrêté et sa dernière, mystérieuse lettre sans doute déjà écrite, prête à être déposée sur son bureau.

Aucun rapport avec les difficultés rencontrées sur le chantier. Les jaloux qui sourient déjà sont priés de s'adresser ailleurs. J'ai mené mes batailles comme je l'entendais. Je n'ai pas à rougir de mes victoires. Il en reste une, peut-être, qu'il me faut remporter – quelque part, dans le silence, loin, à rebours des tentations. Je me serai alors accompli entièrement.

Nicolas Wimer

Depuis lors, il m'avait envoyé trois cartes postales laconiques dans lesquelles je ne parvenais pas à mesurer la part d'affection paternelle et la part de mélancolie qui les avaient dictées. Toutes provenaient du Maroc. C'était là notre seule certitude.

J'ouvris la porte lambrissée qui jouxtait la bibliothèque et donnait sur un passage reliant les Mouettes Noires à l'aile ouest du sanatorium. Ce large couloir dont les parois étaient faites de pierres imbriquées dans des poutres de bois avait été conçu pour encaisser les mouvements du terrain, véritable tampon entre les deux bâtiments. C'était le seul endroit aveugle de la maison qu'éclairaient de vieilles lanternes datant de l'époque de Pierre VII.

« Tu es bien mystérieux, fit remarquer Dimitri. Où allons-nous ?

— Nous y sommes presque. »

Le sanatorium imaginé par l'architecte de l'empereur avait fait la part belle aux dépendances. De chaque côté du bâtiment principal où s'étageaient les terrasses et les chambres, un théâtre de plein air, des bains et des jardins d'hiver avaient été aménagés. Tapis dans l'ombre de la pierre le matin, ils étaient inondés de soleil jusqu'au crépuscule. En hiver, la vapeur des bains se mêlait à la brume du soir, cette brume qui enveloppait le Karlottashory avant de descendre en nappes successives sur la ville et de glisser sur les eaux du canal, lourdes et lentes, telles des volutes de soufre.

Ce n'était pourtant pas là que je conduisais Dimitri. De ce qui avait pu être sauvé du sanatorium lors de la tentative de rénovation, vingt ans plus tôt, seul demeurait intact un écrin auquel mon père avait donné la priorité, un lieu de songe qui bien longtemps avait été notre plus beau refuge. Une haute porte de chêne doublée d'une paroi de verre en marquait l'entrée, encadrée de deux piliers sculptés aux armes de l'empereur et surmontés d'une tête de sanderling en pierre rousse. C'est cette porte que j'ouvris, la faisant coulisser dans le mur aussi épais que celui des remparts de la ville, avec un roulement gras.

À l'éblouissante lumière qui nous inonda se mêlèrent mille parfums délicieux. J'invitai Dimitri à entrer. Il avait l'air émerveillé. Devant nous se déployaient les arcades d'une volière aux proportions démesurées. Le verre et le métal étaient partout. Le soleil, le bleu du ciel et la lave argentée de la mer nous avalaient. Volières dans la volière, une multitude de cages au dessin baroque surgissait d'une végétation semblable à celle d'une serre. Des fleurs à profusion. Des palmes qui nous dépassaient. Des lilas, des bambous et des ifs. Des colombes dans les volières. Des crinières de bougainvilliers tombant en pluie le long de treilles entrelacées. L'air était doux. Un sol de béton brossé rampait sous les fougères, chaud, absorbant toute réverbération. Cette volière, c'était le printemps dans l'hiver ; la vie dans la muraille aride ; la paix au-dessus des tumultes. Tel avait été le souhait de l'empereur. Tel le refuge de l'impératrice. Tel celui d'Agathe quand nous avions emménagé.

Muet, Dimitri contemplait. Si je lui avais caché jusqu'ici ce lieu, c'était par respect pour Agathe qui souvent m'avait reproché de partager trop de choses avec lui. Elle n'était pas jalouse mais protégeait ses rêves de danseuse. Cette volière, c'était la grâce, le symbole de son art et son île intérieure ; sa façon de se désenchaîner d'un monde à l'abandon.

J'entraînai Dimitri à l'avant de la volière, vers la façade. Derrière une taie de verdure, sur une petite estrade, il y avait un lit à baldaquin, face à la mer. Agathe l'avait fait installer. Elle aimait y lire des journées entières et s'y reposer avant les représentations. « Mon lit de Belle au bois dormant », plaisantait-elle. Elle ne croyait pas si bien dire. Nous nous approchâmes. Et ce n'est plus de l'émerveillement que je lus sur le visage de Dimitri, c'est de la stupéfaction.

Allongée sous un drap de lin clair, Agathe dormait, les bras le long du corps. Autour d'elle, des vases regorgeaient de tulipes rouges et de renoncules jaunes – ses fleurs préférées. Je les avais commandées la veille, je les avais disposées avec le plus grand calme, acceptant l'inconcevable réalité.

Quelques heures plus tôt, Lecinge avait tout pris en main, ou presque. Abattu, sonné par le whisky, je m'étais couché dans mon lit, m'en remettant entièrement à lui. C'était Lecinge qui nous avait ramenés dans sa voiture, lui qui, de toute sa force placide, avait porté Agathe dans le salon, avait lavé sa tempe et bandé son oreille. C'était lui, encore, qui l'avait auscultée – souvenirs de l'ancien médecin reconverti. « Le seul médecin sur terre qui soit passé du stéthoscope à l'escalope », répétait-il à l'envi aux nouveaux clients du restaurant (à vrai dire, entre deux services et les jours de fermeture, il exerçait encore, en secret, auprès de *happy few* fortunés qui comptaient parmi eux la cantatrice Deborah Valmont). C'était encore lui qui avait ôté les vêtements d'Agathe pour lui en passer des propres. J'en avais été incapable – c'avait été au-dessus de mes forces. De mon lit, je n'avais pu que désigner la penderie où il trouverait une chemise de nuit. C'était enfin lui qui m'avait dit, en me quittant :

« Appelle-moi demain quand ça ira mieux. J'ai fait ça pour toi, parce que tu me l'as demandé, mais si tu veux mon avis, tu t'es fourré dans un sacré pétrin. Cette fille n'est pas Agathe. Je te laisse son passeport sur la table de nuit. À demain, Sebastian. Officiellement, j'aurai tout oublié. »

Dimitri s'était approché du lit, se penchant un peu. Il avait porté une main à son front et ne cessait de murmurer : « Mon Dieu, comment est-ce possible ? Comment est-ce possible ? »

Il voulut toucher l'épaule d'Agathe. Dans un élan que je ne m'expliquai pas, je le retins.

« Non, dis-je doucement. Non, je t'en prie. »

Il se releva. Son eau de toilette poivrée se mêlait aux fragrances des fleurs. Il resta ainsi un long moment, pensif. Puis, d'une main amicale, il me prit par la nuque, avec dans le geste quelque chose de compatissant – cette énergie timide que l'on diffuse aux proches d'un mort à la fin des obsèques. Une énergie de condoléances. Mais Agathe n'était pas morte. Elle ne l'était plus. Elle venait de renaître.

Dimitri, alors, m'observa derrière ses lunettes où se reflétaient le ciel et la courbe des armatures. Il eut un moment d'hésitation et je vis bien dans ses yeux qu'il était embarrassé. Je compris aussi pourquoi il m'avait dispensé son étreinte de cette façon-là. Il avait le même regard que Lecinge.

VI

En rentrant de la Fondation ce soir-là, trois ans plus tôt, dans le wagon du funiculaire qui montait vers les Mouettes Noires, un mauvais pressentiment m'avait traversé. Nous étions dans ces jours qui précèdent le solstice d'été, le soleil dorait la ville en contrebas, pourtant c'était un hiver sans fin qui s'abattrait bientôt sur moi. Les eaux du canal miroitaient ; ses courants traçaient des arabesques gris de lin, emportant dans un murmure étale la rêverie des promeneurs à la dérive. Il faisait chaud. Le pont de l'Impératrice, posé entre deux rives, semblait une maquette – à l'image du Musée national, ce menhir renversé autour duquel s'affairaient des fourmis. L'église St Havla dressait son clocher à peigne et ses lauzes rouges à la proue de la grande place, tournée vers la mer et les remparts qui la séparaient d'elle. Et puis, non loin du Karlotta & Savoy, j'apercevais ce petit bijou baroque qu'était l'Opéra impérial ainsi que, plus près de moi, dans les Jardins Pierre VII qui le jouxtaient, la foule des manifestants, serrée, moussue comme une écume noire. Elle était là, cette foule, toutes pancartes et banderoles brandies, scandant ses slogans au milieu des parterres d'aubépines. Beaucoup d'artistes, de gens du spectacle, des troupes de professionnels qui reprochaient au gouvernement de ne plus embaucher d'étrangers – ne fût-ce que pour un seul cachet. Se couper des gloires internationales, se replier sur les seuls talents nationaux, c'était éteindre le rayonnement de leur art et mettre en péril la richesse de tout projet. Appauvrissement général. L'Opéra avait ainsi exclu du corps de ballet les ressortissants étrangers – au mépris de toute carte de séjour valable – et déprogrammé la venue de Sergueï Onofreï pour danser un *Roméo et Juliette* qui s'annonçait historique. Le précédent directeur de l'Opéra – qui jusque-là avait résisté – avait été débarqué en pleine saison musicale. Le gouvernement avait placé depuis un suppôt mielleux, bien plus docile.

À mon arrivée, la villa était déserte. Je m'attendais à y trouver Agathe préparant sur la terrasse la table du dîner ; les baies vitrées, pourtant, étaient fermées. Sur le lit, je trouvai un mot rédigé de sa main – quelques lignes qui ne m'ont pas quitté depuis.

Mon Amour,

Tu vas me gronder, je sais, tu ne voulais pas que j'y aille ; mais il est de mon devoir de défendre la profession. Je ne rentrerai pas tard. J'ai demandé au traiteur de nous livrer un bon dîner pour vingt heures. D'ici-là, rejoins-moi, si tu veux. Je blague. Je t'aime.

Ton petit cygne.

Son obstination me mit en colère. Si sa démarche était noble, je lui avais pourtant répété vingt fois qu'une telle prise de position ne pouvait que nuire à sa carrière. Elle ne voulait rien entendre. Elle se défendait avec douceur et fermeté. J'avais maintenu mon total désaccord. Elle n'avait pas à se rendre à cette manifestation.

Je jetai ma veste sur un canapé dans un geste d'exaspération. Puis, après m'être servi un grand whisky, j'allumai la télévision. Le présentateur de la chaîne d'information continue commentait justement l'événement – arguments bien pensants à l'appui. Des images de la foule tournaient en boucle. Une photo de Sergueï Onofreï, une interview du nouveau directeur de l'Opéra, les manifestants à nouveau. « Et dire qu'Agathe est là-dedans ! », me répétais-je consterné. Je bus une gorgée. J'allais éteindre cette affreuse litanie lorsque je perçus très distinctement ceci qui me glaça le sang : un coup de feu. Puis des cris. Ce n'était pas autour de moi. C'était dans le poste. D'autres coups de feu retentirent. Le présentateur se mit à bafouiller. Les caméras zoomaient sur les manifestants. Ça hurlait et courait en tous sens. Certains avaient des armes et ripostaient contre un invisible agresseur. Je lâchai un juron et, d'un bond, sortis de la villa, courus vers le funiculaire tout en appelant Dimitri.

« Allô ?

— C'est moi. Tu as vu ce qui se passe ?

— C'est terrible.

— Agathe est là-bas.

— Quoi ? Mais elle…

— Fonce ! Va la chercher. Je suis là-haut. Je saute dans le funiculaire et j'arrive.

— J'y vais, Sebastian. J'y vais. Je te rappelle. »

Le funiculaire s'apprêtait à partir. Je bondis à l'intérieur, seul avec le conducteur – un nouveau – dont le regard affolé m'interrogeait.

« Ma femme est en bas !, hurlai-je. Vite, vite !

— Mon Dieu ! fit-il en fermant les portes. Je ne peux pas aller plus vite que la vitesse autorisée, vous savez. »

Il n'y pouvait rien, en effet, mais je le maudis quand même. Le wagon s'ébranla. Je me postai à l'avant, contre la vitre. Mes doigts agrippés à la barre de bois rouge. La ville paraissait assoupie et pourtant, du wagon, j'entendais les cris, les coups de feu qui ne cessaient pas. Je trépignai. J'en voulais soudain terriblement à Agathe. Ces minutes, ces onze longues minutes étaient un cauchemar. Je rappelai Dimitri. Il ne décrocha pas. En bas, les maisons et les rues grossissaient. Le toit de l'Opéra impérial était nettement visible, les cintres, et tout autour, les jardins. Ces jardins étaient clos par des grilles noires à flèches dorées. Je distinguai la foule, comme divisée en deux masses. L'une qui s'éparpillait, cherchant à rejoindre l'entrée principale. L'autre qui avait formé une sorte d'essaim et qui reculait devant un groupe d'hommes armés de mitraillettes. Je les voyais bien, à présent. Ils portaient un uniforme noir, des casques que je n'avais jamais vus. Ils braquaient cet essaim. Certains s'étaient couchés à terre. D'autres s'enfonçaient sous la menace vers le fond du jardin, se rapprochant des grilles, pris au piège, encerclés.

Le wagon poursuivait sa pénible descente. Plus que cinq minutes. La ville était presque à moi. Je n'aurais qu'à traverser l'avenue Capek, me précipiter vers le jardin et retrouver Agathe. Mon souffle graissait la vitre devant moi. Les visages, maintenant, se dessinaient. Je cherchai Agathe avec le regard d'un fou. Bêtement, je criai son nom, seul avec ma peur et dans l'odieux wagon. Elle ne pouvait pas m'entendre, bien sûr ; et soudain il y eut cette vision, ce bruit atroce : les hommes en armes firent feu. Ce n'était pas des revolvers, je l'ai dit, c'étaient des mitraillettes. Ils tirèrent par rafales sur les manifestants.

Au comble de l'angoisse, je vis brusquement parmi eux la silhouette d'Agathe. Elle portait son jean et son polo blanc. Elle avait levé les bras en signe de reddition, se précipitant avec d'autres vers les grilles. Je hurlai. Les mitraillettes se turent un instant.

Des corps jonchaient maintenant les parterres, les allées. C'était un assassinat général, un acte de guerre civile qui éclabousserait et la ville et la nation. Agathe venait d'atteindre les grilles. Ils étaient une poignée à ne pas être tombés. Dans un élan commun – avec l'énergie de la dernière chance –, ils grimpèrent sur le muret et entreprirent d'escalader les grilles. Agathe se cramponnait. Le soleil éclaira ses cheveux, son visage terrorisé tourné vers moi ; mais elle ne me voyait pas. Je hurlai encore. Il y eut des ordres, un avertissement crié qui me parvint de façon très audible. J'aurais pu toucher l'Opéra de ma main. Il y eut une salve. Agathe enjambait la grille, souple. Comme tu devais trembler, mon petit cygne ! C'était cri sur cri, coûte que coûte, un à-Dieu-va désespéré qui recelait peut-être une part de chance. Cette part, hélas, était mince. De nouveau, les hommes firent feu. Un tir bref. Mais qui porta. Agathe fut projetée au-dessus de la grille et, comme soulagée, elle retomba sur les pointes d'or qui traversèrent son corps de part en part ainsi que des lances inflexibles. Puis tout se tut et je m'effondrai sur le plancher du wagon qui achevait sa descente.

VII

Les portes de la ville fermeraient dans trois jours. Peu à peu, m'isolant aux Mouettes Noires, je glissai vers cette évidence : rester. Un calme inexplicable me gagnait. Des images du passé me traversaient pour se désagréger aussitôt, me confortant dans ma certitude. Je me détachai de mes craintes ; les choses de ce monde étaient à leur place ; mes mouvements et ma confiance en l'avenir étaient accordés à la lumière du ciel, frais et mystérieux. Même la présence d'Agathe participait de cet élan. J'avais toujours su qu'elle reviendrait d'entre les morts.

Après le départ de Dimitri, j'étais retourné à la volière. Assis dans un siège de jardin face à la mer, je m'étais mis à parler à Agathe endormie. À voix basse. Longuement. C'était une sorte de mélopée qui n'avait que peu de sens, sinon celui de ma présence, de ma voix qui, peut-être, lui parviendrait. Si Lecinge m'avait rassuré sur l'état général d'Agathe, il était resté perplexe devant son sommeil. « Il faudrait faire des analyses, Sebastian. C'est la seule façon de détecter la présence de drogues. » Pour cela, il aurait fallu prendre la direction de l'hôpital – ce que je ne voulais pas – ou que Lecinge s'impliquât totalement dans mon secret en procédant lui-même aux tests – ce qu'il avait formellement refusé, de peur d'être complice. Je m'en tenais donc à cette seule interprétation : avant d'avoir été tabassée, Agathe avait absorbé un puissant somnifère – ou on le lui avait administré. Elle finirait bien par se réveiller. Et par parler. Agathe ? Kathrin Petersen ? Je pensais à l'expression embarrassée de Dimitri, de Lecinge. Ils n'avaient toujours côtoyé qu'une Agathe maquillée, apprêtée. Aujourd'hui, c'étaient un visage et un corps sans fard, marqués par les coups et la fatigue qu'ils avaient vus. N'étais-je pas le seul à pouvoir la reconnaître ?

Ce n'est qu'au crépuscule que je me décidai à faire céder mes doutes. Un autre que moi eût été plus prompt. Mais la peur de renier mes principes et surtout de découvrir que, peut-être, je me trompais, m'avait jusque-là retenu. Avais-je le droit moral d'agir de la sorte ? Non. Je me l'octroyai. Avais-je le droit physique d'interroger l'intime ? Non plus. Je m'en emparai.

La volière s'était peu à peu désilluminée du jour, gonflant ses ombres qui bleuissaient sous les palmes. La ligne pourpre de l'horizon se fondait dans le lavis d'une mer sans houle. Et pourtant la lumière qui enveloppait Agathe avait été comme préservée : des lueurs argentées se réfléchissaient dans deux psychés installées au petit matin de part et d'autre du lit. Lecinge avait également posé au sol plusieurs lampes, des sphères opaques et blanches qui éclairaient d'un halo sous-marin les colonnes du baldaquin.

Je m'approchai d'Agathe. Malgré les contusions, elle offrait un visage paisible. Ses cheveux dessinaient sur l'oreiller des arabesques brunes, brillantes, des algues déposées par une marée à peine retirée. Les ombres soulignaient sur sa gorge le trait d'une veine qui palpitait. Et ses joues apâlies par un sommeil de conte se marbraient un peu. Cousu d'un délicat motif lilial, le drap de lin frémissait à sa respiration – une respiration lente, ample, silencieuse ; cela avait quelque chose de rassurant.

Avec mille précautions, je soulevai ce drap. Agathe était

presque nue. Elle n'était vêtue que d'une culotte et d'un soutien-gorge. Lecinge ne lui avait pas passé de chemise de nuit, et soudain je lui en voulus terriblement d'avoir déshabillé mon cygne, de s'être complu, peut-être, à faire glisser sur son corps abandonné les étoffes souillées par sa chute avant de lui enfiler, avec une lenteur sans doute mesurée, ce qui la protègerait du regard des autres, de mon propre regard ! Pourquoi ces sous-vêtements ? Autant qu'elle restât nue ! Avait-il voulu préserver l'intimité d'une femme dont l'identité lui paraissait incertaine – bien qu'il fût catégorique ? S'était-il préservé lui-même d'une possible tentation pour se donner bonne conscience ? Je ne lui connaissais pas de liaison ; j'ignorais tout de son passé ; le pire pouvait être envisagé. Je ne pouvais oublier la façon dont il regardait Agathe lors de nos dîners dans son restaurant.

Je m'égarai. Pourquoi prêter à Lecinge des intentions qui ne l'avaient probablement pas traversé ? La jalousie pointait son nez. Mon sauveur s'était tout simplement préoccupé de maintenir intacte à mes yeux la dignité d'une femme qui n'était pas Agathe, mais Kathrin Petersen.

Des effluves de lilas flottaient dans l'air. Ah, ce corps ! Mon Dieu, ce corps ! Comment pouvais-je me tromper ? Combien de fois l'avais-je pris dans mes bras, caressé, embrassé, contemplé ? Un frisson me parcourut. Agathe venait-elle de bouger ? Ce frémissement à son bras… Non. Illusion, désir larvé. Je me penchai sur elle, respirai sa peau qui sentait le lait, cette peau immaculée, sans marque, sans aucune tache de rousseur qui pût présenter un repère, un signe de son identité. Ses mains, quoique écorchées, étaient bien les siennes, fines et peu veineuses, même si les doigts paraissaient gonflés – les coups, sans doute. Je remarquai ses ongles très blancs, manucurés – ce n'était pas dans ses habitudes ; mais après tout… Que s'était-il passé depuis tout ce temps ? Agathe ! Je ne pus résister, embrassai son épaule, son cou, murmurant son nom. Et puis, je vis la longue cicatrice au thorax. Une boursouflure verticale sous le sein qui descendait jusqu'au ventre. Un filet d'écume prolongeait sa chevelure, indélébile, figé dans la chair. Je couvris de baisers cette preuve irréfutable, un miracle, la trace des grilles du jardin de l'Opéra, la trace de son dernier saut. Oui, que s'était-il passé après ? Comment Agathe avait-elle disparu ? Je tirai le drap de batiste et regardai ses pieds. Des pieds de danseuse, cela ne trompe pas. Je les avais soignés, massés, je les avais enduits de crèmes et de baumes. Ce n'est pas sans émotion que je les pris de nouveau dans mes mains. Ils étaient couverts d'ecchymoses et barrés de cicatrices. Des points de suture couraient du talon aux orteils. Les ongles avaient été comme redessinés, gauchement polis. Une intervention chirurgicale des plus grossières. Mon petit cygne, que t'avait-on fait ? Je fus pris de tremblements. La fièvre me gagnait. Ce corps m'était familier et cependant, malgré la plaie refermée du thorax, un doute ténu s'insinuait en moi. Infime, mais cruellement là. Je devais lutter. Non, c'étaient bien son visage, sa peau, sa pâle carnation, ses cheveux – bien qu'ils eussent été teintés. Je devais faire abstraction des stigmates. Cette chair s'était mêlée à la mienne. Sa poitrine avait caressé mon torse, mon ventre… D'une main fébrile, j'effleurai le ventre d'Agathe, son nombril, le creux de sa gorge ; je l'embrassai par à-coups. Son corps s'abandonnait à mes craintes. Pourquoi ne s'éveillait-elle pas ? Je l'aurais soulevée un peu, je me serais étendu à côté d'elle avant de la prendre dans mes bras, d'imprimer en elle toute ma force, tout mon désir depuis si longtemps captif. Nous nous serions vraiment reconnus. Nos élans se seraient accordés aux souvenirs de nos nuits d'autrefois. J'aurais *su*, alors.

Mes doigts soulevèrent la bretelle de son soutien-gorge. Je respirai le pli de son sein, ôtant avec une douceur qui me bouleversa cette bretelle dérisoire. Le velours de sa peau avait la puissance d'un charme trop connu. Je retrouvais l'odeur de muguet, les courbes tendres, une jeunesse qui ne l'avait pas fuie et l'intuition fulgurante de son plaisir enfoui. Mes cheveux retombaient sur ses bras de porcelaine. Réveille-toi, Agathe ! Reviens-moi.

Je passai ma main entre ses genoux, timide comme au premier jour mais sûr de mon chemin. Ses cuisses immobiles n'avaient rien perdu de leurs muscles, de cette vigueur entretenue par la scène et qui souvent m'avait dompté. À peine s'étaient-elles couvertes d'un fin duvet aux doux reflets ambrés. L'étoffe de sa culotte était sèche, tendue sur son corps mystérieux. Mes baisers redoublèrent de ferveur. Je fis glisser le sous-vêtement. Il n'y eut plus sous la volière que le murmure soyeux du drap de lin froissé. Peu m'importait, maintenant, de me laisser aller. Je refusai toute retenue. Agathe était à moi, rien qu'à moi. Elle m'appartenait ce soir comme elle m'avait appartenu avant – et j'étais aussi à elle, entièrement, dépouillé de mes peurs, happé par son retour, fidèle écuyer de son amour inaltérable. Si j'avais cru connaître son corps jusqu'à présent, cette géographie secrète à moi seul dévoilé, je mesurais à quel point, malgré le temps passé ensemble, malgré nos nuits et notre quotidien, je ne le déchiffrais véritablement qu'aujourd'hui, commandant à ma conscience de retrouver en lui ce que j'avais perdu.

Soudain la sonnette de la porte d'entrée retentit au loin, dans le silence des Mouettes Noires. Cela me secoua comme une décharge. Je m'immobilisai, tendis l'oreille. Qui pouvait venir ici à cette heure ? Après un long moment, la sonnette fut actionnée de nouveau, insistante. Lecinge ? Dimitri ? Il m'appelait toujours avant de passer. Je couvris Agathe avec le drap de lin, embrassai sa tempe et quittai la volière. Au fur et à mesure, j'allumai des lampes dans la maison entièrement plongée dans l'obscurité ; la nuit était à présent tombée sur Karlotta-Pietra. Je redoutais subitement que ce fût la police ou, pire, la milice des hommes en noir. Et si on m'avait vu sur le quai ? Dénoncé ? Coup d'œil dans le miroir de l'entrée : j'étais présentable. Derrière mon visage se reflétait la grande masse sombre de la mer qu'éclairait par intermittence le rayon blanc et régulier d'un phare. J'inspirai fort en fermant les yeux. Ouvris la porte.

Reconnaître mon visiteur ne fut pas difficile. À la fois surpris et soulagé, je lui offris un sourire qui dut l'étonner lui-même. Sous sa capuche qu'il ôta en me voyant, j'avais identifié ses traits de jeune homme, son regard à la fois timide et vif qui souvent s'était posé sur moi. C'était Leos, le gardien du cimetière.

« Monsieur Wimer, vous me reconnaissez ? »

J'acquiesçai en sachant très bien ce qu'il venait chercher là.

« Je suis désolé de venir frapper à votre porte, mais... Comme vous ne m'avez pas appelé, je me suis dit que vous aviez peut-être perdu ma carte de visite. À la Fondation, ils m'ont dit où vous habitez. »

Tout le monde savait où j'habitais. En ville, on disait « Les Mouettes Noires » ou, pour les touristes perdus dans leur plan, « la villa du sanatorium, là-haut ».

Leos avait pris le dernier funiculaire. La température avait chuté, il faisait froid ; je l'invitai à entrer. Que risquais-je ? Il ôta ses gants et son manteau tandis que je le conduisais au salon des invités – une longue pièce en éperon sur la falaise, à la fois bibliothèque et salle de billard. La mer en contrebas, agitée, laissait éclater ses vagues et son écume scintillante contre les rochers.

« Voulez-vous boire quelque chose ? Whisky ? Bombay tonic ? Bière ? Asseyez-vous, asseyez-vous ! Vous allez me raconter ce qui vous amène ici. »

Avec un sourire gêné, il s'assit devant la vitre en demi-cercle dans l'un des vieux fauteuils club de mon père. Son regard parcourait les multiples rayonnages chargés de livres anciens et de romans aux couvertures défraîchies.

« Je vais prendre un Coca, si vous avez. »

L'espace de quelques minutes, le bar retrouva toutes ses fonctions, tablettes tirées, portes en acajou levées, verres entrechoqués. L'image de la tombe des gisants se superposait à l'étiquette des bouteilles. Leos toussa.

« Voulez-vous que je fasse du feu ? » demandai-je en désignant du menton la cheminée en céramique.

« Non. Non, non, dit-il précipitamment. J'ai pris froid l'autre soir, pendant ma garde, ma dernière garde. Maintenant ça va mieux.

— Vous ne travaillez-plus au cimetière, n'est-ce pas ?

— Non, c'est fini. Ils ont enfin trouvé quelqu'un, mais ce n'est pas un étudiant, c'est un gardien de la police, ou un militaire, je n'ai pas très bien compris. »

Je lui tendis son Coca et pris place en face de lui, un verre de scotch en main que je remuais machinalement.

« Santé ! J'ignorais que vous étiez étudiant. Étudiant en quoi ? »

Il but une gorgée et baissa un peu la tête. Ses cheveux châtain clair, en bataille, et une fine moustache à la coupe étudiée lui donnaient un air romantique vaguement rétro.

« En Histoire. À la faculté du IIIe arrondissement. Je suis très en retard pour mon âge, je n'ai commencé mes études qu'à mon arrivée à Karlotta-Pietra. »

Par discrétion, je ne lui demandai pas d'où il venait. Il poursuivit :

« Je devais passer ma maîtrise cette année. Je ne me présenterai pas, évidemment. C'est impossible. »

Il y avait de la tristesse et de la déception dans sa voix. Après un silence, il releva la tête et, écarquillant ses yeux clairs, me posa la question à laquelle je m'attendais.

« Vous partez, Monsieur Wimer ? »

J'allumai une cigarette pour me donner le temps de la réflexion. Si ma décision était prise depuis un moment, je ne l'avais jamais vraiment formulée – même devant Dimitri qui m'avait fixé un ultimatum pour le lendemain minuit. Si je restais, il partirait seul avec son Olga, malgré tout, notre amitié, notre collaboration, la présence de cette femme qui n'était pas Agathe à ses yeux. Il n'avait été que trop patient.

« Monsieur Wimer ?... »

Au ton de la voix, je compris – tel l'élu surpris d'avoir été désigné – que la vie de ce jeune homme dépendait de ma réponse. Des scénarios défilaient dans mon esprit. Des hypothèses fragiles, des paris sur un avenir tellement incertain. Oui, je quitterais la ville ; mais pas avant d'avoir compris le mystère des gisants, ni avant le réveil d'Agathe qui partirait avec moi. Agathe dont il faudrait que je m'occupe nuit et jour – la laver, la nourrir, la veiller jusqu'à l'heure où elle remarcherait. Sans pouvoir compter sur Lecinge. Avec mes affaires de la Fondation à régler. Et tout en préparant notre fuite, prisonniers d'une ville close.

Pour la première fois, j'appelai le jeune homme par son prénom et le tutoyai :

« Leos, me fais-tu confiance ? »

Il hésita. Une bourrasque fit trembler les vitres derrière lui. Le faisceau lumineux du phare trouait le ciel chargé de nuées d'où tombaient des franges de pluie.

« Bien sûr, Monsieur Wimer. »

Je le dévisageai, pariant sur lui sans crainte de me tromper. Il se redressa dans son fauteuil, prêt à entendre le jugement dernier.

« Nous partirons ensemble, Leos. Pas tout de suite, mais nous partirons. C'est promis. D'ici-là, je te confie une mission – rémunérée, bien entendu : tu seras mon aide de camp et, cela va peut-être te surprendre, tu seras également celui de ma femme. Tu logeras ici. »

Le téléphone sonna quelque part dans la maison. Ce ne pouvait être que Dimitri qui venait aux nouvelles. Je ne répondis pas. Leos me regardait déconcerté.

VIII

À la Fondation, les fenêtres de mon bureau situé dans l'aile ouest du palais Zadar donnent sur le canal. Lorsque je les ouvris – la pièce sentait le renfermé –, l'air froid et sec du matin m'apporta un regain d'énergie. J'éprouvai une véritable joie d'enfant à retrouver, peut-être pour la dernière fois, mon fauteuil américain, mes gravures, les belles affiches que j'avais dessinées pour la plupart de nos expositions et qu'à regret je ne pourrai pas emporter. Au loin, j'apercevais les arches du pont de Paxos qui relie les ruelles du quartier grec aux dernières esplanades du quai, réplique contemporaine du pont du Rialto bâtie à l'ombre des remparts du temps de la domination vénitienne. Cette vue qui m'était chère, je devrais aussi en faire mon deuil, l'abandonner aux souvenirs comme tant d'autres splendeurs de cette ville aimée.

Les lettres s'étaient accumulées pendant mon absence. Invitations, factures, sollicitations en tous genres, les remerciements exaltés d'un jeune galeriste de Londres, une carte postale du commissaire de l'exposition *Mucha et Sarah B.*, en vacances à Bruges (qui, de nos jours, écrivait encore des cartes postales ?) – à lire entre les lignes, il ne reviendrait pas à Karlotta-Pietra.

Après une demi-heure de ce pensum, je renonçai à consulter messagerie électronique et répondeur. Ne restait qu'une enveloppe dont la couleur lilas m'était familière, avec mon nom tracé d'une belle écriture ronde, ample. La plume de Deborah Valmont. Le grand âge de notre diva et mécène hors norme n'avait en rien altéré la fermeté de sa main ; ni, d'ailleurs – quand on connaissait le personnage –, son franc-parler, son langage vert ou ses accès d'humeur.

J'allais ouvrir la missive sacrée lorsque apparut dans l'encadrement de la porte la haute stature de John de Bondt. Sanglé dans un costume terre de sienne, chemise bleu nuit, le vieil homme me jaugea des pieds à la tête. Son visage parcheminé de rides était creusé.

« Le jeune Wimer est bien matinal ! me lança-t-il en époussetant sa cravate mauve. J'étais inquiet de ne plus vous voir. »

Il s'assit dans un fauteuil, balayant d'emblée de sa large main toute objection. J'avais pourtant prévenu ma secrétaire, Mlle Geldpfennig, qu'une mauvaise angine me clouait aux Mouettes Noires. Je bredouillai des excuses. Il faut dire que le vieux venait de plus en plus rarement au palais Zadar et que, pour être honnête, je n'avais pas beaucoup de comptes à lui rendre. Comme pour conforter mes pensées, il ajouta :

« La Fondation John de Bondt, c'est vous. Sans second, autant que je plie boutique ! Je n'ai pas osé imaginer que vous aviez quitté la ville. C'est la mode, il paraît, mais vous n'êtes pas de ces clandestins qui font croire qu'ils sont d'ici. »

Il tourna son crâne chauve de droite et de gauche, à la recherche de quelqu'un, regarda sa montre :

« La petite n'est pas encore là, évidemment. Voulez-vous me préparer un café, jeune Wimer ? »

Je m'étais fait depuis longtemps à cette façon qu'il avait de m'appeler, même si je la jugeais condescendante. Il n'avait pas trouvé mieux pour marquer son emprise sur moi. Cela dit, il toisait la plupart de ses interlocuteurs – sauf certains de ses pairs au gouvernement. Si j'éprouvais en sa présence le sentiment de redevenir un petit garçon, j'estimais que c'était le prix à payer pour avoir les mains libres, pour décider en toute autonomie des choix artistiques de la Fondation. En dix ans, le vieux ne m'avait refusé aucun projet. Il avait confiance en moi, c'était là l'essentiel – peu importait qu'il eût fait appel à mes services par amitié pour mon père.

Dans mon bureau des Mouettes Noires, des photos en noir et blanc les montraient bras dessus, bras dessous à l'époque des Beaux-Arts, escaladant le pont de l'Impératrice, brandissant un trophée inconnu devant des maquettes du sanatorium reconstruit. Il y avait aussi un cliché, pris plus tardivement sur les marches de l'Opéra impérial, à la sortie d'une représentation de *Dalibor*. Mes parents en smoking posaient avec le fringant John de Bondt (il ressemblait à Tyrone Power, à l'époque) et un petit garçon de dix ans tout endimanché qu'il tenait par les épaules, « le jeune Wimer ».

Lorsque je revins avec le café, il était accoudé à l'une des fenêtres. Son costume était froissé et je remarquai dans son maintien quelque chose de raide que je ne lui connaissais pas. Ses yeux ne quittaient pas le pont de Paxos, les eaux couleur lichen du canal, la ville tout entière qui flottait dans la brume.

« Il est bien loin, dit-il sans se retourner, le temps des grandes fêtes italiennes. Venise n'aurait jamais dû être vaincue. Sa domination nous assurait tout de même un lustre qui n'existe plus.

— Sauf votre respect, on dirait presque que vous avez vécu à cette époque.

— J'ai eu plusieurs vies, vous savez. Et j'ai connu mes heures de gloire, beaucoup plus tard, il est vrai, du temps de l'empereur. Je suis certain d'avoir été son conseiller. »

Il retourna s'assoir, but une gorgée, haussa les sourcils et, esquissant un sourire entendu :

« Pas jusqu'au bout, naturellement.

— Naturellement. »

Il m'observa tandis que je m'adossais à mon tour au chambranle de la fenêtre, regardant ce qu'il venait de regarder, comme si cette vue m'était offerte pour la première fois. J'entendis sa tasse se poser sur la soucoupe.

« Ne faites pas celui qui comprend. Un homme comme vous ne croit pas à la réincarnation, n'est-ce pas ? »

Je me bornai à sourire. S'il savait ! Il soupira, puis, d'une voix inquiète :

« À propos de plier boutique... (Il désigna du menton l'enveloppe lilas de Deborah Valmont.) Je vois que vous ne l'avez pas encore ouverte. Eh bien, je vous fais grâce de la lecture d'une mauvaise nouvelle.

— Deborah Valmont ?

— Elle nous lâche. »

Cela ne me surprit pas. Depuis déjà deux ans ses dons diminuaient. Le vieux marmonna :

« Hélas pour nous, ses cordes vocales auront tenu plus longtemps que son porte-monnaie. »

J'allais à mon bureau, ouvris l'enveloppe en silence.

« C'est définitif, ajouta-t-il. Plus un centime ! Terminé ! Lisez, lisez, vous verrez. Elle estime qu'avec le Programme artistique national mis en place depuis deux ans, les conditions du prestige culturel de la ville ne sont plus réunies. Elle se retire du jeu. Après avoir été longtemps une alliée, elle va devenir une ennemie.

— C'est contrariant, en effet, dis-je, faussement préoccupé. La Fondation n'a pourtant jamais fait appel à elle – ni à aucun autre mécène, d'ailleurs. On ne peut quand même pas reprocher à Deborah Valmont de ne plus signer de chèques. Avec le temps, nous avons pris pour acquis ce qui n'était qu'exceptionnel. Nous savons vous et moi que sa générosité n'a été dictée que par son amour de l'art.

— Son amour de l'art ? s'étrangla-t-il. Son amour pour Nicolas, vous voulez dire. (Et il disait : "Nicolasss".) Si je ne vous avais pas offert cette fonction, je n'aurais certainement dû compter que sur ma fortune. »

C'était étrange de l'entendre prononcer le prénom de mon père. Personne d'autre ne l'appelait Nicolas – et cela faisait bien longtemps qu'il n'y avait fait allusion. Le visage de mon père apparut devant celui du vieux lézard. C'était John de Bondt qui lui avait présenté Deborah Valmont, peu de temps avant le décès de ma mère. C'était John de Bondt qui avait organisé ici-même, au palais Zadar, dans les salons du rez-de-chaussée, cette fête mémorable où s'était retrouvé le gotha des artistes et des figures politiques, prétexte pour provoquer la rencontre entre le célèbre architecte, ce vieux loup un peu original, et l'infatigable cantatrice. C'était encore John de Bondt qui, plus tard, avait financé, en partenariat avec le ministère du Patrimoine et de la Culture et la générosité de Deborah Valmont, la rénovation du sanatorium de Karlotta-Pietra.

« Au fait, poursuivit-il, avez-vous des nouvelles ? »

La dernière carte postale que j'avais reçue de mon père remontait à trois mois. On y voyait une ancienne ville fortifiée en bord de mer, sans mention, des maisons au crépi blanc et rose abîmées par le soleil, des rues étroites rayées de lumières où séchait du linge. Mon père ne parlait jamais de sa santé. Il avait écrit quelques lignes sur le calme de sa retraite, la chaleur et le parfum des souks. Il pensait à moi, il m'envoyait son affection. Il redevenait un fantôme blessé. Le post-scriptum m'invitait à embrasser Deborah Valmont. Comment mon père avait-il pu l'abandonner, elle aussi ?

Jamais John de Bondt ne s'était défendu du rôle qu'il avait joué dans leur liaison (à vrai dire, une passion), ni des bénéfices qu'il en avait retirés. Sur ce point, je dois l'avouer, j'appréciais plutôt son honnêteté ; mais aujourd'hui, il ne pouvait pas en vouloir à la vieille cantatrice de déposer les cartes d'un jeu qui ne lui convenait plus.

« La Fondation est encore bien portante, dis-je avec beaucoup de conviction pour rompre le silence qui s'était installé. Nous n'en sommes pas à baisser le rideau, je peux vous montrer les comptes. Nous devrons peut-être diminuer le nombre de manifestations l'an prochain, revoir nos parrainages, supprimer le Prix Tabor qui n'a plus la même aura qu'à ses débuts…

— Oui, mais quand même. Dès cette année, il va falloir annuler Zao Ku. Et puis, ce n'est pas tellement ça… »

Il se redressa dans son fauteuil, inspecta sa tasse vide, me lança un coup d'œil que j'ignorai et resserra le nœud de son atroce cravate. Puis, d'une voix nasale, le regard perdu du côté du canal :

« J'ai d'autres projets d'investissements. »

Son regard en disait long sur ses intentions. Je fis en sorte de paraître mal à l'aise.

« Bien sûr, reprit-il, ça n'apparaît pas encore dans les comptes, vous le verrez à la fin du mois ; mais j'ai déjà réalisé plusieurs placements. Je ne vais pas rentrer ce matin dans le détail, nous en reparlerons lors d'un bon déjeuner, qu'en dites-vous ? La petite nous organisera ça.

— Nous pourrions peut-être aborder le sujet maintenant.

Cela me paraît suffisamment sérieux pour… »

Peu m'importaient ses projets puisque j'allais quitter la ville. Je voulais néanmoins montrer un peu de résistance. Il balaya l'air de la main.

« Ce n'est pas urgent. Ce qui l'est avant tout, mon ami, c'est d'annuler Zao Ku.

— C'est impossible, Monsieur.

— Vous ferez en sorte que ce le soit.

— Le commissaire de l'exposition y travaille depuis des mois, les toiles sont déjà arrivées, les annonces sont publiées partout…

— Ce Japonais me coûte trop cher.

— Il fait la renommée de la Fondation depuis cinq ans !

— Il a des goûts de luxe. J'en ai assez de régler ses notes du Karlotta & Savoy, son whisky et ses putes.

— Il arrive dans quinze jours, monsieur.

— Annulez, annulez. Le Japon, je m'en suis lassé. »

J'avais forcé le trait. J'affichai un air stupéfait, catastrophé. Il se leva. La conversation était terminée. Inutile de vouloir le faire changer d'avis. Assez satisfait de ma prestation, je le regardai s'éloigner d'un pas mal assuré. Dehors, le soleil avait chassé la brume, des sanderlings tournoyaient au-dessus des eaux. Comme il ouvrait la porte, le vieil homme se tourna de trois quarts et, songeur, leva un sourcil :

« Cela dit, je n'aime pas vous froisser, jeune Wimer. Il y a peut-être une solution pour notre Dalí nippon. La seule à envisager, certainement. Je m'opposerai à toute autre. »

Il laissa passer plusieurs secondes, guettant ma réaction ; puis, tandis que je l'interrogeai du regard, il articula comme au théâtre, d'une voix devenue rauque :

« Peut-être qu'une visite de votre part à Deborah Valmont

pourrait changer le cours des choses. »

Il me lança un sourire appuyé.

« Peut-être !…, répéta-t-il. À vous de voir. Vous me raconterez. O.K. ? O.K. ! Allez, salut. »

Puis il ferma la porte. Il ne le savait pas mais ses propos me donneraient, quelques jours plus tard, une idée formidable. Il toussa. J'entendis son pas qui faisait craquer le parquet et s'éloignait peu à peu sous les moulures vert et or du palais Zadar.

IX

Elle respirait à peine sous le linceul froissé. Ses cernes s'étaient atténués – et ce n'était pas sous l'effet du jour qui faiblissait. Autour d'elle, les tulipes et le feuillage faisaient un vitrail fragile que traversaient les dernières lueurs du soleil et le ressac des vagues. Je l'avais délaissée trop longtemps – semblait me signifier le chant obsessionnel de la mer qui se mêlait au souffle d'Agathe, au battement violet de ses veines, à mes supplications silencieuses. « Réveille-toi, ma chérie, réveille-toi ! Lève tes paupières. » J'embrassai son front, ses cheveux, ses épaules. Un peu en retrait, Leos me regardait plein de compassion.

Après avoir quitté le palais Zadar, j'avais pensé à lui, à la confiance démesurée que je lui avais accordée alors que je ne le connaissais pas. J'avais beau me raisonner, j'étais incapable de m'expliquer l'élan qui m'avait poussé à lui ouvrir ma porte jusqu'à l'héberger, à lui offrir cet emploi désuet d'aide de camp. Dimitri n'aurait-il pas pu tenir ce rôle ? Je le connaissais bien, l'animal, il ne désirait rien tant que son indépendance, ses jours vécus incognito et le sceau secret de ses nuits. Ça ! Jamais il n'aurait accepté de dormir aux Mouettes Noires. Et puis, il y avait son Olga, et ils partiraient sans doute beaucoup plus tôt. Malgré mes efforts pour y voir clair, malgré ma bonne volonté, je devais reconnaître que j'étais en proie à la plus grande confusion.

« Monsieur Wimer ? »

Leos s'était approché. Bien que son visage tout entier fût dans l'ombre, ses yeux brillaient d'une vive intensité. À l'heure du déjeuner, profitant de ma courte présence avant mon retour à la Fondation, il avait rendu son studio, réglé ses affaires en un éclair et emporté à la villa pour tout bagage une valise en peau et un sac bourré de livres. Je l'avais installé dans la loggia située à l'extrémité de la terrasse, un espace que nous avions fermé et aménagé pour pouvoir nous y tenir au plus fort de l'hiver, une vigie sur la mer et les jardins longeant les remparts.

« Monsieur Waltz a appelé sur le fixe ; il n'arrivait pas à vous joindre sur le portable. »

Un peu plus tôt, en effet, le numéro de Dimitri s'était affiché sur l'écran de mon téléphone alors que je parvenais au bas du funiculaire ; puis un noir, plus de vibreur, plus de batterie. Une longue file d'hommes et de femmes patientait devant le guichet, phénomène plutôt rare (à cette période de l'année les touristes se comptaient sur les doigts de la main), et j'avais vu partir trois navettes avant de pouvoir monter dans la cabine. Ils étaient peut-être une centaine. Leurs vêtements très simples m'avaient frappé, leur air inquiet, les mots à voix basse qu'ils échangeaient. Aucun d'eux ne prenait de photos. Presque des égarés. Je n'y aurais pas attaché plus d'importance s'ils n'avaient été aussi nombreux. Attendre ainsi m'avait prodigieusement agacé. Que voulait Dimitri ?

« Il a dit que le rendez-vous de ce soir au Sljet était annulé, mais que vous deviez le retrouver à la même heure au théâtre du sanatorium. Devant l'entrée.

— Au théâtre de plein air du sanatorium ?

— C'est ce qu'il a dit. Il paraît que vous savez comment y aller. Je me suis permis de décrocher. J'ai suivi vos instructions.

N'aurais-je pas dû?

— Tu as très bien fait. »

Décidément, Dimitri n'était jamais à court de lubies. Pourquoi un tel changement ? Ça n'avait aucun sens. Le théâtre était fermé depuis belle lurette et l'entrée archi-cadenassée depuis la route de montagne, sauf à y accéder par l'intérieur. J'irais un peu plus tôt, emmitouflé dans une grosse veste : la température avait nettement chuté et je n'aurais pas été surpris que la neige tombât durant la nuit.

Au cours du dîner, mon impatience grandit. Leos avait dressé la table dans la petite salle à manger – une pièce de verre accrochée à la roche qui surplombait la mer ; seul le plancher était opaque, un béton ciré des plus rassurants. Avec Agathe, nous appelions cette pièce « le cube » ; elle l'aimait peu, d'ailleurs, éprouvant un sentiment d'insécurité à se retrouver suspendue dans le vide. J'avais beau tirer les rideaux le long des parois latérales, elle lui préférait la grande salle à manger, encaissée, paradoxalement plus intime, où les conversations demeuraient étouffées entre des murs de pierre.

Leos avait préparé un repas simple mais sans fausse note. Bien que la cuisine ne fît pas partie de ses attributions, il avait pris l'initiative, ce qui me plut. Assis en face de moi, il parlait peu. Il avait troqué jean et gilet à capuche pour un costume (le seul qu'il possédât) dont la toile bleue lustrée aux coudes portait les stigmates de son transport dans une valise. Je ne lui avais pas demandé de s'habiller ; je fus sensible, là encore, à cette attention. Son regard était empli de fierté.

En contrebas, la houle avait forci. Les vagues venaient exploser de toute leur force contre les rochers, hautes gerbes blafardes dans la nuit à présent tombée.

Leos contemplait le tumulte. Je brûlais de lui poser des

questions sur les gisants. Lui seul avait pu remarquer le manège des ouvriers, des sculpteurs, du maître d'œuvre…

Au dessert, n'y tenant plus, je me lançai.

« Sais-tu quand le cimetière rouvrira ? »

Il passa un doigt sur le fil de sa moustache, reposa sa petite cuillère dans son riz au lait et me regarda en levant les sourcils.

« Non, je l'ignore. En ville, on dit qu'ils l'ont fermé à cause des souterrains.

— Des souterrains ?

— La rumeur court que dans certains caveaux, les plus grands, près des remparts, des tunnels ont été creusés et conduisent aux falaises, en dehors de Karlotta-Pietra.

— Est-ce vrai ?

— Je ne sais pas. Je n'y suis jamais entré. Ces caveaux sont abandonnés depuis longtemps, les grilles des chapelles votives se sont soudées, les dalles sont usées, on n'arrive même plus à lire le nom des familles. Je pense que ce sont des fantasmes récemment ranimés. Un souterrain débouchant dans le vide, ça n'aurait pas de sens. Le gouvernement a fermé le cimetière par précaution, voilà tout. C'est ce que je pense. »

Leos avala une bouchée. Il avait compris que j'avais une idée derrière la tête et attendit ma question suivante. Il se redressa dans son costume.

« On ne peut vraiment pas y entrer ? » demandai-je.

Il hésita. Ses yeux ne quittaient pas les miens.

« J'ai gardé un double des clés de la petite porte du fond, admit-il dans un sourire forcé. Je sais, ce n'est pas bien. Je ne sais même pas pourquoi j'ai fait ça ; après tout, ce cimetière, je m'en fiche. Vous voulez aller sur la tombe de votre femme ? Mais… »

Il détourna la tête en direction de la volière.

« Ce n'est pas tellement la tombe d'Agathe que je souhaite revoir, dis-je. Mais la grande tombe sculptée. »

Il fit un « Ah ! », perplexe ; et à son expression sur son visage, je compris qu'il n'était jamais allé voir les gisants. Je me gardai bien de lui révéler la vision bouleversante que j'avais eue. Lui faire partager le mystère d'Agathe avait déjà été suffisamment délicat.

« Connaissais-tu les sculpteurs ?, demandai-je.

— Non, pas vraiment. Ils arrivaient tôt le matin et partaient vers cinq heures. On se saluait, c'est tout.

— Sais-tu s'il y avait un contremaître, quelqu'un qui supervisait le chantier ? »

Leos fit une moue.

« Oui, je crois. Je l'ai vu une fois ; je pense que c'est lui. Un petit gros à lunettes, le crâne chauve. Il portait une mallette et marchait très vite, à tout petits pas. Je ne lui ai pas parlé.

— Tu n'as pas son nom ?

— Non. Mais pourquoi vous intéressez-vous à cette tombe ? »

J'eus un geste vague.

« Oh, rien. Comme ça…

— Voulez-vous que je vous y emmène ?

— Oui, nous irons. Demain, peut-être.

— Vous êtes bien énigmatique, Monsieur Wimer, fit-il en riant pour la première fois.

— Je ne souhaite à personne de vivre de tels instants, dis-je bêtement. J'ai hâte que tout cela soit fini. Être loin d'ici. Dès qu'Agathe sera rétablie, nous partirons, Leos. »

Je lui rendis son sourire. Ma montre marquait le quart. Je me levai.

« Merci, Leos. J'y vais. »

Je passai un blouson, une écharpe, enfilai mes gants. Dehors, le fracas des vagues avait redoublé. Le vent frappait les vitres de ses rafales. Pourtant il n'y avait pas un nuage. La lune, énorme, était impériale.

X

Bordés d'arcades mais à ciel ouvert, les bassins de l'aile sud semblaient guetter le retour des eaux pour retrouver la vie. Dans la nuit claire, ils se paraient de reflets vert jade, appuyant leurs ombres contre les frises de marbre et les reliefs sculptés en pierre d'Istrie. Ç'avait d'ailleurs été le souhait de l'empereur en personne que de bâtir ces thermes en important une pierre spécifique, identique à celle utilisée au début du XIIe siècle par la République de Venise lorsque celle-ci, pleine de ses conquêtes, avait fait venir des prisonniers grecs de l'île de Paxos pour ériger les fortifications. La cité, construite sur une presqu'île montagneuse, s'était alors appelée Isola-Pietra.

Les bains, vides à présent, n'étaient plus que promesse de ruines. Lorsqu'ils s'emplissaient de brume, les herbes qui avaient proliféré entre les pierres depuis la chute de l'empire faisaient d'étranges algues, des bouquets d'épines qui perçaient la vapeur.

Sur le chemin du théâtre, je m'étais arrêté devant ces fosses béantes. Le temps y faisait son office. Mon père en aurait été meurtri. J'essayais d'imaginer des hommes et des femmes nageant, les conversations, les regards teintés d'espoir, les bains de soleil et les histoires d'amour qui, malgré la maladie, s'étaient faites, défaites, brisées prématurément.

Tous avaient cru aux vertus rédemptrices du Karlottashory ; tous n'avaient pas été graciés.

Et nous ? Serions-nous parmi les chanceux du monde ? J'avais le sentiment de commettre l'irréparable. Pire que la probable prison vers laquelle je nous précipitais, je redoutais les reproches d'Agathe. J'aurais pu louer une voiture médicalisée, l'emmener, même encore inconsciente, dans la plus grande discrétion, loin des remparts et de la cloche de pierre qui nous coifferait tous de manière imminente. Mais j'avais en tête les fusillades qui éclataient hors de la ville depuis trois jours. Du côté des salines, en bordure de la route, on avait installé des postes de contrôle. Bien entendu, la télévision restait muette sur le sujet, comme la radio. En ville, personne n'osait en parler. On se taisait, on faisait comme si. Chez les commerçants, on s'épiait. Des coups de feu ? Un litre de lait et six œufs, s'il vous plaît. L'hypocrisie enterrait ces morts anonymes. Il fallait sauver sa peau de peur de paraître suspect. La milice était imprévisible ; la règle était l'absence de règles. N'ayant aucun document prouvant l'identité d'Agathe, je ne pouvais pas prendre le risque d'un contrôle. La seule pièce en ma possession était un passeport établi au nom de Kathrin Petersen, une étrangère. On ne nous laisserait pas partir comme ça.

Souvent, Agathe s'était amusée de la multiplicité des personnages qu'elle dansait. Elle était fière d'être tour à tour le fantôme de Giselle, une Juliette amoureuse, Swanilda en furie. Là, je ne pouvais pas dire qu'elle tenait dans la volière son meilleur rôle. Mes nuits étaient secouées de visions, d'insomnies interminables. Comment allions-nous sortir d'ici ? Une mauvaise idée chassait l'autre. Le visage d'Olga agitait mes pensées en lambeaux. Son rire idiot, les lunettes de Dimitri, le vol inégal des sanderlings, ces mouettes noires mutilées par la décharge d'invisibles fusils et qui tombaient telles des pierres dans les eaux du canal. Je finissais par m'endormir à l'aube, épuisé, me berçant sans illusion de prières décousues, invoquant pour seul secours la clémence de dieux inconnus.

Je remontai la fermeture Éclair de mon blouson et m'éloignai des thermes. Après avoir franchi un ancien jardin d'hiver mangé par une végétation indomptée, je débouchai sur le vaste péristyle du sanatorium. Longeant la totalité de la façade, ses colonnes rythmaient les espaces naguère attribués aux malades. Le soleil inondait alors cette galerie de marbre rose, plongeant les transatlantiques et leurs occupants résignés dans une lumière d'altitude. Une alternance de jardinières et de paravents délimitaient des simulacres de salons privés où le sentiment du nombre s'effaçait devant un fragile et temporaire moment d'intimité. Si la chambre était prison, le péristyle était refuge. C'était corps contre pierre, toux contre toux. Un espoir à la mer. On souriait dans l'air tiède, on se saluait, on s'évitait, on soignait ses toilettes, qui lisait quoi ? qui voyait qui ? Parfois, l'empereur rendait visite ; plus souvent l'impératrice Karlotta qui jouissait d'une grande popularité. Elle connaissait tous les malades. Elle offrait ses éventails, des châles, elle apportait des cakes dont elle seule connaissait la recette et qui enchantait ces dames. Ses coiffures donnaient le « la » de la dernière mode. Ses robes ravissaient ; et ces messieurs ne restaient pas insensibles à sa discrète beauté qu'elle promenait sous les arcades avec une simplicité qui la rendait humaine. Tout le monde savait qu'elle était malheureuse avec l'empereur, que celui-ci était très amoureux d'elle mais ne pouvait l'honorer pour des raisons mystérieuses. Les mauvaises langues disaient qu'une malédiction s'était attachée à leur couple, lui, descendant non reconnu des Habsbourg, elle, ouvrière de modeste condition, fille d'un boulanger italien, les mains abîmées par le sel à force de les avoir plongées dans les marais d'où l'empereur l'avait sauvée.

La nuit et l'oubli étaient tombés sur ce passé plein d'éclat ; ils tomberaient aussi sur notre époque, sur ce que l'Histoire n'avait pas encore écrit, annulant le temps de quelques décennies nos efforts et nos ruses pour échapper aux événements, nous précipitant avec tout ce que l'inéluctable a de cruel dans le gouffre infini des petites destinées.

Parvenu à la moitié du péristyle, je poussai les hautes portes du réfectoire, entrai. On aurait dit le hall d'un vaste palais vide. Ici, l'usure n'avait pas eu prise sur la matière. Les plafonds, les corniches, les piliers étaient intacts ; surtout les frises dont les motifs sculptés en *pietra serena* avaient conservé leur teinte bleu gris. Dans la clarté de la lune, les scènes qu'elles racontaient paraissaient s'animer. Il n'y avait plus de tables, bien sûr ; plus de buffets, plus de miroirs. J'admirais le dallage orangé, les cloisons de bois ajourées comme des napperons qui séparaient jadis les tables disparues. Le bruit des vagues avait diminué. On n'entendait qu'un faible murmure et l'écho de mes pas.

Levant les yeux, j'aperçus Dimitri. Il se tenait, seul, à l'extrémité nord du réfectoire, au fond, dans la lumière bleu pâle qui tombait de la dentelle d'une sorte de moucharabieh. Il s'anima et vint à ma rencontre. Il leva une main amicale en m'appelant d'une voix faible, traversa la salle. Son manteau de laine noir lui donnait une allure militaire. Il ne souriait pas et je lisais sur son visage une certaine fébrilité.

« Je savais que tu serais en avance, dit-il en me serrant la main. Je te connais. Tu as su retrouver le chemin… »

Il avait l'air fatigué. Derrière ses lunettes je devinais des nuits agitées – pour de bonnes ou de mauvaises raisons –, une appréhension larvée mais aussi de la résignation.

« Pourquoi as-tu changé le lieu de notre rendez-vous ? demandai-je de but en blanc. Pourquoi le sanatorium ? J'ai un peu de mal à te suivre, en ce moment, Dimitri. »

Il me lança un regard furieux.

« Ah oui ? Et toi, toi tu es facile à suivre, peut-être ! C'est qui, ce mec qui m'a répondu au téléphone ? Tu as un majordome, maintenant ? Alors que nous allons foutre le camp ? C'est grotesque. Et cette inconnue que tu as repêchée dans le canal et qui te paralyse tout d'un coup !

— Un peu de respect pour Agathe, s'il te plaît !

— Mon pauvre ami ! Tu es complètement cinglé.

— Bon, écoute, on ne va pas s'engueuler. Pourquoi m'as-tu fait venir ici ? »

Il me prit le bras.

« Je suis un peu sur les nerfs, fit-il en baissant la voix. Nous le sommes tous. Je suis désolé. Viens, allons rejoindre l'amphithéâtre.

— Que se passe-t-il ?

— C'est un peu compliqué. Je n'avais pas prévu ça… »

Nous avions quitté le réfectoire et suivions un couloir étroit, sans fenêtre. Dimitri avait allumé la mèche de son briquet. Il avait l'air pensif. Qu'allait-il encore m'annoncer ? Une odeur de salpêtre se dégageait des murs. Un ancien passage privé pour les acteurs, sans doute, une coulisse secrète... Un carré de clarté se dessina au loin. D'une voix sourde, Dimitri reprit, embarrassé :

« Olga a parlé. »

Je regardai son visage crispé dont l'ombre déformée rampait sur les parois.

« Que veux-tu dire ?

— Elle a parlé. Elle a dit que nous partions, que nous avions un plan – alors que je n'ai jamais rien dévoilé. Elle s'est emballée. Je suis désolé…

— Ce n'est pas très grave. Si on nous interroge, on pourra dire qu'elle raconte n'importe quoi, qu'on ne la connaît pas… Et puis… »

Je l'arrêtai par l'épaule, le regardai droit dans les yeux :

« Franchement, tu y tiens, à cette nana ? Tu nous l'as collée dans les pattes, mais on n'est pas obligés de se la trimballer. Largue-la, mon vieux ! Merde ! »

Dimitri eut une drôle d'expression. Il recula dans la lueur de la flamme, me jaugea, puis se remit en route. J'avais peut-être été trop direct.

« Sebastian, dit-il d'une voix douce, jamais je ne me permettrai de juger les sentiments que tu éprouves pour autrui.

— Tu l'as fait il y a deux minutes.

— Ça n'a rien à voir ! Cette fille n'est pas Agathe. Et moi, j'aime Olga. Tu comprends ? Je l'aime ! Je sais qu'elle ne rentre pas dans ton petit schéma classique ; je sais que c'est une étrangère, qu'elle ne pense pas comme nous ; je sais qu'elle est un peu spontanée, extravertie ; je sais qu'elle ne s'habille pas comme tu voudrais qu'une femme s'habille ; eh bien, figure-toi, c'est pour ça qu'elle me plaît ! C'est pour ça aussi que j'ai envie de l'aider, de la sortir de ce merdier. Elle a un mérite fou et n'a aucune idée derrière la tête. Elle ne cherche pas à faire main basse sur mon fric, si c'est à ça que tu penses. »

Il y eut un courant d'air. Nous avions rejoint la sortie. Le ciel se fit immense au-dessus de nous. Les étoiles et des satellites minuscules étaient partout.

« Excuse-moi, dis-je. Bon, après tout, nous pourrons nous débrouiller. Mais tu sais, ma décision n'a pas changé : tant qu'Agathe ne se réveillera pas, je ne partirai pas. Seulement, je ne sais pas si tu voudras nous attendre. Demain soir les portes se fermeront, nos choix seront irréversibles. »

Nous avançâmes sur les dalles de pierre de ce théâtre à la romaine. Le vent était tombé. Devant nous, l'ancienne scène dressait ses estrades, ses statues et son portique de pierre. La végétation rampait. Au loin, le faisceau lumineux du phare lessivait le vide. Il n'y avait plus de repère. Nous flottions dans le temps. Enfin, Dimitri m'adressa un sourire.

« Je t'attendrai », dit-il.

Un immense soulagement me pénétra. Il allait ajouter quelque chose, hésita, le regard fuyant ; puis dans un souffle, il murmura :

« Ça ne va pas être simple.

— Non, dis-je, ça ne va pas être simple.

— Quand je t'ai dit qu'Olga avait parlé, eh bien… Elle a beaucoup parlé.

— Parlé ? À qui ?

— À des gens comme elle. Ça a commencé au show-room, quand le père Dragomir est venu chercher son manteau en alpaga. Le vieux lui a confié qu'il prenait ses cliques et ses claques et lui a conseillé d'en faire autant. Ça se voyait comme le nez au milieu de la figure, qu'elle n'était pas d'ici. Elle lui a répondu que c'était prévu, et avec un passeur d'exception. Un meneur de troupes. Une sorte de messie qui la tirerait de ce mauvais pas.

— Qui ?

— Toi.

— Mais enfin…

— Sauf qu'après, le vieux en a parlé à ses enfants. Et les enfants en ont parlé à leurs amis qui commençaient à se cacher de peur d'être fusillés à la sortie de la ville. Je n'ai rien pu faire. Ils se sont tous mis à parler de toi, et puis ton nom leur est familier, tu as pignon sur rue, ne l'oublie pas. Ça s'est répandu comme une traînée de poudre. Ils sont de plus en plus nombreux à être au courant. »

Une puissante colère montait en moi, chaude et sans limite. J'étais abasourdi par les propos de Dimitri qui me débitait tout ça avec le plus grand calme. Au moment où j'allais le prendre par le col et le secouer, j'aperçus dans la demi-obscurité la silhouette d'une femme. C'était Olga, vêtue d'un court manteau jaune. Elle marchait vers nous depuis le proscenium. Ses longues jambes faisaient deux pinceaux clairs dans la pénombre ; ses talons s'enfonçaient dans les interstices terreux de la pierre. Je vis ses lèvres peinturlurées, sa moue défraîchie, j'eus envie de me ruer sur elle pour la gifler. Dimitri saisit mon bras avec brusquerie.

« Non, lança-t-il. Laisse-la !... S'il y a un responsable, dans cette histoire, c'est moi. C'est à nous de trouver une solution.

— Trouver une solution ! éclatai-je.

— Calme-toi. Nous devons les aider.

— Aider qui ? hurlai-je, à bout. Qui ? »

Dimitri s'approcha de moi. Olga n'était plus qu'à quelques mètres.

« Ceux qui te font confiance, murmura Dimitri. Tu ne peux pas les décevoir.

— Mais qui ? répétai-je dans un souffle.

— Eux. »

Dimitri me passa une main derrière le dos, ferme, se retourna. Je l'imitai.

Emplissant les gradins de pierre, une foule assise me regardait. Ils étaient une centaine, peut-être plus. Je ne les avais pas entendus. Tapis dans la pénombre de l'amphithéâtre, emmitouflés dans des imperméables, ils épiaient le moindre de mes gestes. Leur silence me glaça. Je voyais leurs pupilles briller, leur visage aux aguets. Certains avaient croisé les bras ; d'autres tenaient leur écharpe arrimée au col de leur veste. Ça ne bougeait pas. Ça ne mouftait pas. Ils attendaient dans le froid, calmes. Ils m'attendaient. Au-dessus d'eux, le Karlottashory étendait son ombre majestueuse, protectrice. Des images me revenaient. Ces visages… Ne les avais-je pas croisés un peu plus tôt dans la journée devant la guérite du funiculaire ? Je me tenais alors derrière eux. À présent, ils étaient devant moi. Dimitri avait donc tout orchestré. Je reconnus parmi eux plusieurs commerçants, le petit fromager de la rue Hrabal, la mercière de la Place nationale, et – stupeur – je reconnus Lecinge. Son regard triste se détourna.

Le sol parut se dérober. Le cauchemar se poursuivait. Je fus incapable de bouger lorsque Olga m'agrippa par la manche. Son haleine me parvint tandis qu'elle me remerciait.

« Oh, merci, merci ! Sebastian Wimer, très bon guide pour nous sauver ! Très bon ! Honneur ! Merci ! Honneur pour nous ! »

XI

Il n'y eut ni clameur ni tocsin. Seul le bourdon de l'église St Havla, peu avant minuit, sonna, une fois, une seule, tel un funèbre et dernier signal, le glas de notre liberté. Le piège s'était refermé. Sans un frémissement. Juste ce coup de gong qui se dispersa dans les ruelles, les escaliers des remparts, les jardins endormis, le cimetière, sous les volets et sous les ponts, faisant mourir sa grave vibration avec ce qu'il fallait d'étouffé et de lent pour se fondre dans la brume, pour effleurer l'événement, pour signaler aux âmes que ça y était, c'était fait, sans retour possible, laissant les esprits sombrer dans la petite fatigue quotidienne de la ville désormais close.

J'avais passé la matinée à dormir, abattu, révolté. Il avait fallu l'intervention de Leos pour me tirer du lit, vers midi. « Monsieur Wimer, il faut vous lever, votre déjeuner avec monsieur Waltz, je vous ai préparé du café. » Je n'avais aucune envie, pourtant, de retrouver Dimitri au Karlotta & Savoy. La veille au soir, de retour du sanatorium, je ne lui avais pas adressé un mot. Sa mise en scène, qui lui ressemblait bien, m'avait profondément déstabilisé, c'était pure folie, fuir à quatre était déjà périlleux ; fuir à cent ! Nous courrions au désastre. Pour ne pas perdre la face, je m'étais plié à ses manœuvres, j'étais monté sur les gradins serrer la main à ces hommes et ces femmes dont nous ferions des réfugiés, les assurant de notre réussite.

« Il faut qu'ils te voient, avait insisté Dimitri. Il faut qu'ils sachent qui est leur chef. Tu incarnes leurs espoirs. Va les saluer, s'il te plaît. Je l'ai fait tout à l'heure. »

Où avais-je puisé la force de surmonter ma colère ? Par quelle faiblesse d'esprit avais-je accepté de céder à ce brusque caprice, de me faire le complice d'un échec annoncé, cousu de fil blanc, quand j'aurais pu tourner les talons et laisser Dimitri endosser les conséquences de sa légèreté ? Pourtant j'étais resté. Par amitié, par lâcheté, peu importait. J'avais scellé un pacte avec chacun de ces regards, recevant dans ma chair au contact de leurs mains une ferveur déchirante, l'encouragement inattendu d'un peuple minuscule. Oui, j'avais accepté. Dimitri m'avait instrumentalisé – je lui en voudrais pour le restant de mes jours –; à présent, cependant, le temps de la feinte était venu. Il fallait faire preuve d'imagination.

La journée avait été décrétée « nouvelle fête nationale », la plupart des bureaux et boutiques étaient fermés ; et c'est une ville quasi déserte que je traversai. On se serait attendu à des fanfares, des événements, un discours. Rien. Pas même aux informations.

Contre toute attente, la neige n'était pas tombée bien que le froid renforçât son emprise. Un ciel blanc tirait sa voile glacée au-dessus de la montagne, traversé de temps à autre par le vol fulgurant d'oiseaux piaillant. Accrochés depuis la veille à la façade du palace flottaient des drapeaux neufs aux armoiries de la ville, emblèmes très anciens que la marée des invasions, des reconquêtes et des révoltes avaient relégués aux seuls manuels d'Histoire.

Un jeune homme maigre à lunettes se tenait derrière l'accueil du Sljet. C'était bien la première fois que le vieux Grégoire n'était pas là, lui qui travaillait dimanches et jours fériés. J'interrogeai le garçon.

« Monsieur Grégoire ? Ah ! On ne vous a pas dit... »

Non, on ne m'avait pas dit. D'un air gêné, le garçon baissa la voix (il n'y avait pourtant personne autour de nous). Il tira sur sa cravate et m'apprit la nouvelle. Ça datait de la veille. On l'avait retrouvé au-dehors de la ville, du côté des salines. Non, on ne savait pas ce qui avait pu lui arriver. Il était mort, c'était tout. Un Français, vous savez. Oui, bien triste, monsieur, bien triste. Vous aviez réservé ?

Dimitri m'avait donné rendez-vous au bar mais nous déjeunâmes au Savoy, le restaurant panoramique du dernier étage. À ma grande surprise, la majorité des tables étaient occupées, ce qui remplit Dimitri de satisfaction : il était important de se montrer en public ce jour-là. La fierté devait se lire sur nos visages ; s'il y avait des politiques dans la salle, ils en auraient le cœur net, nous étions des leurs, d'authentiques citoyens, ça se saurait dans l'après-midi. Bref, une façon de signer notre acte d'appartenance nationale.

Tiré à quatre épingles, Dimitri penché sur son menu jetait des coups d'œil à droite à gauche. L'épreuve de la veille passée, soulagé de me voir acquis à la cause de ses nouveaux protégés, il arborait une mine reposée, celle du jeune premier satisfait de ses succès. Relevant sa mèche, il haussa les sourcils :

« Tu sais ce que tu prends ? Tu es mon invité. Je te dois bien ça. »

Il était gonflé, quand même. Comme si tout allait être simple, à présent qu'il avait obtenu de moi tout ce qu'il voulait.

« C'est gentil, dis-je, mais tu n'as pas à me remercier. Chacun paiera son écot. Si j'ai accepté de te suivre dans ta folle entreprise, c'est que je n'avais pas le choix, tu en conviendras.

— Tu aurais pu refuser.

— Comment te serais-tu débrouillé, tout seul ?

— Tu connais mon sens de l'improvisation.

— Précisément. Sans moi, tu n'aurais pas eu une chance de réussir. Je te rappelle que tout ce qui nous est arrivé de bien, c'est ce que nous avons entrepris à deux.

— Ah, Sebastian, je te reconnais-là à ton ego. La lotte aux poireaux m'a l'air très bien. Tu prends quoi ?

— Le contre-filet maître d'hôtel.

— Pour changer.

— C'est ce qu'ils ratent le moins souvent.

— Plains-toi !... »

La lumière faisait poudroyer devant ses yeux verts un essaim de poussière. Il reprit, à voix basse :

« D'ailleurs, qui te dit que nous réussirons ?

— Mon intuition.

— Tu as déjà une idée ?

— Peut-être. Ce que j'ai imaginé pour moi, je pourrais bien l'étendre à tes réfugiés. »

Bien entendu, je n'en pensais pas le moindre mot. Je n'avais aucun plan, je cherchais à gagner du temps avant le réveil d'Agathe.

« Mes réfugiés, hein ? marmonna Dimitri en faisant claquer son menu sur la nappe blanche. Tu es bien méprisant. À une génération près, tu aurais été des leurs.

— Les choses en ont été autrement.

— Ça, c'est de la réplique. Monsieur est philosophe ! »

Je me levai, exaspéré. Il n'avait pas la moindre idée des efforts que je faisais pour m'appuyer ce déjeuner et la prétendue cuisine de ce restaurant gastronomique. Je n'avais pas la tête à faire des mots d'esprit, à reprendre la sempiternelle compétition qui, il est vrai, nous avait depuis longtemps stimulés, et dans notre amitié, et dans nos activités. Après sa trouvaille de la veille, c'en était trop. Il tendit aussitôt une main vers moi.

« Où vas-tu ? s'exclama-t-il.

— Je crois que je n'ai pas le courage, aujourd'hui, de supporter ton humour des grands jours. Je rentre.

— Reste, voyons. C'est ridicule. Excuse-moi ! »

Je le fixai, retenant comme à mon habitude le flot d'agressivité qui montait en moi. Il secoua la tête, presque implorant. Je lui donnai une dernière chance et me rassis. Il y eut un silence, puis, sur un ton amical, il demanda :

« Comment va-t-elle ? »

Je ne m'attendais pas à ce brusque élan d'empathie. Il venait de se racheter en partie.

« Toujours pareil, dis-je. On dirait qu'elle dort. Je ne comprends pas.

— Comment se nourrit-elle ?

— Avec une sonde. Lecinge m'a appris, et j'ai appris à mon tour à Leos.

— Leos, ton nouveau valet de chambre ? Pardon, pardon ! Excuse-moi !

— À propos, enchaînai-je en passant outre, pour Lecinge, tu savais ?

— Non. C'est vrai que ça ne sonne pas d'ici, Lecinge. J'ai toujours cru que c'était un surnom. Dire que ça fait trente ans qu'il est là !

— Comme beaucoup. Quel gâchis. Vivement qu'on se fasse la malle.

— Moins fort, *please* ! Tu as vu qui vient d'arriver ? À droite, sous le lustre. Sois discret.

— Tiens ! »

C'était Bohuslav Migrovic, le ministre du Patrimoine et de la Culture, attablé avec deux autres membres du gouvernement, Kranek – l'Économie –, Zimmer – la Défense –, et le maire, ce vieux libidineux d'Ernst Marko. La brochette redoutable, les plus durs et, naturellement, conseillers de l'ombre du président.

Un garçon se présenta pour prendre notre commande, après quoi Dimitri en revint à Agathe. Et si sa léthargie se prolongeait ? Ou si elle ne me reconnaissait pas ? (Voilà que Dimitri acceptait son identité !) Si elle décidait de quitter les Mouettes Noires ? Toutes ces questions, je les avais déjà affrontées, bien sûr. Il m'était impossible de prévoir ses réactions, pas plus que les miennes. Il n'existait aucune alternative à l'attente, à la patience, à l'attention. Dimitri gardait le silence. Il acquiesçait de temps à autre, compréhensif. Au loin, à travers les vitres du Savoy, j'apercevais le ruban du canal, les toits rouges de Karlotta-la-Morte, les cintres de l'Opéra et ses sculptures d'une autre époque, puis, grimpant les contreforts de la montagne, les rails du funiculaire et la tache sombre des Mouettes Noires. C'était là-haut qu'Agathe se réveillerait, là-haut que tout se jouerait, que notre liberté verrait le jour – et, pensant à son visage immobile, à sa nuque, à ses cheveux, un feu monta dans ma poitrine, dans ma gorge. Je ne voulais plus vivre avec un fantôme.

Une grande ombre arriva sur notre table.

C'était John de Bondt, tout sourire. Il portait le même costume que la veille. Il me salua, tendit une main à Dimitri en lâchant de sa voix rauque sa formule passe-partout :

« Ça me fait plaisir, de vous voir ! La prochaine collection se prépare comme vous voulez ? »

Dimitri grommela quelque chose. Le vieux lézard ne l'écouta pas.

« Très bien. Alors à bientôt, à bientôt ! Salut ! », dit-il en s'éloignant vers la table des ministres.

Nous le suivîmes du regard. Il leur serra la main à tous.

« Tout ce monde-là fricote dans la même fange, dit Dimitri entre ses dents. C'est ignoble. Je me demande vraiment comment tu as pu…

— Bon, tais-toi, s'il te plaît. C'est bientôt du passé. »

On nous servit du vin avec une application empesée. Je sentais sur nous le regard de la table des ministres. Marko parlait à l'oreille de John de Bondt penché vers son interlocuteur, serviette devant la bouche et jetant des coups d'œil dans notre direction.

« On parle de nous ! dis-je avec un profond soupir.

— Tant mieux. Ils voient que nous avons les mêmes goûts et que nous sommes de bons petits soldats. Un point pour nous deux. Oserais-je lever mon verre au succès de notre entreprise ?

— Moins fort !

— Tu sais, je crois qu'ils n'ont pas la moindre idée de ce que nous racontons. Ils sont totalement centrés sur eux-mêmes. Ils n'iraient pas imaginer une seconde que l'on puisse évoquer notre fuite au nez et à la barbe de la moitié du gouvernement. À notre réussite ! »

Je bus sans enthousiasme.

« Tu as pris un risque énorme, hier, dis-je à voix basse.

— Lequel ?

— Conduire tous ces gens à l'amphithéâtre !

— Penses-tu ! La zone n'est pas surveillée, enfin pas encore, et, dans le cas d'un contrôle d'identité, Olga avait pour mission de prétexter un voyage organisé. Ils n'étaient rien d'autre que des touristes, hier. C'est Olga qui leur avait distribué leurs habits. Des costumes d'une ancienne production un peu fade de *Nabucco* – tu sais que j'ai mes entrées à l'Opéra. Le chœur des esclaves ! N'est-ce pas savoureux ?... Une masse uniforme se remarque moins qu'une multitude colorée. Un groupe reste un groupe. Une multitude dépareillée, elle, attire l'attention. Plus c'est gros, plus ça passe. Et puis, elle avait maquillé les commerçants les plus identifiables.

— Et les enfants ? Il n'y avait pas d'enfants.

— Il n'y a plus d'enfants, Sebastian. Depuis plusieurs semaines, les familles qui le pouvaient sont déjà parties, les autres ont confié leurs progénitures à une organisation très discrète qui les a évacués dans de faux cars scolaires. C'était quitte ou double, mais ils ont réussi à passer. Le jour, les parents s'accrochent à leur travail, en espérant ne pas le perdre, ne pas être découverts et financer une possible fuite.

— Rassure-moi, dis-je. Tu ne les fais pas payer ?

— Moi, non. Tu sais, tous les passeurs ne sont pas de la même eau. C'est pour ça qu'ils étaient si nombreux, hier soir. D'autres vont venir grossir les rangs.

— Et où sont-ils, maintenant ?

— Chez eux. Le soir, ils se terrent où ils peuvent, dans leur cave, leur grenier, leur remise. Ils t'attendent. Ils nous attendent. Certains prient. Ils redoutent le pire. La milice va bientôt frapper à leur porte. Ils ont prévu trois mois de contrôles. Maison par maison, pour n'oublier personne.

— Tu plaisantes ?

— Ai-je l'air de plaisanter ? Regarde-les, à la table. Ont-ils l'air de plaisanter ? »

Malgré son apparence détendue, Dimitri ne pouvait dissimuler dans sa voix son appréhension des jours à venir. La suite du déjeuner fut terne, la présence de nos voisins nous mettait mal à l'aise. Nous forcions nos attitudes ; mais le principal n'était-il pas de jouer notre rôle ? Si chaque seconde qui passait nous exposait, elle nous rapprochait aussi de l'instant où surgirait la bonne idée, l'idée de notre victoire collective, la vision d'un salut que je ne concevais pas sans panache.

Sur le chemin du retour, nous fîmes une halte dans les Jardins de l'Opéra impérial. Dimitri insista pour aller sur le lieu de la tragédie ; je n'opposai aucune résistance. Il me reprochait de ne pas aller plus souvent devant les grilles qui m'avaient ravi Agathe. Parfois, je m'y rendais. J'y trouvais un bouquet de fleurs et je savais que c'était lui. Il n'en parlait jamais.

Des oiseaux s'envolèrent à notre arrivée. Le parc était désert. Derrière les arbres nus, elles étaient là, ces grilles de l'horreur. Le mystère de ce qui était advenu par la suite demeurait entier. Je réprimai une émotion trop vive qui embua mes yeux, m'arrêtai, levai le visage vers le ciel bas et blanc. J'avais froid. Dimitri s'approcha de moi et me prit dans ses bras. Il ne l'avait fait qu'une fois, au lendemain de la mort d'Agathe. Il me serra contre lui.

« Je te demande pardon, Sebastian. Je ne suis pas très gentil avec toi. Nous nous en sortirons, je te le promets. Tu retrouveras Agathe, nous changerons tous de vie. »

Je crois qu'il était sincère. Je ne pleurai pas. Et peu de temps après je compris qu'Agathe avait entendu son vœu lorsque, ouvrant la porte des Mouettes Noires, je vis Leos se précipiter vers moi, en proie à une vive émotion, m'annonçant à grands gestes que madame, les yeux toujours clos, avait tendu sa main à un visiteur invisible avant de la laisser retomber sur les draps.

XII

À peine descendue du voilier, elle me l'avait tendue, cette main – des années plus tôt. Dans le soir rouge qui tombait sur le Vieux-Port de Sartoria, elle s'était avancée sur le ponton, souriante, les yeux remplis de lumière, avec le maintien tendu d'une jeune *torera*. Je la voyais pour la première fois.

Dans la salle à manger du Grand Hôtel qui donnait sur le port, mon père avait été le premier à les repérer.

« Les voilà ! La voile bleue, derrière le phare ! On ne peut pas la confondre… »

Il s'était levé, jumelles au poing, l'air d'un pacha sûr de sa manœuvre, tandis que Deborah Valmont affamée acquiesçait d'un grand mouvement de chevelure rousse en astiquant le bord de son assiette désespérément vide. John de Bondt avait fait signe au serveur : la commande ne tarderait pas, il pouvait apporter le champagne. Derrière les oliviers qui bordaient la véranda, je l'avais aperçue, moi aussi, la voile bleue, une voile presque turquoise qui tranchait sur l'horizon, une variation de la voile de Thésée, pensais-je, ignorant qu'elle m'apporterait autant de bonheur que de tristesse. Nous posâmes nos serviettes et rejoignîmes la jetée pleine de monde.

En serrant cette main qu'elle me tendit, touché au cœur par son regard, je sus qu'il était trop tard, qu'elle m'avait mis à mort avant même que je ne prononce un seul mot. Elle s'était présentée. Sa voix avait glissé dans l'air d'été ; elle avait la couleur du crépuscule qui montait autour de nous, la couleur de son nom.

J'avais déjà entendu parler d'elle par Deborah qui n'avait de cesse de découvrir des talents. L'ayant vue danser dans une production d'amateurs du *Jeune Homme et la Mort*, elle l'avait aussitôt harponnée pour l'introduire dans le corps de ballet de l'Opéra impérial. Elle ne s'était pas trompée. Agathe avait passé le concours de recrutement haut la main, si l'on peut dire pour une danseuse, elle était rapidement devenue la protégée du directeur de la danse.

Elle portait une jupe de toile, une chemisette amande et des petites ballerines blanches. Elle avait tout juste vingt ans, un visage un peu strict et pâle, et il se dégageait de son corps quelque chose de fragile et de puissant tout ensemble. Je me sentais terriblement gauche et ridicule à demeurer muet, et je vis qu'elle avait deviné mon trouble.

« Vous êtes Sebastian, n'est-ce pas ? Deborah ne tarit pas d'éloges sur votre dernière collection. »

Derrière son aplomb et son entrain qui me ravissaient, je perçus combien elle s'efforçait de paraître spontanée. Ses yeux s'étaient posés sur ma bouche l'espace d'une petite, toute petite seconde, mais cela ne m'avait pas échappé. Elle avait regardé mes lèvres. Elle avait imaginé les embrasser, ce n'était pas possible autrement, on ne regarde pas ainsi les lèvres d'un homme sans avoir cette pensée.

Je jetai un œil à ses coéquipiers encore à bord, l'un ferlant la grand-voile, l'autre verrouillant les coffres ; et je ne fus pas jaloux. Trop jeunes pour elle, me disais-je. Marins peut-être, pourtant ça sentait les culottes courtes. Entre deux gestes décidés, l'un d'eux me considérait avec curiosité, et lorsqu'il fut à terre se présenta d'une voix vaguement fébrile. Dimitri Waltz. Lui aussi était ravi de faire ma connaissance, etc. Il avait belle allure dans son polo jaune paille, son short blanc, et la façon dont il les portait, leur qualité, leur simplicité me signalèrent tout ce qu'il y avait d'esthète en lui. Quant à l'autre garçon, plus ordinaire, il s'éloigna dans la pénombre bleue du port sans saluer quiconque. Un ours mal léché, mais rudement efficace au large, me dit Dimitri d'un air entendu qui nous rangeait aussitôt dans la même catégorie sociale. Je fus charmé, je dois bien le reconnaître, par ce ton un peu désinvolte qui était celui de la vieille aristocratie et faisait déjà de nous des amis de longue date.

Une fois à table, je n'eus d'yeux que pour Agathe. Tout le monde s'en aperçut, évidemment. Je croisais le regard amusé de mon père, ce numéro, qui avait tout manigancé avec la Valmont. Ce soir-là, il avait soigné son apparence, cheveux peignés, barbe rasée de près, eau de toilette... La pose d'un acteur américain conscient de son charme. Bref, le beau-père idéal.

Calme, un sourire sage sur les lèvres, Agathe écoutait la conversation. Elle posait de temps à autre une main sur son épaule, geste de protection, peut-être, qui faisait bâiller son chemisier. Une petite croix d'or brillait à l'orée de ses seins. Sa peau devait encore porter le sel des embruns qui avaient rythmé la brève sortie en mer, et je m'imaginais répandre sur sa gorge pour la laver des flacons de parfum et d'alcools forts. Ses cheveux, qu'elle avait tenté sans succès de recoiffer, tombaient tout emmêlés sur ses épaules, séchés et frisés par le vent de l'après-midi. Quand elle riait, elle nous inondait tous d'une joie communicative.

Je m'efforçai de fuir cette emprise neuve, si agréable et si simple ; je ne voulais pas paraître dans ce restaurant tel l'adolescent surpris dans son premier coup de foudre. Je détournai mon regard vers le Vieux-Port, vers le paysage qui nous enveloppait. J'entendais à peine les voix. Tout me ramenait à Agathe et à sa croix.

Au loin, derrière la pointe de la digue, le soleil passé sous la ligne d'horizon projetait ses feux grenat sur les murailles de Karlotta-Pietra. Hissée à flanc de montagne, la ville cachée avançait sur la mer, solennelle, défi de pierre aux navires toujours vaincus, dominant les éléments de ses remparts inexpugnables, étrave levée vers le ciel, et ce ciel qui s'embrasa une dernière fois dans la chaleur de l'été finissant laissa tomber sur elle sa lame de maroquin violet. Au creux des falaises, on devinait encore, surgissant de la roche, le bouillonnement des chutes d'eau dont le fracas nous parvenait assourdi, et, plus à l'est, la masse des écluses monumentales avec leurs toiles de métal fané qui semblaient soutenir les contreforts de la ville. Bâties du temps de la domination italienne, ces écluses avaient été le seul moyen possible pour développer le commerce du sel, à défaut de ce qui fait respirer une ville de côte : un port – Sartoria était trop loin. Couvrant près de soixante-dix mètres de dénivelé, elles avaient longtemps permis d'acheminer et de débarquer depuis la mer ou les provinces de la ville toutes sortes de marchandises, lesquelles étaient stockées dans une grange batelière coiffant l'extrémité sud du canal. Plus qu'une grange, d'ailleurs, c'était un entrepôt sculpté dans la pierre aux proportions considérables ; tout le monde nommait cet édifice « la grange batelière ». Mon père en avait assuré la rénovation quelques années plus tôt.

« Saviez-vous que le maire de Sartoria pense à se présenter aux prochaines élections présidentielles ? révéla à la cantonade Deborah Valmont tandis qu'on lui apportait un homard fendu en deux.

— Vous plaisantez ? dit John de Bondt en lorgnant par-dessus ses lunettes un plateau d'huîtres à une table voisine. Il n'a pas la carrure. Et il ferait du tort à Kranek.

— Voilà que vous vous intéressez à la politique, maintenant ? s'amusa à son tour mon père dans son trois pièces taillé par mes soins (il s'appliquait à vouvoyer en public Deborah malgré leur relation).

— Oh, très cher, après m'être fadée jusqu'à la nausée sur toutes les scènes du monde des *Norma*, des *Aïda*, des *Fedora* et autres *Lady Macbeth*, c'est assez logique, n'est-ce pas ? J'ai toujours été une femme politique, après tout. Je n'ai d'ailleurs jamais oublié de voter !

— Vous avez certes toujours donné de la voix, ajouta malicieux John de Bondt.

— En tout cas, répliqua-t-elle, je ne donnerai pas la mienne à Kranek. Il est dangereux. Vraiment. Saviez-vous qu'il s'est arrangé pour mettre en examen le directeur de l'Opéra, au motif de financements occultes ? Il commence à saper tout un système qui maintenait le pays. C'est un délateur, un fouille-merde. S'il arrive au pouvoir, je ne donne pas cher de ma peau. Je vous le dis, mes amis, tout ce qui se prépare est bien préoccupant.

— Vous voterez Migrovic, peut-être ?

— Quoi ? Ce vieil inverti ? Ce cul fumant ? Il n'en est pas question ! Il nous faut un libéral modéré, sinon nous basculerons. Ah, je redoute des heures très sombres pour Karlotta-Pietra. »

Il y eut un silence embarrassé. Chacun avait posé ses couverts. Nous savions que Deborah disait vrai.

Restée sur la réserve, Agathe scrutait les scintillements du port. De temps à autre, son regard se posait sur moi, bienveillant, plein de curiosité. De sa courte fourchette en argent, c'est avec délicatesse qu'elle cueillait les huîtres au creux de leur coquille. Elle en buvait l'eau et le citron pressé d'un geste silencieux ; et je m'efforçai d'éprouver avec elle la fraîcheur du liquide tapissant la voûte de son palais, coulant dans sa gorge derrière la petite croix d'or. Il ne m'échappait pas que Dimitri, mon père et John de Bondt la regardaient souvent.

Ce soir-là, durant le dîner, j'avais élu mienne et pour toujours ma princesse arrivée par la mer. Je savais bien que nous nous reverrions. J'étouffai mon impatience en comptant sur le temps et la magie de ces soirées d'août pour ancrer cette première rencontre dans notre histoire intime. Je m'imaginais porter Agathe dans une barque pâle, la conduire vers la grange batelière pour la faire accéder, grâce aux écluses formidables, à la terrasse protégée de mon refuge à ciel ouvert. Une entrée hors du commun dans mon univers.

Et c'est sans doute en me ressouvenant de ces instants, dix ans plus tard, à peine franchissant le seuil de la volière afin d'y retrouver Agathe que je revis les écluses, l'ascension imaginée, le vol des sanderlings si libres au ras de l'eau avant d'échapper aux remparts de la ville, les recoins de la grange batelière et la lente avancée de la barque sur les eaux du canal, et que je reçus mon illumination. J'avais enfin mon idée. J'avais trouvé. Agathe était venue par la mer ; elle repartirait par la mer. Nous repartirions tous par la mer. Les écluses se refermeraient sur nous comme un rideau de scène. Au vu et au su de tout le monde.

XIII

Assis seul dans la salle à manger de verre, je fumais en fixant dans la vitre le reflet des bougies que Leos venait d'allumer. J'expirai lentement, observant les volutes pâles s'enrouler devant l'écran phosphorescent d'une mer qui avait grossi depuis peu. Dimitri ne tarderait pas. Je serais si fier de lui faire part de mon plan. Le visage d'Agathe me souriait. Je pensais à elle avec la certitude de son réveil proche. Je tentais de pénétrer son secret, son silence, de descendre en elle pour me retrouver moi, serein, et la retrouver elle, joyeuse. Je voulais l'éprouver vivante dans le mystère d'un sommeil qui touchait à sa fin. Oui, je lui avais caressé ce bras qu'elle avait levé, cette main qui avait remué, je les avais mouillés de mes lèvres, les exténuant de baisers et de litanies inaudibles. J'avais passé sur son cou le morceau de tulle qui ne m'avait jamais quitté, ce souvenir tangible, humidifié de son parfum préféré, pour la rappeler à la vie, la faire se redresser sur sa couche afin qu'elle me rejoignît dans mon projet tout neuf.

Lorsque la sonnette de la porte d'entrée retentit, le ciel avait disparu dans une brume de soie cannelle percée ici et là de grands éclairs de nuit. Me parvinrent la voix affable de Leos puis celle, trop cassante à mon goût, de Dimitri qui avait décidément pris en grippe mon jeune protégé. Bon Dieu, que lui avait-il fait ?

« Alors, ça y est ? Tu as eu l'idée du siècle ? »

Tout sourire, Dimitri avait fait irruption dans « le cube ». Il prit le fauteuil club qui me faisait face, le long de la vitre. Il héla Leos d'un ton familier :

« Un double whisky, pour moi !

— Eh bien ! dis-je en dodelinant de la tête. Je vois que tu es en forme. Tu sais tout de même que Leos n'est pas mon majordome ?

— Oh, écoute ! répondit Dimitri. C'est tout comme. Et puis, nous n'allons pas dîner tout de suite, n'est-ce pas ? Tu as des tas de choses à me raconter.

— Je crois, dis-je avec un grand calme en m'asseyant dans l'autre fauteuil, que j'ai trouvé la solution pour quitter Karlotta-Pietra. Ce n'est pas venu d'un coup, tu imagines bien. »

Il me fallait un peu de concentration, associer avec méthode les images et les phrases qui avaient dessiné les premiers contours de cette idée.

Leos apporta à Dimitri son whisky, qui ne le regarda ni ne le remercia. Je m'efforçai de ne pas m'attacher à ce détail. Pour garder les idées claires, je me contentai d'un soda. Dimitri fouillait mon regard, mes attitudes. Un parfum de thym montait dans la pièce – Leos s'était mis aux fourneaux ; et dehors, le ressac étirait sa basse continue tout autour de nous, obsessionnelle, de plus en plus présente.

« D'une certaine façon, commençais-je, c'est à toi que je dois mon idée.

— À la bonne heure !

— Lorsque tu as parlé de l'empereur resté en ville pour mieux fuir. Le Cheval de Troie à l'envers.

— Je me rappelle.

— Eh bien, je crois qu'il faut revenir à l'Histoire. Toujours revenir à l'Histoire, garder à l'esprit ce que les hommes on fait.

— Son échec fut pourtant retentissant.

— Son échec ? Celui de l'impératrice, devrait-on dire. Personne n'a jamais parlé du plan initial de l'empereur. Qui, d'ailleurs, a jamais lu ses mémoires ? Certainement pas un Kranek ou un Marko ! »

Dimitri avait froncé les sourcils et replacé ses lunettes sur son nez. Je commençais à l'intéresser. Il but une gorgée de whisky ; j'allumai une cigarette et poursuivis.

« J'ai relu cette nuit les mémoires de Pierre VII. Tout est là. Je ne vais pas te faire un cours, tu sais comme moi combien ce pays a été le théâtre de révoltes et de luttes, la difficulté pour lui d'asseoir une identité, une culture, une couleur nationale.

— Oui, ça ne date pas d'hier. Depuis les conquêtes des terres et de la côte par la République de Venise, si je ne m'abuse.

— C'est exact. Ce qui nous renvoie au début du XIIIe siècle. Puis il y eut la violente révolte du peuple en 1357, l'autonomie retrouvée, la reconquête par Venise en 1417, la construction des remparts de la ville pour protéger les habitants des attaques turques de Soliman le Magnifique – grâce aux prisonniers grecs de l'île de Paxos appelés en renfort. S'en sont suivis la découverte des mines de sel et le début des échanges commerciaux avec d'autres pays, la construction du canal, des berges, des ponts, de la grange batelière et de son système d'écluses, et enfin l'exploitation des salines… Tout cela, on le doit à l'Italie. L'empereur a réalisé un véritable travail de recherche. Il a voulu s'expliquer en expliquant d'abord son pays. Il s'attarde peut-être un peu trop sur les tentatives de conspiration qui ont émaillé le XVIIe siècle, c'est pour mieux souligner le lent déclin qui peu a peu a miné la République de Venise, jusqu'à sa chute.

— Fin XVIIIe, n'est-ce pas ?

— 1797, pour être précis. Tu vois, j'ai appris les dates par cœur. La suite est mieux connue : le pays passe sous domination autrichienne ; puis, en 1868, à l'initiative de François-Joseph, c'est la création d'un empire autonome avec à sa tête un transfuge de l'empire austro-hongrois : notre Pierre VII en question, descendant non reconnu des Habsbourg.

— Ne me dis pas qu'il parle de cet affront !

— Il s'en garde bien, tu penses. Tout le monde le sait. Il préfère se montrer sous un jour favorable, et raconter sa rencontre avec la jeune Carlotta en usant de tournures de conte de fée. Elle a dix-huit ans, elle travaille dans les salines. Lui, il visite le site à cheval, il la remarque, ils tombent amoureux. Un coup de foudre sans doute enjolivé, mais on essaye d'y croire. Elle est italienne du côté de son père, tchèque du côté de sa mère. Scandale. Pourtant il l'épouse et la renomme Karlotta – ce qu'elle approuve ; avec les années, elle finit par devenir son plus proche conseiller, sa confidente et surtout une figure très aimée du peuple. Or, c'est par elle que le drame va arriver.

— Nous y voilà. Je crois que je vais prendre un autre whisky. Leos ?

— J'aimerais quand même que tu aies toute ta tête lorsque j'en viendrai à mon plan.

— Ce que tu peux être rabat-joie ! Bon, que s'est-il passé avec l'impératrice ?

— Nous sommes en 1887. Un mouvement autonome nationaliste tente de renverser l'empire de Pierre VII et de chasser de la ville les Italiens ainsi que leurs descendants. À l'époque, le gouvernement occupe le palais Zadar, et l'empereur habite avec son épouse au dernier étage. Secret de Polichinelle : l'empereur est impuissant. L'impératrice Karlotta va bientôt découcher ; elle aura un enfant, un fils, né d'une liaison avec un amant dont nul n'a jamais connu l'identité. Eh bien, tu ne le sais sans doute pas, mais c'est ce rejeton, une fois devenu jeune révolutionnaire, qui conduira le mouvement nationaliste. L'empereur le sait, et il va essayer de négocier. Il raconte avec des détails déchirants comment le palais Zadar est devenu une sorte d'ambassade italienne et comment près de cinq cents Italiens se sont réfugiés dans les salons, le Palais étant défendu par une armée aux abois. Le groupe de révolutionnaires s'échauffe. L'empereur tente de gagner du temps. Au lieu de fuir, il reste au palais, tente d'établir un gouvernement de cohabitation, espérant bien reprendre le dessus une fois la tentative de putsch repoussée.

— Cette fuite a bien eu lieu, pourtant !

— Oui. Mais pas à son initiative. C'est l'impératrice qui a pris les devants : elle a travaillé dans les mines de sel, elle connaît la géographie du pays comme sa poche, et surtout n'a jamais oublié que la première mine de sel a été découverte non loin du palais Zadar. Elle en connaît les galeries et sait que l'on peut rejoindre la mer par une longue descente à travers les escaliers abandonnés depuis des siècles.

— Et où se trouve cette ancienne mine ?

— Sur la petite île d'Ospara située sur le canal.

— Ospara ? Cette île minuscule où se dresse la villa de Deborah Valmont ?

— Oui, Monsieur.

— Tu veux nous faire fuir par là ?

— Attends, tu vas trop vite. D'ailleurs, je ne veux surtout pas emprunter cette voie. Revenons-en à l'impératrice. Pendant que son mari négocie avec son fils dans un bureau du premier étage – absurde situation – elle rassemble au rez-de-chaussée les Italiens, ses frères de sang, il ne faut pas l'oublier, et leur indique comment, à son signal, rejoindre les barques du pont le plus proche. De là, ils pourront gagner l'île d'Ospara alors inhabitée et retrouver le chemin des carrières. Elle viendra avec eux, dissimulée dans des vêtements d'homme.

— Quelle folle entreprise !

— Non. Ils savent tous que les négociations risquent d'échouer et qu'ils peuvent être fusillés d'un instant à l'autre entre les murs du palais Zadar. Il faut imaginer la confusion qui règne alors. Et tous vont suivre le plan de l'impératrice. La nuit est tombée. Les révolutionnaires sont postés devant la façade ; les Italiens sortiront par-derrière ; le pont n'est qu'à quelques mètres.

— C'est ce qui s'est passé ?

— Oui, hélas. Très peu ont réussi à fuir. Les Italiens se sont mis à courir sur le pont pour rejoindre les barques. La fusillade a éclaté. L'impératrice fut tuée presque la première, au milieu du pont, tombant sous les balles des soldats de son fils. C'est depuis cette nuit sordide que ce pont se nomme le pont de l'Impératrice.

— Il y a eu des survivants, pourtant.

— Une poignée, qui a pu se réfugier sur Ospara et retrouver le chemin des galeries. Si l'impératrice n'avait pas organisé cette fuite de dernière minute, pas un n'aurait réchappé et le palais Zadar serait devenu le lieu d'un massacre épouvantable. Ces rescapés doivent leur vie à l'impératrice. Avec le temps et l'ignorance, le pays a cependant cru que c'était l'empereur qui avait provoqué cette débandade et que c'est à lui qu'on devait tous ces morts.

— Et les négociations ont échoué, si ma mémoire est bonne.

— Non seulement l'empereur n'a pas réussi son coup, mais

il fut jeté en prison et ses amis politiques furent fusillés. C'est dans sa geôle qu'il a écrit ses mémoires, avant de se pendre, pendant que le nouvel ordre national déployait son régime et ses lois sous la houlette du fils, Karl Kranek, le grand-père du Kranek que nous connaissons. La suite, tout le monde la connaît : la chute du régime en 1918, puis le traité de Rapallo en 1920 qui redonne le pays aux Italiens – c'est à cette époque que la ville est renommée Karlotta-Pietra, en hommage à l'impératrice qui avait sauvé une partie de ses concitoyens. Enfin, 1945 : c'est la constitution d'un État indépendant et de notre république démocratique qui vacille aujourd'hui. On le sait : l'Histoire se répète. Il ne tient qu'à nous de ne pas en répéter les erreurs.

— Beau panorama, mon cher Sebastian. Mais tout ça ne me dit pas où tu veux en venir. »

J'observai quelques secondes de silence, allumai une troisième cigarette. Mon récit me confortait dans le sentiment que je tenais une bonne idée. J'allais maintenant en mesurer l'effet auprès de Dimitri dont les yeux s'étaient allumés, perdus à la fois dans la douce anesthésie de l'alcool et les visions recréées d'un passé qu'il n'avait pas connu. La mer à présent démontée s'était faite plus haute que le ciel, frappant contre les falaises, multipliant ses éruptions noires frangées de mousse.

« En rédigeant ses mémoires dans sa prison, repris-je d'une voix posée, l'empereur n'a omis aucun détail sur son plan initial. Je te rappelle qu'il voulait avant tout gagner du temps dans ses négociations, dont l'un des axes était d'obtenir de Karl Kranek qu'il épargne les fuyards italiens et qu'en échange de l'abdication partielle de son pouvoir, il les fasse prisonniers et les affecte aux salines pour des travaux d'intérêt général. Son plan était simple : après quelques semaines de cette peine factice, les Italiens fuiraient par la grange batelière lors de l'un des nombreux allers-retours entre les comptoirs de livraison du sel groupés à l'est de la ville, près des remparts, et les écluses situées à l'ouest, à bord des barges salines qu'ils convoyaient sur le canal. L'initiative de l'impératrice a empêché Pierre VII de conduire son plan à terme. Et il aurait réussi, car une telle fuite était inconcevable. »

Sur le seuil de la porte, Leos nous signala que le dîner était prêt. Il avait revêtu son costume, lissé sa moustache, et ses yeux à lui aussi brillaient ; j'étais persuadé qu'il ne perdait pas un mot de mon récit.

« Attends une minute, fit Dimitri. Tu envisages de fuir par les écluses ? »

Je soufflai la fumée de ma cigarette. Mon regard allait du regard de Dimitri à celui de Leos. Ils avaient quelque chose de commun. La flamme d'une bougie vacilla.

« Oui », répondis-je simplement.

Il y eut un long silence. Dimitri avait l'air ahuri. Pour une fois, je le surprenais.

« Je ne me prends pas pour l'empereur, dis-je pour le détendre un peu, mais son idée était excellente. Les écluses fonctionnent toujours, comme tu le sais, et les barges existent encore – elles rouillent sur l'ancienne zone de chalandise aujourd'hui abandonnée du quartier des Ancres rouges. Il suffira de les mettre à l'eau. Elles sont en nombre suffisant pour emmener tout le monde jusqu'à la grange batelière. »

Dimitri se redressa dans son fauteuil, haussant les sourcils.

« Enfin, fit-il décontenancé, comment veux-tu réussir ? C'est impossible. Tout le monde s'en apercevra. Nous n'aurons pas fait trois mètres que nous serons arrêtés.

— Non. Nous ne serons pas arrêtés.

— La milice est partout !

— La milice ne sera pas notre ennemie. Elle sera notre plus fidèle alliée. Le gouvernement sera dans le coup.

— Quoi ?

— Nous obtiendrons l'aval et la protection du gouvernement pour conduire nos troupes hors de la ville.

— Invraisemblable !

— Je ne crois pas. J'ai beaucoup réfléchi. Et, figure-toi, je t'ai écouté.

— Tiens !

— Mais oui. Tu as dit une chose, ces derniers temps, qui m'est revenue à la mémoire, en parlant de nos réfugiés conduits au sanatorium. Sur le moment, je n'y ai pas prêté attention, et puis, peu à peu, pensant à tous ces êtres faisant la queue en bas du funiculaire, ça m'est revenu.

— Qu'ai-je dit ?

— *Plus c'est gros, plus ça passe.*

— Eh bien ?

— Nous allons organiser une fuite au vu et au su de tout le monde. Nous allons déguerpir sous les yeux du gouvernement, qui nous applaudira, même ! Nous allons nous faire la malle au nez et à la barbe de nos ennemis. Nous allons accomplir un pari qui sera à la fois magique et diabolique.

— Et comment ? »

J'écrasai ma cigarette dans le cendrier et dis :

« Nous allons organiser un grand défilé de mode, un défilé Waltz & Wimer, un défilé nautique qui célébrera fièrement le retour à la ville close ! »

Dimitri et Leos étaient abasourdis.

« Tu es fou, laissa tomber Dimitri.

— Nous inviterons toute la population, nous installerons des gradins le long des berges, il y aura des flambeaux, un feu d'artifice. Ils veulent retrouver l'esprit d'autrefois ? Nous leur donnerons une fête vénitienne. Ils veulent célébrer la nation ? Nous leur offrirons un spectacle cousu main par deux figures emblématiques de leur culture. Nous deux, Dimitri ! Et tu sais quoi ? Sur ces barges habillées dans un somptueux décor, nos mannequins masqués et vêtus des plus beaux vêtements seront nos réfugiés, nos protégés ! On les acclamera ! Paradoxe absolu ! Sous chaque costume, il y aura l'un des cent visages de l'amphithéâtre du sanatorium. Ton Olga aura un très beau rôle, et mon Agathe sera le centre du défilé : allongée sur un lit dans une parure d'or, elle figurera la belle endormie ou la triste Ophélia. Nous allons leur en mettre plein la vue avant de disparaître. Les brumes du canal, qui sont plus denses à cette époque de l'année, favoriseront notre débarquement à l'intérieur de la grange batelière.

— Tu es complètement fou, répéta Dimitri, en riant cette fois. Et qui financera cette folie des grandeurs ?

— Mais le gouvernement, pardi ! Je compte bien aller voir le ministre du Patrimoine et de la Culture. Et puis, en complément, je solliciterai un mécène de taille qui ne pourra pas refuser.

— Qui ?

— Deborah Valmont.

— Pourquoi accepterait-elle ?

— Parce que ce défilé nautique se déroulera au son de sa voix, dans une reprise de ses plus belles interprétations. J'ai tout prévu, mon vieux.

— Je vois. Permets-moi pourtant de ne pas y croire. C'est énorme.

— C'est bien pourquoi nous réussirons.

— Tout ça me laisse perplexe. Nous ne sommes pas au

cinéma.

— Tu as autre chose à proposer, peut-être ? »

S'étant gratté la gorge, Leos se permit d'intervenir à nouveau dans l'espoir d'obtenir davantage de succès que la première fois. Il répéta :

« Messieurs, le dîner est prêt.

— Oh ! ça va, ça va ! maugréa Dimitri. On avait compris. Nous parlons de quelque chose d'important, là ! Apporte-moi un autre verre !

— Non, Dimitri, coupai-je. Nous passons à table. Merci beaucoup, Leos. »

Je me levai, furieux contre Dimitri, tandis que le jeune homme imperturbable repartait vers la cuisine. Dimitri s'assit lourdement sur sa chaise, vexé. Il me foudroya du regard et, à voix basse :

« Il y a trois couverts ? demanda-t-il.

— Oui, bien sûr. Leos dîne avec nous. »

Dimitri s'empourpra et explosa d'une colère sourde.

« Quoi ?

— En quoi cela est-il gênant ?

— Enfin, Sebastian ! Ce gars connaît tout de tes faits et gestes, il écoute ce que tu dis, rien de cette villa ne lui est étranger, il sait que tu abrites une jeune femme dont l'identité…

— Dimitri !

— Et tu ne sais rien de lui ! C'est absurde !

— Sans lui, rien ne serait possible. Ni la vie ici avec Agathe, ni la mise en œuvre de notre départ. Vous ne serez pas trop de deux pour m'épauler.

— Je refuse d'être mis au même rang que lui.

— Tu es jaloux ? C'est ridicule.

— Jaloux d'un étudiant ? Et jaloux de quoi ?

— Ma confiance en lui est totale. Il s'occupe d'Agathe avec une douceur dont tu serais bien incapable.

— Pourquoi n'as-tu pas invité Olga à dîner avec nous ? Elle a sa place ici autant que ton petit protégé, que je sache. Elle aussi aurait pu partager ton idée de génie, ton plan qui ne comporte aucun risque, ton délire suicidaire !

— Dimitri, tu as trop bu. Je crois que ce dîner est inutile, en définitive. »

Je me levai et poursuivis :

« Tu vas rentrer chez toi, tu vas te reposer et réfléchir à ma proposition lorsque tu auras retrouvé ton calme. »

Au même instant, Leos revenait avec une soupière fumante qu'il posa sur la table. Il nous regarda d'un air gêné. Personne n'eut cependant le temps de prononcer un mot car soudain nous entendîmes un choc violent contre la vitre. Nos visages se tournèrent vers la nuit. Ils se reflétaient avec les bougies dans les panneaux de verre. Rien. Contre toute attente, la mer avait éteint ses vagues et son tumulte, il n'y avait plus d'écume, plus de salves, plus de bouillonnements ; il n'y avait qu'une surface tremblée parcourue de remous pâles, et le ciel tout entier était pâle, lui aussi, épais, éclairé par une lune invisible qui labourait de son éclat les nuées blanches et lourdes massées contre la terre.

Un deuxième choc se produisit alors, puis un troisième presque instantanément. Et cette fois-ci, nous vîmes, de façon très distincte, ce que c'était. Surgissant du fond du ciel, crevant le brouillard de son vol fulgurant, un oiseau venait de s'écraser contre la vitre, suivi d'un autre. On ne pouvait se tromper : c'étaient des sanderlings. Au moment où je donnai l'ordre d'éteindre bougies et lampes afin que nul autre de leurs congénères ne fût ébloui, il y eut un immense craquement au-dessus de nous, telle une foudre proche, et les nuages se déchirèrent, inondant la nuit blanche de leurs gerbes brisées d'où s'échappèrent des flocons par milliers. Un vent d'une violence inouïe se leva, tumulte dans le tumulte, s'enroulant autour des rochers, grondant, luttant courant contre courant dans cette nuit crevée de neige. Les oiseaux affolés continuaient leur course, heurtant par rafales nos vitres, la falaise, les murs du sanatorium. Leur vol désordonné, leur cri plein d'effroi que nous percevions avant qu'ils ne se tuent devant nous, tout cela nous laissait désemparés.

« Ils se suicident ! dit Dimitri.

— C'est un phénomène rare, répondis-je d'une voix faible, qui ne se produit qu'ici. La dernière fois, c'était pendant la tempête de 1987. Ils sont effrayés, surpris dans leur vol et ne reconnaissent plus rien. Ils perdent leurs repères et s'écrasent comme cela. Ça n'arrive qu'aux sanderlings. C'est pour cette raison que la villa s'appelle les Mouettes Noires. Le matin, le spectacle est désolant. La terrasse, les jardins sont jonchés de leurs petits corps.

— On ne peut rien faire ? demanda Leos.

— Rien. Demain, la neige les aura recouverts en partie.

— Ils se suicident..., répéta pour lui-même Dimitri sur un ton grave. Fâcheux présage. »

Dans l'obscurité de la pièce que balayait par intermittence le faisceau poudreux du phare, ses yeux brillaient. Je ne sais à quoi il pensa, ni pourquoi il eut cette parole, mais, dans une volte-face inattendue, il me prit l'épaule et dit :

« Pardonne-moi, Sebastian. Je n'aurais pas dû être cynique, tout à l'heure, ni m'emporter. Tu as eu la seule idée qui rende notre fuite envisageable. Ce défilé nautique, nous le monterons, tu peux compter sur moi. »

Je ne répondis pas. Avec Leos, nous formions un étrange trio dans cette salle à manger obscure, plongés dans la tempête, un trio de conspirateurs qui ne pouvait que rappeler les plus sombres pages des derniers jours du règne de l'empereur. Les oiseaux ne cessaient de s'écraser contre les vitres.

Des tourbillons de neige voilaient le ciel. Des hommes et des femmes, en ville, attendaient notre signal quand nous, petits soldats de chair, nous rêvions à notre liberté, au passage de la frontière, à la clémence de l'Histoire pour que nous fût épargnée la triste malédiction de la ville close.

DEUXIÈME PARTIE

Ospara

XIV

Une ascension. Coûte que coûte. Ce fut, à mon réveil, la première idée qui s'imposa. La tempête n'avait faibli qu'au petit matin. Sa puissance continue, ses rafales à répétition, son insistance m'avaient exténué. Avant même que Leos ne fût levé, je me préparai un café. L'aube ne se décidait pas encore à colorer l'ourlet de la mer. Une mer que je devinais d'huile. Plus un souffle de vent, plus de flocons. La terrasse était ensevelie sous la neige ; la chaise longue que je n'avais pas eu le temps de rentrer faisait comme un haut catafalque et les sculptures de la balustrade se dressaient tels des visages de plâtre inachevés. Oui, il me fallait monter quelque part, dominer à la fois mes appréhensions et le projet insensé que j'avais conçu. Cette ascension, ce serait celle du Karlottashory. Seul.

On ne peut aller jusqu'au sommet. Le point le plus haut qui soit accessible par le sol, c'est le belvédère construit par l'empereur. Une simple plateforme de pierre cernée d'un parapet, avec un pavillon modeste en guise de refuge. Au-delà, la ligne des remparts empêche toute progression. On est au-dessus, mais on reste en dedans. Fausse liberté. Cruel point de vue sur les immensités, terres sans hommes ni maisons, depuis longtemps désertées à l'image du Vieux-Port de Sartoria que l'on devine encore au loin, autrefois prestigieuse station, aujourd'hui ruine.

Le soleil sans voile criblait de cristaux tout ce que pouvait embrasser mon regard. Les toits de Karlotta-Pietra formaient des barrettes émeraude blotties dans l'ombre des ruelles ; les jardins publics, la place de l'Hôtel de Ville, les berges, les remparts dessinaient des croissants polaires, intacts à cette heure nue, infoulés, masquant de leur fraîcheur trompeuse une si sombre réalité. Derrière les façades, combien étaient-ils à redouter les années à venir ? Combien étaient-ils à n'avoir pas démissionné d'un monde avec lequel ils se croyaient pourtant en règle ? Combien à ployer l'échine ? À accepter ? La tempête les avait enfermés pour toujours sous une pellicule de neige et de silence. J'étais seul, là-haut, derrière le parapet, à contempler ce qui restait du monde, j'étais seul à ne pas m'être arrêté à l'étage des hommes trompés ; je savais à présent que je ne serais pas seul à quitter les rives de l'interdit.

Je pense à nous, Agathe. Tu vas te réveiller.

Des oiseaux ont survécu, cette nuit. Je les vois, ils ont surgi derrière les cimes. Ils filent vers la mer. Les eaux montent, calmes et lentes. Les écluses nous attendent. Notre descente sera notre ascension. Viens !

XV

Les hautes portes de la volière étaient entrouvertes. Des herses de lumière traversaient la végétation dont les branches et les feuillages s'étreignaient plus que jamais. Je pénétrai sous le dôme immense. Il y avait de la buée, il y avait des pans d'ouate et de cristaux accrochés ici et là aux alvéoles de verre saturées de soleil. J'avançai. Derrière le grillage des cages en forme de castelet, les oiseaux s'ébrouaient, sages, attentifs à la quiétude des lieux.

Au loin, j'aperçus le baldaquin devant la mer. Et je le vis, lui, Leos, debout, torse nu, penché sur le corps nu aussi d'Agathe. De ses mains couvertes d'un onguent inconnu, il massait les épaules de ma belle endormie, son cou, ses bras. Je m'arrêtai ; Leos ne m'avait pas entendu. Il émanait de son visage et de ses muscles en tension quelque chose d'appliqué, de dévoué – un abandon tout en générosité. Ses paumes allaient et venaient sur la chair éteinte, montant maintenant le long des hanches, progressant peu à peu, abordant la naissance des seins. Dans la lumière crue, ces corps statuaires se paraient d'ombres furtives qui grandissaient et s'estompaient tour à tour au rythme du rituel. C'était une douce marée ; le flux et le reflux ; une chaleur grasse sous le froid de la neige partout tombée.

Puis il me vit et me sourit, calme, sans interrompre son soin. Je m'approchai, le rejoignis. Je ne parlai pas. Je regardai Agathe.

Son corps était enduit d'une crème à la fois brune et or qui exhalait un parfum de jasmin. Ses courbes semblaient raffermies, prêtes à laisser éclore une vie tue depuis trop longtemps. Les ecchymoses avaient disparu ; il n'y avait plus trace des violences du quai de Karlotta-la-Morte. Même son front, ses paupières, le creux un temps violacé de ses cernes s'étaient lissés. De temps à autre, Leos versait sur le corps quelques gouttes de cette crème dont il avait rempli une coupe. Ses mains commençaient par l'étaler en cercles concentriques qui allaient en s'élargissant sur la peau hydratée. Il ne cessait de sourire, certain des résultats qu'il obtiendrait, de l'efficacité de son intervention. Il ne me quittait pas des yeux, bienveillant. Son ventre effleurait à peine le corps d'Agathe. Au bout d'un long moment, il m'invita à l'imiter. Je dus moi aussi ôter ma chemise ; l'onguent résineux tachait facilement.

Gêné de m'être dévêtu, je lui offris malgré tout mes paumes au creux desquelles il versa un peu du contenu de sa coupe. Alors nous nous trouvâmes l'un devant l'autre, de chaque côté d'Agathe, à ranimer la chrysalide, chauds et silencieux, accordés l'un à l'autre, guettant pleins d'espoir le moindre frémissement, la moindre réaction, accompagnant de nos mains patientes le lent glissement des ombres de l'hiver enfin venu.

Combien de temps cela dura-t-il ? Nous n'avons pas cherché à mesurer. Agathe était sur le point de se réveiller, nous le sentions ; nous fûmes donc à elle, sur le qui-vive, réguliers et constants dans l'effort pour conjurer les courants du sommeil. Nous étions deux marins attendant le jusant.

XVI

La clé était lourde dans mon poing. Je l'avais serrée au fond de ma poche depuis mon départ des Mouettes Noires, long manteau sombre aux épaules, bonnet de laine et gants en nubuck. Leos me l'avait confiée non sans mille précautions oratoires, attention, Monsieur Wimer, si vous êtes pris, c'est la prison, personne ne doit savoir que vous avez accès au cimetière, je risque aussi d'être arrêté, ils remonteront aisément jusqu'à moi.

Dans l'autre poche, le petit morceau de tulle. La clé, le tulle – mes talismans. Une nuit luisante et froide avait vidé les rues de leurs passants, il n'était pourtant pas si tard ; le sel répandu à grands jets par des camions jaune et noir avait dessiné des sillages de neige fondue sur les pavés ; le funiculaire ne comptait qu'un seul client ; il n'y avait aucune raison d'être dehors, sauf à rentrer chez soi se calfeutrer. Si la milice patrouillait, c'était en toute discrétion : elle restait invisible. Je marchai sans me hâter. Je ne parvenais pas à me défaire du parfum de jasmin qui résistait à l'air gelé. Je voyais le dos cambré d'Agathe, ses cuisses immobiles passées à l'huile dorée, texture fibreuse et douce ; je voyais le regard de Leos concentré, quasi inexpressif, et je pensais à la mise en garde de Dimitri. Très vite, j'avais chassé l'idée qu'il eût pu prendre du plaisir à masser ainsi le corps d'Agathe.

Parvenu à l'extrémité ouest de la ville, j'empruntai l'escalier qui conduit aux remparts. On n'avait pas salé à cet endroit et je faillis tomber plusieurs fois ; d'autant plus que, par mesure d'économie sans doute, les réverbères n'étaient pas allumés. Tant mieux, pensais-je, cela faciliterait mon intrusion. Mon cœur battait vite, non pas tant à cause de mon infraction imminente qu'au souvenir de la tombe vers laquelle je retournais. La muraille se fit plus haute, masquant la mer. Je crus percevoir un froissement d'étoffe derrière moi. Je me retournai ; personne. J'étais seul avec le son ouaté de mes pas. Bientôt j'aperçus le renfoncement qui annonce le mur du cimetière, l'étroit chemin qui s'enfonce vers les croix. Je l'empruntai. Après quelques mètres, de la neige jusqu'aux genoux, je vis alors la porte. Celle que la peur m'avait fait claquer après la cruelle vision des gisants. Je sortis la clé de ma poche, fis jouer la serrure mais la haute couche de neige m'empêchait de faire pivoter le battant. Je dus déblayer à la main. Des frissons me gagnaient. Que la milice surgît – j'étais fait comme un rat. Je m'obstinais et creusai, rageusement. Encore ce bruit. On me guettait, tel le prisonnier creusant son trou sur le point d'être surpris. Sauf que je ne voulais pas sortir, je voulais entrer. Âme qui vive ? Non. Je me faisais des idées. Un animal, sans doute. La porte céda soudain. Je l'entrebâillai, juste assez pour me glisser dans le cimetière.

Ils étaient là, un peu sur ma droite, allongés devant le rideau de cyprès tavelé de flocons gelés. Par magie, au lieu de former un bloc au-dessus d'eux, la neige avait épousé les contours, le dessin des corps et les plis du drap devenu plus réel que dans mon souvenir. On eût dit qu'ils m'attendaient, confiants sous leur nouveau linceul et fiers de cette pose solennelle qu'ils offraient au regard. Les voyant ainsi après le tumulte des derniers jours, je n'éprouvais plus aucune peur. J'étais heureux et presque intimidé. Je m'approchai. La lune faisait ruisseler sur eux une lumière phosphorescente. Qui avait commandité cette tombe ? Avait-on gravé des dates, des noms ? À grands gestes, je fouillai la neige, protégé par mes gants, je dégageai peu à peu le marbre, cherchant la pierre nue, les plis, les corps. Les visages apparurent, le chignon d'Agathe, le livre entrouvert que je tenais de mes mains modelées par un sculpteur inconnu. Qui avait décidé de cette pose ? Je cherchai les jointures. La dalle semblait d'un seul tenant. C'était absurde de ma part, jamais je ne pourrais la soulever. Quel naïf je faisais : je voulais me persuader que la tombe était vide. Je savais bien qu'Agathe était dans l'autre tombe, sous la petite stèle sobre et élégante qui avait accueilli tant de fois mon désespoir. Mais mon Agathe n'était-elle pas plutôt aux Mouettes Noires ? D'ailleurs, l'avais-je vue dans le cercueil le jour de l'enterrement ? J'avais été incapable d'aller reconnaître le corps ; c'est Lecinge et Dimitri qui étaient allés à la morgue. Ils avaient été formels. Au même moment, j'étais à la villa, prostré, anéanti. Une loque qui n'avait même pas pu embrasser sa femme une dernière fois. Dieu sait si je m'en étais voulu, depuis. Au-dessus de quel corps avais-je donc pleuré dans ce cimetière aux sépultures sans défunt ? Y avait-il quelqu'un d'autre ? Un étau me serrait les tempes. Mon esprit n'avait plus rien à quoi se raccrocher. Malgré le froid, je sentais dans mes veines couler un sang jusqu'ici inconnu – le sang de la folie, le sang de la raison aux bords ébréchés ; ça bourdonnait en moi, ça cognait fort dans ma poitrine.

Saisissant dans la poche de mon manteau un petit flacon d'argent que j'avais pris soin de remplir, je l'ouvris et le suspendis un instant au-dessus des gisants. Il contenait l'onguent de Leos. Lentement, presque religieusement, j'en fis couler plusieurs gouttes sur le corps d'Agathe où résistaient encore quelques plaques de neige. Une alchimie qui m'échappait les fit fondre aussitôt. J'en répandis l'intégralité sur le marbre, couvrant le visage, les seins de pierre, le buste et les jambes bordés dans leur linceul figé. Puis, sous l'effet de ma folie, je me pris à caresser les courbes, les creux, le galbe de cette femme simulée. Je répétai son prénom à voix basse, je l'implorai comme j'avais tant de fois imploré le corps de chair du lit à baldaquin ; et je ne savais plus qui, de la vivante ou de la morte, de celle d'en haut ou de celle d'en bas, reviendrait la première au réel. Je me figurais qu'en stimulant la morte je retrouverais la vivante. L'une et l'autre semblables dans ma merveilleuse angoisse, elles finiraient bien par accorder leur songe et ne former plus qu'une. Je m'étais mis à rire. Je me surpris à m'allonger sur le marbre luisant. L'onguent avait créé sur la matière une illusion de profondeur. Une sorte de miroitement. De la vie. Ah, ce parfum de jasmin ! Je souillais mon manteau. Peu m'importait. Le visage froid d'Agathe était contre le mien, brûlant. Je m'étais glissé entre ses hanches et mon double de pierre. Je voulais avoir Agathe un peu pour moi, la regarder de mes yeux mobiles, bien vivants, fiers.

Longtemps je demeurai ainsi dans les bras de la morte. L'air froid et vif n'avait aucune emprise sur moi. Il y eut une bourrasque brève et tiède, tel un courant chaud dans une mer glaciale, aussitôt suivie d'un léger craquement. La neige écrasée. Ça grinçait. Quelqu'un marchait, avançait vers la tombe. Je me levai d'un bond. M'avait-on surpris dans ma pose ridicule ? J'épiai l'obscurité, la crête irrégulière des croix, des dalles et des chapelles votives. Oui, il y avait quelqu'un. Sous un tilleul, j'aperçus une silhouette. Un homme, sans doute, qui s'était arrêté et qui me regardait. Il était vêtu d'un étrange habit, long et sombre, qui tenait à la fois de la cape et de la houppelande ; et devant son visage, dissimulé sous un chapeau, on devinait une espèce de mantille qui effaçait ses traits.

Au lieu de détaler comme un lapin, je restai là debout à le regarder. Nous nous observâmes un long moment. Sans un mot. Le tapis de neige, le silence et la nuit auraient pu annoncer une scène de duel ; contre toute attente, un échange bien différent se déroula.

L'inconnu s'était approché de moi. Il leva une main et, à voix basse, il murmura :

« Ne partez pas. »

Je fis quelques pas dans sa direction. De nouveau sa voix s'éleva ; une fumée pâle s'échappait de sa mantille.

« Je vous en prie, restez où vous êtes. »

J'obéis. C'était absurde. Quelque chose de puissant montait en moi, des forces qui m'échappaient et sur lesquelles je n'avais aucun contrôle. On m'intimait l'ordre d'obéir sans opposer la moindre résistance. J'aurais pu demander à l'homme son identité, la raison pour laquelle il était là, cependant je ne parvenais pas à remuer les lèvres, à prononcer la moindre parole. L'homme était grand et certainement d'âge mûr. Son habit noir impressionnait.

« Je ne serai pas long, reprit-il, toujours à voix basse. Je suis celui que vous cherchez, celui à qui vous avez dû penser depuis plusieurs semaines. Celui qui vous a blessé sans le vouloir. Je suis l'homme qui a voulu cette tombe. Je suis l'homme qui a voulu ces gisants, pour une raison qu'hélas je ne peux partager avec vous. Ne cherchez pas à savoir qui je suis. Je suis venu ce soir vous demander pardon. »

J'étais abasourdi. Je parvins à faire un pas. De nouveau, l'inconnu leva la main. Je m'immobilisai.

« Monsieur !... », lançai-je comme un cri.

Il recula un peu sous le tilleul et répéta, la main toujours levée :

« Ne cherchez pas à savoir qui je suis. Je suis seulement venu vous demander pardon. N'oubliez pas. Un jour, sans doute, toute la lumière sera faite sur ce qui s'est passé. Alors, j'espère, vous me pardonnerez. Quittez la ville. Au plus vite. Mettez en œuvre votre projet. Partez. Moi, je reste. Accomplissez ce qui est écrit pour vous. Je viendrai souvent sous cet arbre pour penser à ce soir. Oui, partez, Sebastian. Je ne peux pas vous retenir. »

Alors il se retourna. Lentement. Son manteau fut touché par un rayon de lune. Puis il disparut entre les tombes tandis que je demeurai seul et stupéfait dans l'ombre des gisants complices de son vœu.

XVII

Sur le chemin du retour, je me refusai à tout raisonnement. Je me laissai porter par cette apparition à la fois mystérieuse et bienveillante, la voix de cet homme que je n'avais pas identifiée, ses paroles qui, à l'écouter, prendraient un jour tout leur sens. En somme, une fois de plus, j'allais devoir compter avec le temps. Je m'abandonnai à ce destin sans garde-fou qui peu à peu m'aspirait.

De justesse j'attrapai le dernier funiculaire. Le gros conducteur me salua d'un sourire fatigué. Il avait tourné à vide presque toute la journée, c'était déprimant, mais bon, il fallait s'y faire, c'était toujours la même chose à cette période de l'année. Il n'avait chargé qu'un seul client, un homme, une sorte de militaire habillé tout en noir, avec des bottes couvertes de neige fondue, dix minutes plus tôt, pas bavard, le gars. Il se demandait bien, d'ailleurs, ce que ce type était allé faire là-haut à cette heure.

Partager son étonnement ne me fut pas difficile ; dissimuler ma subite inquiétude me demanda un effort plus grand. Je reculai dans la pénombre du wagonnet pour éteindre la pâleur qui gagnait mon visage, me tournant de trois quarts pour feindre de contempler le point de vue pourtant si familier.

Une fois sur le petit parvis de la gare, je marchai à vive allure vers les Mouettes Noires. Je longeai la corniche. Une neige dense et lourde tassait ses couches sur les pierres. Au loin se détachaient les toits de la villa illuminée. Pas une voiture sur la route. Personne. Le silence étouffait le son de mes pas.

Il ne faisait aucun doute que l'homme aux bottes était un membre de la milice et qu'il s'était rendu chez moi pour un contrôle d'identité. J'entendais encore la voix de Dimitri : « La milice va bientôt frapper aux portes. Maison par maison, pour n'oublier personne. » Dix minutes, cela faisait déjà un moment. L'homme avait déjà dû sonner à la porte de la villa. Leos lui avait-il ouvert ?

Comme souvent dans les situations particulières, j'eus une réaction inattendue. Au lieu de rentrer chez moi en prenant un air détaché (après tout, je n'étais pas censé être au courant de cette visite), je contournai la maison. Il existe, dans le prolongement de la corniche, un étroit escalier qui conduit, le long de la falaise, à une petite grille dont j'ai la clé. Si la végétation l'a un peu envahie, on peut encore l'entrouvrir, se faufiler à travers la haie sauvage et accéder à la terrasse. C'est ce que je fis, en proie à mille conjectures.

Les projecteurs extérieurs étaient éteints. J'avançai avec prudence jusqu'à la haute et large masse d'un transformateur – mon poste d'observation pour les minutes à venir. De là, à travers les baies vitrées, j'avais une vue parfaite de ma chambre, du vaste salon, de la salle à manger et même du hall d'entrée. Toutes les lampes étaient allumées. C'était un aquarium dont les eaux me parurent alors trop calmes : pas une silhouette, pas un mouvement n'en venaient troubler l'onde. Peut-être m'étais-je fait des idées. Ne me trouvant pas, l'homme était reparti. Leos ne lui avait pas ouvert, voilà tout.

Une autre possibilité – bien plus alarmante – était que Leos eût reçu l'ordre d'ouvrir toutes les pièces de la villa, y compris la volière que d'ici je ne pouvais voir, et qu'ils y fussent tous les deux à cet instant, devant le lit d'Agathe. Bien vite, l'identité de mes deux réfugiés serait découverte ; et moi qui les abritais, embarqué avec eux puis jeté en prison en attente d'un procès interminable ou, au contraire, expéditif – ce qui signifiait une bonne petite fusillade en règle. Toutes les images déroulaient déjà leur lot de peurs et d'horreurs.

Le froid humide pénétrait partout sous mes vêtements. Que faire ? Je ne devais pas me montrer mais trouver un moyen de les sauver l'un et l'autre. Si j'étais incapable aujourd'hui d'en sauver deux, je serais incapable demain d'en sauver cent. Je levai le visage vers le ciel pour y chercher une réponse. Je ne voyais que la nuit, une nuit épaisse et sans étoile, une nuit égoïste qui me renvoyait à moi-même et à mes responsabilités : après tout, c'était moi qui avais demandé à Lecinge de porter Agathe aux Mouettes Noires, et c'était moi qui avais demandé à Leos d'y habiter.

Une ombre glissa sur le mur du salon. Puis une deuxième, plus petite. Ils apparurent tous les deux. L'homme de la milice était mince, visage sec avec deux charbons à la place des yeux. Il faisait de grands gestes d'un air fermé, obstiné. Il n'avait pas ôté son manteau. En face de lui, Leos semblait lui tenir tête. Son regard clair soutenait celui du petit homme. Dans son habit soigné, il avait davantage l'allure du maître des lieux que celui d'un aide de camp. Il répondait. Il essayait de convaincre. Lui aussi faisait des gestes – plus mesurés. Il tenait tête. Sans peine. L'autre insistait. Sous un pan de son horrible manteau, je vis une grosse ceinture et la crosse d'un revolver.

L'homme se tut un instant, avança vers la baie vitrée et inspecta la nuit – je me reculai aussitôt dans l'ombre du transformateur. Il réfléchissait. Leos, lui, restait immobile près de la table basse. Que s'étaient-ils dits depuis tout ce temps ? Pourquoi l'homme ne partait-il pas ? Attendaient-ils mon retour ? C'était probable.

L'homme se retourna et finit par aboyer un ordre. Leos parut hésiter. Dans la lumière du salon, il faisait plus vieux que son âge. J'avais d'ailleurs remarqué, depuis quelques jours, qu'il avait pris de l'assurance. Était-ce l'effet de son rôle ici ? son intimité avec Agathe ? la promesse d'un nouvel avenir ? Il s'était figé dans une pose décidée ; puis il laissa seul l'homme de la milice qui ne le suivit pas mais alluma une cigarette en retournant vers la terrasse. Leos passa alors dans ma chambre. Une lampe était allumée sur une console. Je distinguais le lit, les tableaux, les armoires, les lourds rideaux de soie sauvage qu'Agathe avait fait venir de Turquie.

Leos se dirigea vers ma table de chevet. Il se pencha un peu, ouvrit le tiroir et en retira le passeport d'Agathe. Il l'ouvrit, en fit tourner les premières pages. L'autre fumait toujours dans le salon, avec un air de rat. Je vis Leos faire non de la tête, comme s'il avait pris conscience que la situation ne pourrait pas s'arranger. Il demeura un instant sans bouger avant de se pencher de nouveau vers le tiroir. Je savais très bien ce qu'il avait aperçu. Il se retourna pour s'assurer que le rat ne l'avait pas suivi. Puis sa main alla au fond du tiroir et en extirpa un browning – mon petit browning offert par mon père et qui était toujours chargé. Il s'assura que les balles étaient dans le barillet, se retourna encore, inquiet, jeta le passeport d'Agathe sur le lit et se dirigea vers le salon.

L'homme eut un mouvement. Son visage m'apparut. Il regardait à présent la porte de ma chambre. Alors ses traits se décomposèrent. Leos avançait vers lui. Il tenait le browning bien en main, dirigé contre l'homme qui eut un geste pour dégainer son revolver. Leos hurla un ordre que je ne compris pas. Il était devenu un autre, le visage un peu empourpré, les veines de son cou tendues ; il ne tremblait pas. On aurait dit qu'il s'était exercé au tir toute sa vie. Il visait l'homme à bonne distance, sûr de lui. L'autre avait levé les mains en l'air. Leos lui parlait, le faisant reculer vers la porte d'entrée ; mais le petit rat résistait ; il donnait des petits coups de menton pleins d'agressivité, et ses yeux s'étaient allumés d'une rage folle.

Devais-je intervenir ? Je ne pouvais laisser Leos seul. D'autant que les baies vitrées étaient fermées et que, pour ne pas détourner l'attention de Leos et le mettre en danger, il me fallait contourner à nouveau la villa pour atteindre la porte principale.

Au moment où j'allais quitter mon poste d'observation, l'homme s'empara de son revolver d'un geste fulgurant et le dirigea vers Leos. Il y eut un coup de feu. Un seul, dont le bruit traversa à peine les pierres des Mouettes Noires. Puis les deux hommes demeurèrent immobiles, face à face, effroi pour effroi, moment terrible qui ne dura que peu de secondes – interminable. J'étais paralysé. Je vis alors la triste silhouette de l'homme s'affaisser dans son manteau. Il tomba comme un pantin, du sang sur ses mains de rat, en arrière, sur la moquette, à l'endroit même que le sang d'Agathe avait maculé.

À l'inverse de moi, Leos n'était pas pétrifié. Le visage sombre, il se précipita vers le mort qu'il enroula dans son manteau. Puis il le traîna sur le sol jusqu'à la baie vitrée qu'il ouvrit. Alors, au lieu d'agir, de lui venir en aide, de le rassurer et, d'une certaine façon, de le protéger, je le regardai faire.

Leos n'était pas grand mais possédait une force hors du commun. Il était musclé – je le savais depuis que je l'avais vu masser Agathe. Je ne fus pas surpris qu'il fût capable de traîner le corps du rat jusqu'au parapet. Il ne soufflait pas. Il ne jurait pas. Il le faisait, calme, décidé, sans même regarder autour de lui. Les bottes du cadavre raclaient le sol, laissant de longues traces noires dans la neige. Puis Leos hissa de toutes ses forces la petite masse informe au-dessus de la balustrade de pierre, et tel un débardeur des quais, il fit basculer le corps dans le vide. Il n'y eut aucun son. La falaise est si haute que le bruit du corps englouti fut aspiré par le ressac des vagues. J'étais stupéfait.

Un petit vent se levait. Leos se recoiffa, regarda quelques secondes par-dessus le parapet et se dirigea vers la remise de la terrasse d'où il revint avec une pelle. Il se mit alors à déblayer la neige. Ce fut fait rapidement, avec méthode. Rien ne s'était passé.

Lorsque j'ouvris la porte de la villa, tout était paisible. Je cherchai Leos, l'appelai. Il surgit de la cuisine dans son tablier bleu, cuillère en bois au poing, le regard plus clair que jamais. Il me sourit. Il était d'un calme ahurissant.

« Comment ça va ? demandai-je d'un air détaché.

— Je vous attendais, répondit-il simplement. Tout va pour le mieux, Monsieur Wimer. Je veille sur vous et sur cette maison. Ce n'est pas toujours de tout repos, mais je monte la garde comme il faut. Un civet de lièvre, pour le dîner, ça ira ? Vous me raconterez votre virée au cimetière… »

XVIII

L'aube a peu à peu éclairé ma chambre. Depuis le lit, je l'ai regardée monter, souligner les contours des fauteuils, des tableaux, des abat-jour, envelopper le silence de ma veille. Car j'ai veillé, obsédé par l'image de Leos arme au poing. J'ai su que le moment était venu.

Leos n'était pas un assassin : il s'était défendu, plus rapide que le rat. Il m'avait protégé – il *nous* avait protégés. Sa flèche d'un petit archer de l'ombre avait visé juste. Il avait vengé Agathe, et sur cette vengeance qui le grandissait à mes yeux, il gardait à présent la discrétion des princes.

Je me suis levé. J'ai préparé du café, je me suis purifié sous l'eau chaude de la douche qui crépitait autour de moi. Je me suis habillé avec soin, boutonnant ma chemise sans la froisser devant la baie vitrée. Il y avait mon reflet, il y avait la mer lisse et fraîche comme cette chemise, cette chemise portée le soir de notre dernier Noël avec Agathe, et pas une autre. Oui, le moment était venu.

Traversant le salon, j'ai jeté un coup d'œil à la loggia sur la terrasse. Les rideaux étaient fermés. Leos devait encore dormir. J'ai inspecté l'endroit où l'homme de la milice s'était effondré. Une chance qu'il ne fût pas venu en voiture : qu'en aurions-nous fait ? Sa disparition, pourtant, ne tarderait pas à se savoir. Nous serions dans le viseur de l'enquête. Le type avait certainement dressé une liste des maisons à visiter qui devait bien traîner quelque part.

J'ai pris soin de ne pas faire de bruit. Absurde. Qui pouvait m'entendre ? Tout reposait. Chaque objet paraissait recueilli dans le secret de son histoire, juste avant que les premiers rayons du soleil ne viennent leur donner vie. Dans mon bureau, je me suis arrêté devant le mur de photographies. Celles qui représentaient ma mère étaient trop rares, pourquoi ne l'avions-nous pas davantage préservée de l'oubli, elle qui vouait un culte absolu au passé et à la mémoire, elle trop vite en allée, si jeune – odieux cancer, avec cette récidive qui l'avait crucifiée ? Des souvenirs d'elle, si ténus, hélas, m'ont traversé. Sa voix, la façon dont elle embrassait mes cheveux, près de la tempe, les longues promenades dans les jardins de Sartoria, les draps portés au monsieur à blouse grise de la laverie, rue Novák. Je n'ai pas eu le temps de lui dire combien je l'aimais – mon père avait tout fait pour m'éloigner du cauchemar. J'ai décroché la dernière photo d'eux, ensemble – la dernière photo sur laquelle ils sont heureux ; ils ne savent pas encore ce qui va s'abattre sur notre famille. Mon père doit avoir mon âge. C'est fou ce que je lui ressemble. Trait pour trait. Il aura pu dire à ma mère, lui, qu'il l'aimait. Il aura eu ce temps, ce tout petit temps qui est l'éternité avant le trou noir. Lui en ai-je vraiment voulu d'avoir trouvé du réconfort dans les bras de Deborah Valmont ? Ils se sont croisés, ils se sont reconnus dans la fantaisie et la solitude, ils ont ri, il a dû trouver qu'elle avait la peau douce, et en avant pour un deuxième acte !

Les portes de la volière se sont ouvertes. Pénombre bleue. Les palmes guettant le jour ; les fleurs quittant la nuit. Tout était paisible. Je me suis avancé au milieu de la végétation assoupie comme on pénètre dans un songe délicieux. Au loin, le baldaquin dressait ses colonnes et ses tentures contre l'horizon qui blanchissait. La neige avait fondu sur la coupole immense. Partout le ciel était visible.

Je me suis penché sur son corps. J'ai pris sa main, j'ai murmuré son prénom. Murmure familier. Sereine incantation. Le voile impalpable de son absence au monde s'est lentement déchiré. J'ai senti les sombres puissances se retirer. J'ai éprouvé les rêves en péril, cette seconde infime qui parvient à les vaincre pour imposer le réel d'ici-bas. Hésitations. Palpitations. Les veines de son cou se sont mises à battre plus fort. Et puis, ce miracle. Ce frémissement qui m'a comblé d'une joie inouïe : sa main qui serre ma main – oh, faiblement ; mais c'est là, ça existe, elle m'a serré la paume avec la force dérisoire d'un enfant. Hésitations. Palpitations. J'ai répondu à son appel. J'ai embrassé son front, un baiser empli de respect, de douceur, d'encouragements. Sur son visage, un frisson. Sa respiration a esquissé comme un sanglot.

Et ses yeux se sont ouverts.

Ses yeux se sont ouverts.

Ses yeux et ses paumes se sont ouverts.

Elle n'a pas vu mon sourire. Elle semblait ne pas me voir. Son regard était perdu quelque part entre le ciel au-dessus d'elle qui l'enveloppait et le royaume des morts d'où elle revenait. Ses pupilles étaient fixes, la couleur de son iris atténuée par un glacis vert d'eau. Mais c'était bien son iris, ses petites planètes vertes pailletées d'or.

Je me suis retenu pour ne pas exulter. J'avais toujours su que c'était elle, Agathe, mon Agathe, mon petit cygne.

« Agathe ? »

Son regard peu à peu s'est habitué à la réalité. Elle a tourné son visage vers le mien. Elle m'a vu. Elle n'a pas souri, pourtant.

Sa bouche s'est entrouverte, ses lèvres ont remué, à peine ; aucun son n'en est sorti. Je lui ai demandé de ne pas parler, ma chérie, pas maintenant, il faut te reposer. Elle a fermé les paupières un instant et la peur qu'elle ne replonge dans son sommeil m'a traversé ; de nouveau elle a rouvert les yeux. Plus présente.

Elle n'a pas prononcé mon nom. Elle a remonté le drap de lin sur sa poitrine ; elle s'est redressée sur son oreiller. Elle avait l'air perdu. Puis elle m'a dévisagé. Son regard tentait de déchiffrer mes traits. Cela m'a fait mal. Pourquoi ce sentiment d'être un étranger ? En elle, tout n'était que trouble et incompréhension. Je l'ai appelée de nouveau. J'ai pris sa main, encore et encore, la caressant ; elle l'a lentement retirée. Il y avait de la peur dans ses gestes, dans la façon qu'elle avait de me considérer.

Bruits de pas dans la volière. Leos est arrivé, cheveux en bataille. Il arborait un air grave, solennel. Il m'a salué d'un signe de tête, masquant toute joie. Il s'est approché d'Agathe ; j'ai cru qu'il allait s'agenouiller. Et ils se sont regardés, longuement.

Le soleil embrasait la mer à présent. Un ciel d'un bleu pur débordait de part et d'autre de la coupole. Les armatures flambaient sous les jeunes rayons du soleil revenu. Autour de nous, les oiseaux de la volière s'étaient unis au chant de la Terre.

Agathe a replié ses genoux sous le drap. Puis elle a souri, timide, avant de prononcer ces premiers mots :

« J'ai froid. »

Avec Leos, nous l'avons aidée à se lever. Elle était tout étourdie. Plus tard, nous l'avons portée dans ma chambre. Dans *notre* chambre. Dans *notre* lit.

Leos a fait un feu de cheminée. Je l'ai prié de nous laisser seuls. Il s'est incliné tel un serviteur japonais avant de se retirer et, peut-être, de penser à son meurtre.

J'ai donné à Agathe des vêtements. Pudique, elle n'a enfilé qu'un pull, un de ses cols roulés qu'elle affectionne. Assis sur le lit, je l'ai contemplée sans rien dire. Il y avait quelque chose de craintif dans ses gestes. Je ne voulais pas la brusquer. Nous aurions tout le temps de parler. Ses bras pâles, je les retrouvais intacts, portés par la grâce de son art oublié ; son petit mouvement d'épaule lorsqu'elle passait la tête dans le col roulé, je le reconnaissais, lui aussi. Nous nous étions quittés depuis si peu de temps.

Les années se sont brusquement effacées. À l'image de la terrasse déblayée par Leos, il ne s'était rien passé. Absolument rien.

Agathe est d'abord demeurée silencieuse. Au bout d'un moment, alors que je me levais pour chercher de l'eau, elle a murmuré d'une voix incertaine :

« Vous m'appelez Agathe, mais je m'appelle Kathrin. Kathrin Petersen. »

XIX

Le Café Loris fait partie des joyaux de Karlotta-Pietra. Il s'adosse à l'Opéra impérial, discret et majestueux tout ensemble, structure de verre et de métal dont les voûtes extérieures suggèrent aussi bien la serre que le cloître. Le hall du rez-de-chaussée est un jardin d'hiver ; on accède au café par un escalier à double révolution – redoutable montée de marches pour qui recherche la discrétion. On vient au Café Loris pour y être vu. C'est un concurrent du Sljet Bar. Dans ces salons en hauteur, on ne prend pas tant le café que la pose. On domine la ville et on veut dominer les autres, regards, titres, toilettes. On espère surtout y être convié pour la soirée de gala annuelle de l'Opéra. Certains ont leur abonnement d'emblée ; d'autres grenouillent auprès des puissances invitantes durant douze mois. C'est qu'on veut les monter, ces marches ! Juteuse période pour les affaires de Dimitri dont le carnet de commande connaît alors un petit regain côté smokings.

Ce soir-là, je me serais bien passé d'assister à ce grand événement. Agathe occupait toutes mes pensées. Ç'avait été un déchirement que de la laisser aux Mouettes Noires, veillée par un Leos pourtant plus attentif que jamais.

Kathrin Petersen ? Je n'y croyais pas. J'avais préféré ne pas répondre. Le repos et le temps rétabliraient la vérité. Il était surprenant, malgré tout, qu'elle n'eût posé aucune question sur ce qui s'était passé, l'endroit où elle était, qui nous étions, Leos et moi. Elle semblait flotter dans un *entre deux mondes*. À la fois sous l'emprise d'un passé secret et indifférente à cette chambre, à notre présence – comme si tout cela était au fond assez évident. Au déjeuner, je lui avais apporté un bouillon, des fruits. Je l'avais retrouvée assise devant la cheminée, pieds nus. La robe de chambre qu'elle avait finalement préférée au col roulé s'était un peu ouverte sur ses jambes. Je ne pouvais détacher mon regard de ses petits talons ronds et blonds qui épousaient la courbe de ses fesses, j'avais envie de les embrasser, de les réchauffer dans mes mains. Elle ne s'était pas retournée, elle fixait les flammes en leur offrant ses paumes. Or, il ne faisait pas froid. Elle était ailleurs. Peut-être essayait-elle de se ressouvenir.

M'ayant enfin entendu, elle s'était levée sans vaciller, croisant les pans de sa robe de chambre. Elle m'avait adressé un sourire triste et s'était approchée de la baie vitrée, silencieuse, regardant la mer. Elle avait relevé ses cheveux en un chignon brouillon, comme elle le faisait chaque matin avant de prendre son café. Elle s'était donc rendue dans la salle de bains. Elle avait retrouvé l'emplacement de ses affaires – que je n'avais jamais enlevées, ses crèmes, sa brosse à cheveux, ses pinces. Tout avait été si simple. Il ne s'était rien passé. Après autant de jours et de nuits plongée dans un coma inexplicable, elle se *réanimait* ; j'étais étonné de son énergie bien que chacun de ses mouvements restât lent. Elle m'avait bientôt demandé de la laisser seule.

À l'approche du soir, il m'avait fallu passer mon smoking. Leos avait reçu des instructions. Je tremblais à l'idée qu'un autre membre de la milice ne se pointât durant la soirée. Bien entendu, je n'avais pas soufflé mot à mon jeune ami de la scène à laquelle j'avais assisté. Après tout, pensais-je avec une noire ironie, je n'irais pas compter les cadavres empilés sur les rochers. C'était son affaire.

À mon arrivée, le Café Loris était déjà bondé. Véritable plaie des établissements publics, il faisait une chaleur suffocante. Jamais je n'avais vu autant de monde. Savoureux paradoxe. On avait fermé la ville mais ouvert généreusement les listings. Un test, peut-être. Viendra ? Viendra pas ? Tout absent faisait un beau suspect. Un piège, en somme. Rassemblés à l'intérieur d'un périmètre de sécurité, le salon Boris Kochno tout en boiseries, plafonds à poutres et luminaires en opaline, les membres du gouvernement étaient présents à l'exception du président. Dans la salle principale, la foule se partageait entre les rotondes, les guéridons, le long bar anglais et l'estrade centrale qu'occupait un petit orchestre de chambre. Smokings et robes longues se croisaient sous les immenses photographies en noir et blanc des célébrités qui avaient fait les beaux soirs de l'Opéra impérial. Visages plus ou moins connus. Lifar, Callas, Furtwängler, Plissetskaïa, Hofmannsthal, Wimer. Oui, Wimer. Agathe Wimer. Mon Agathe dont, par une inconsciente cruauté, la direction de l'Opéra n'avait pas décroché le portrait. On avait cru bien faire pour me plaire, éviter tout affront ; hélas, chaque soirée de gala me mettait à la torture. J'avais à parader sous le regard de ma femme disparue. Son visage, son sourire de cygne éclatant emplissait tout un mur, et j'étais, dessous, minuscule, à ramper sous son souvenir offert au tout venant. Sa mort avait fait d'elle une légende dont je n'étais que l'ombre – l'inconsolé, le veuf errant.

« Tu es sacrément en retard, mon vieux ! Migrovic a déjà fait son discours. »

Dimitri avait surgi derrière un boqueteau de palmes et de fougères.

« Pardonne-moi, fis-je, embarrassé. C'est que... »

Je ne savais comment lui annoncer la bonne nouvelle. Toute la journée, j'avais joui seul d'un bonheur jaloux. L'éveil d'Agathe, j'avais voulu ne le garder que pour moi. Même Leos ne s'était pas immiscé dans cette joie puissante qui me transportait.

« Eh bien ? Qu'as-tu ? » demanda Dimitri dans son smoking à ceinture framboise.

Je baissai les yeux, les relevai, souris, lui pris le bras. Il vit combien tout en moi exultait. Il me fixa derrière ses lunettes d'écaille. Sa voix reprit :

« Agathe ? »

Un sanglot se bloqua dans ma gorge ; je le réprimai aussitôt et me bornai à acquiescer. Dimitri me prit par les épaules. Beaucoup de monde nous observait. Il n'eut pas le temps de dire un mot. Se détachant de la masse des invités, la silhouette sèche du comte Romskine venait à nous, main tendue.

« Quel honneur de vous avoir parmi nous, mes amis ! dit-il d'un ton onctueux. Votre fidélité fait le succès de ma maison ! »

Ce jeune escroc du monde lyrique, catapulté à la tête de l'Opéra au seul motif qu'il baisait les pieds du président, était l'un de mes meilleurs ennemis. À la mort d'Agathe, il avait osé m'envoyer d'hypocrites condoléances, rédigées dans un style d'archiprêtre constipé. Il avait été le complice du président et l'artisan de la nouvelle culture. Il avait été surtout le fossoyeur de la carrière d'Agathe et, d'une certaine façon, l'avait poussée à la révolte – c'est-à-dire à sa perte. Cependant, il fallait bien jouer le jeu. Je lui rendis son sourire, tout miel, moi aussi. En voilà un que nous allions berner de la plus belle manière. Son smoking était moche, creusé aux genoux et trop long de la jaquette dont il était pourtant un digne représentant.

« Le Café Loris n'a jamais été aussi rutilant, dis-je en regardant autour de moi. Les éclairages sont somptueux ! Nous sommes privilégiés.

— Oh, fit Romskine en balayant l'air de la main, je vois à quoi vous faites allusion : le récent décret sur l'éclairage dans les établissements publics, n'est-ce-pas ? Mais ce soir est une soirée à part. Tout le gouvernement est là, nous ne pouvions pas le recevoir dans la pénombre. Le maire fermera les yeux, je ne suis pas inquiet. C'est un ami, vous savez.

— Il n'a pas l'air contrarié, en effet, remarqua Dimitri. On dirait même que toutes ces lumières électrisent ses dons de séducteur. »

Dans le salon Kochno, le gros Ernst Marko semblait faire les yeux doux à une silhouette féminine qui nous tournait le dos. Ses yeux étaient aussi jaunes que son nœud papillon et brillaient d'une flamme qui ne pouvait tromper personne.

« Une séduction toute stratégique, alors, dit Romskine. Je ne crois pas qu'il puisse espérer autre chose.

— Qui est cette femme ? demandai-je.

— C'est Gita Zagrosek ! fit Romskine en baissant les paupières d'un air condescendant.

— Tu sais bien, voyons, ajouta Dimitri : elle va succéder à Migrovic au ministère de la Culture le mois prochain. Une proche du président. »

À présent, je voyais son visage. J'eus honte de ne pas l'avoir reconnue. On la disait redoutable. Elle ne décrochait jamais un sourire. Sous ses cheveux noirs, elle affichait un air exaspéré qu'accentuait un tic au coin des lèvres. Un double menton et des pommettes trop hautes gâchaient toute la grâce féminine que promettait, de dos, son port altier. Elle briguait le poste de premier ministre. Une tueuse. On la surnommait La Mante religieuse.

« Elle commence déjà à faire la chasse aux sorcières, ajouta Romskine sur le ton de la confidence. Et c'est tant mieux. Nous redoutons les traîtres au sein du parti. À présent que nous avons les coudées franches, aucune grâce ne sera accordée. »

Dimitri me regardait du coin de l'œil. Je savais à quoi il pensait : c'est à Gita Zagrosek que j'allais devoir présenter ma formidable idée, c'est Gita Zagrosek qu'il me faudrait convaincre, l'embarquant avec moi dans le sillage du défilé nautique, espérant son imprimatur, faisant d'elle la figure de proue de ma réussite, autant dire de ma trahison.

« Des traîtres au parti ? » demanda Dimitri en mimant l'étonnement.

Romskine sourit, épousseta son smoking lustré d'où s'envolèrent des pellicules et, en s'approchant pour nous faire la confidence du siècle :

« Hélas, Monsieur Waltz, si vous saviez ! On se méfie de tout le monde. Ce matin, le préfet de police a signalé la disparition d'un agent de la milice. Nous sommes persuadés que c'est un membre du parti qui a fait le coup. L'agent est introuvable. Il faut être bien renseigné pour ne pas se faire pincer. »

Mes muscles se raidirent.

« Ah ? fit Dimitri. Et où l'avez-vous vu pour la dernière fois ? J'imagine qu'un supérieur connaît leur feuille de route. »

Je l'aurais étranglé. Ne pouvait-il pas se taire !

« Oui, fit Romskine, il était en service, mais je ne connais pas les détails. Pour le moment, nous enquêtons. »

Il disait « nous » comme s'il faisait partie du gouvernement. Tout était dit. J'acquiesçai avec ferveur à cette conclusion qui m'offrait un répit.

Un très jeune homme aux joues fardées venait de s'approcher de Romskine, gesticulant dans son ombre. Il lui murmura quelque chose à l'oreille et disparut dans la foule.

Alors que Romskine tout contrit nous abandonnait (sa présence était requise dans le salon Kochno), nous entendîmes une sorte de long cri plaintif qui fit se retourner une partie de la salle. Ce cri, au demeurant fort beau, était pour nous. Il nous tombait dans l'oreille ainsi qu'un appel au secours à la fois joyeux et désespéré, un grand soupir lyrique digne d'une Violetta un peu enrouée.

Deborah Valmont aimait soigner ses entrées. Normal. Elle était tout en chevelure rousse, longue robe turquoise à ceinture dorée sur sandales accordées et bibi à voilette.

« Mes agneaux, fit-elle en nous pressant l'un et l'autre contre son corps épais, j'ai cru que jamais je ne pourrais vous retrouver ! Il y avait deux petites gourdes, à l'entrée, qui exigeait mon carton d'invitation. Me demander ça, à moi ! Ah ! »

Elle simula des baisers en rafales derrière les mailles de sa voilette. Ses rides qu'elle espérait atténuées prenaient hélas toute la lumière. Il ne lui était plus possible de mentir sur son âge. Elle lança un regard entendu à Dimitri et lui dit d'un ton ferme :

« Je vous le fauche deux minutes. »

Puis elle m'entraîna vers un palmier qui ne détonait pas avec sa tenue. On eût dit Hérodiade complotant contre les Romains. À coup sûr, Dimitri me ferait une nouvelle scène de jalousie pour cet aparté. Je n'y pouvais rien, Deborah Valmont avait toujours eu un faible pour moi.

« Vous ne m'en voulez pas, Sebastian, pour ma lettre, n'est-ce pas ? Je suis de plus en plus fauchée, vous savez. L'entretien d'Ospara me coûte une blinde. C'est aussi pour ça que je me suis calmée sur les fiestas à la maison. D'un autre côté, tant mieux : j'ai éloigné pas mal d'emmerdeurs. Et puis, ce gouvernement me débecte. Je ne vois pas pourquoi j'adouberais leur culture minimaliste en leur filant mon fric. Je suis seulement navrée que cela affecte aussi la Fondation. Avec ça, je dois rester cohérente, vous comprenez. Le pauvre John a bien changé, d'ailleurs, ces derniers temps.

— C'est aussi mon avis, murmurai-je. Mettons ça sur le compte de l'âge. Et puis, ses vues politiques ne regardent que lui. Quant au reste, ce n'est pas important. La Fondation a encore des ressources. Cela dit, si vous êtes autant en désaccord avec nos têtes pensantes, pourquoi venez-vous ici ? »

Elle écarquilla les yeux. Ses paupières noircies au khôl frémirent. Deux oursins dans un courant.

« Mais enfin, Sebastian ! Une fête sans moi, c'est une réunion de copropriétaires ! Vous n'y pensez pas ! »

Elle eut un hoquet de victoire. Sa main ne quittait pas mon bras. Au loin, Dimitri lorgnait dans notre direction.

« Si vous saviez combien vous me manquez, Sebastian ! dit-elle avec une moue appuyée. J'ai tant de potins à vous raconter. Il se passe des choses que je ne peux dire qu'à vous. Des choses terribles, et qui vous concernent. Voulez-vous venir dîner demain chez moi ? Nous ne serons que tous les deux, hormis mon personnel, bien entendu. Soyez à vingt heures à l'embarcadère. J'enverrai mon passeur.

— Des choses qui me concernent ? fis-je avec un mouvement de recul. Eh bien ! Pourquoi ne m'avez-vous pas alerté plus tôt ?

— Parce que je viens de l'apprendre ! C'est tout frais, ça date d'il y a une heure... Toutes ces choses se passent maintenant, Sebastian, à la seconde où je vous cause. Maintenant !

— Alors quoi ? Dites-moi ? »

Dimitri s'approchait de nous. J'insistai.

« Que se passe-t-il, Deborah ? »

Elle ferma ses paupières et dit, d'un ton définitif :

« Demain. »

Il y eut un mouvement de foule. L'orchestre s'était arrêté de jouer. Au moment où Dimitri nous rejoignit, une salve d'applaudissements monta sous la verrière. La foule laissa passer un gros homme à cheveux et moustache blancs qui monta sur l'estrade et se posta devant un pupitre déployé par le jeune homme fardé aperçu un peu plus tôt. Smoking prune sur ventre replet.

« Mon Dieu ! lâcha Deborah Valmont affligée. Ce vieux schnock ! Ils n'ont vraiment plus un sou, à l'Opéra !

— Qui est ce chanteur ? demanda Dimitri pour regagner la conversation.

— Bohuslav Drill, surnommé Le Sphinxtère. Il n'a plus de voix depuis vingt ans, mais il ne coûte pas cher.

— Le Sphinxtère ?

— Euh ! fit Deborah avec un air de dégoût. J'ai chanté avec lui au début de ma carrière, dans *Œdipe*. Je tenais le rôle de la Sphinge et lui le rôle titre, nous avions un duo et il chantait tout contre moi. Dès qu'il ouvrait la bouche, c'était terrible. Une puanteur ! Tous les chanteurs le savaient ; évidemment personne ne m'avait prévenue. Pendant toute la production, l'équipe disait : « Tiens, voilà la Sphinge et son Sphinxtère ! » Ça lui est resté, le pauvre. Jeune, il était beau et chantait comme un dieu. Il valait mieux pour les femmes qu'il reste inaccessible. Je crois que notre nouvelle ministre de la Culture, cette vipère de Gita Zagrosek, était folle de lui. »

Une fois le silence fait, le ténor sur le retour enchaîna plusieurs scies, au grand ravissement d'un public ignare. Rien ne me toucha, j'étais par trop inquiet des propos de Deborah Valmont. Il me tardait de quitter ces lieux, de retrouver Agathe, de me rendre le lendemain sur l'île d'Ospara. Tandis que les violons appuyaient avec pathos l'introduction de *E lucevan le stelle*, je regardais à travers les arcades la ville illuminée dans la nuit. J'espérais que je ne serais pas le Mario fusillé d'une Tosca d'aujourd'hui et qu'Agathe n'aurait pas à se jeter dans la mer depuis la terrasse des Mouettes Noires. Applaudissements.

Dimitri me cherchait du regard. Il était impatient, sans doute, d'en savoir davantage sur Agathe. Toute cette mascarade l'ennuyait ; nous faisions notre devoir. Le compte à rebours de notre fuite se déclencherait bientôt.

Le pire de la soirée finit par arriver : l'heure de danser la valse. Le page fardé en fit l'annonce dans un micro éteint, si bien qu'un grand cafouillage s'ensuivit. On s'écarta, l'orchestre s'accorda tandis que le ténor se tournait de droite et de gauche en guettant des compliments, puis un banc de jeunes femmes en robe d'argent se forma le long du bar américain, frétillant, espérant l'hameçon d'un beau mâle.

Le comte Romskine ouvrit le bal. Il avait invité Gita Zagrosek, naturellement, qui se mit à valser comme une grue. L'assemblée affichait toute sa bienveillance, toute sa sincère admiration. Quelle femme superbe. Admirable. Cultivée. Intelligente. N'était-ce pas une soirée en robe longue, pourtant ? Pourquoi portait-elle un pantalon noir ?

Je dus sacrifier à la tradition (après quoi je pourrais déguerpir) : danser avec Deborah Valmont, moi qui déteste danser. Nous nous mêlâmes aux autres couples qui se multipliaient maintenant autour de l'estrade. Sous sa voilette, Deborah souriait mais c'était un sourire triste. Les violons massacraient Tchaïkovski. Nous tournions. Un, deux, trois. Un, deux, trois. Des visages nous frôlaient. Des robes se soulevaient en corolles prétentieuses.

« Pourquoi ne voulez-vous pas me dire ce soir ce qui se passe ? murmurai-je à son oreille.

— Il y a trop de monde autour de nous, gros bêta. Trop d'espions. Vous ne sentez pas ? Une parole malheureuse et nous sommes embarqués. Regardez tous les flics en civil, là, sous les portraits, près des portes !

— Pourquoi n'avez-vous pas déjà fui ?

— Taisez-vous, Sebastian ! Demain. Demain, je vous raconterai tout. Promis. Dansez, et arrêtez de m'écraser les orteils. »

Kranek nous heurta de plein fouet, tout en dandinement et gestes saccadés ; il s'excusa à peine. Deborah se fendit d'un large sourire de pardon doublé d'une œillade complice. L'autre s'éloigna avec sa partenaire de papier glacé en tournoyant sans tenir compte du rythme. Dire que cette toupie était ministre de l'Économie...

Au loin, j'aperçus soudain Lecinge en grande conversation avec le maire. Décidément, il était partout mais jouait avec le feu. Il tenait son rôle. Il éloignait les soupçons sur sa personne. Très fort, Lecinge. J'en ferais l'un de mes adjudants dans le dispositif de notre fuite. Je croisai bientôt son regard impénétrable. *La Belle au bois dormant* ne l'avait pas piégé dans le sirop de sa valse.

C'est peu de temps avant les dernières mesures que se produisit l'inattendu.

Dans le fond du Café Loris, sous la verrière illuminée, des invités arrivaient encore. C'était un flux ininterrompu de nouveaux visages, de nouvelles toilettes. Je n'y avais pas attaché d'importance. Ce que je vis tout à coup me coupa les jambes. Je m'arrêtai de danser un bref instant.

« Eh bien, quoi ? demanda Deborah Valmont. Vous en avez assez ? Déjà ? C'est agréable ! »

Je ne répondis pas, repris la valse. Là-bas, au milieu de la foule devenue dense, je venais d'apercevoir Agathe au bras de Leos. Elle avait le visage maquillé, l'air un peu hagard, vêtue de sa longue robe de velours couleur lichen, ses perles de nacre aux oreilles. Son pas hésitant lui donnait la souplesse et la fragilité d'une biche. Elle avait passé à son cou le collier d'or que je lui avais offert la première année de notre mariage. Son chemisier écru dénudait ses épaules que je devinais frémissantes. Il y avait quelque chose d'incertain dans son attitude. Pas après pas, elle entrait dans la foule sous les grands portraits en noir et blanc. Leos avait lâché son bras. Quelle folie ! Rien ne semblait ralentir son avancée. Il ne fallait pas qu'elle poursuive. On allait la reconnaître – les membres du gouvernement, le comte Romskine ou d'anciens admirateurs. Elle allait passer sous son propre portrait, aussi belle, aussi pâle, incompréhensible présence qui effraierait au lieu d'émerveiller. Mon petit cygne, qu'as-tu fait ! Pourquoi Leos t'a-t-il laissé venir ? Comment avez-vous pu entrer au Café Loris ? Elle fut bientôt à l'aplomb du portrait et s'arrêta. Puis elle tourna la tête vers l'orchestre et regarda la foule. Son visage était rayonnant, tout entier parcouru d'une énergie que je ne lui connaissais pas. Une jeune impératrice. Elle avait été comme aimantée par l'immense photo, bien qu'elle n'eût pas un instant levé les yeux vers son double de papier. À présent, elle défiait les invités ; ou elle me défiait, moi. Car, j'en étais certain, elle me cherchait.

À peine le dernier accord joué, j'abandonnai à la foule Deborah déconcertée, la remerciant à la va-vite.

« Pardonnez-moi, je reviens tout de suite.

— Sebastian ! Où allez-vous ? »

J'étais déjà loin, me frayant un passage, le cœur battant. Je ne devais pas courir, attirer l'attention. Des membres de la milice, en effet, étaient postés tous les deux mètres. Sans compter ceux habillés en civil. Il me fallait rejoindre Agathe avec le naturel des retrouvailles mondaines. Une nouvelle valse débutait. Les couples se séparaient, se reformaient, m'empêchant de couper au plus court. Je les maudis. J'eus à les contourner.

Je ne voyais plus Agathe. Seul son portrait suspendu m'indiquait le point à rallier. Où étaient les Marko, Kranek et autres Migrovic ? Avaient-ils regagné le salon Kochno ou valsaient-ils encore, éparpillés au milieu des visages, guettant les connaissances, sourire par-ci, baisemain par-là, tiens, Agathe Wimer, que fait-elle ici, c'est impossible, il se prépare quelque chose.

L'espace d'un instant, je crus apercevoir Dimitri parler à Gita Zagrosek. C'est avec John de Bondt à demi masqué par une colonne qu'il s'entretenait. Dimitri faisait son Lecinge. Tous deux seraient les plus gradés dans l'organisation de mon plan de bataille.

J'eus toutes les peines du monde à rejoindre l'autre côté du Café Loris. Dans le grand tournoiement, au cœur de ce vitrail vivant, mes repères s'étaient dilués. Je levai les yeux. Le portrait de Hofmannsthal. Celui d'Agathe était plus loin. Tout ce monde ! Où étaient-ils passés ? Leos allait se prendre une belle engueulade. La chaleur de la salle était montée de plusieurs degrés ; je m'étais mis à transpirer. Le crâne virevoltant du comte Romskine surgit soudain à mes côtés. Sa jaquette se soulevait comme une paire de ciseaux mous. Il m'adressa un signe de tête tandis que sa partenaire, une octogénaire essoufflée, ne quittait pas des yeux ses pieds – ou ceux du comte. Je priai pour qu'il s'éloignât au plus vite.

Ce fut son chignon que je vis tout d'abord. Il renvoyait un reflet identique à celui du portrait, doré, éclairé par une source lumineuse placée derrière elle. Cette source, c'était une haute glace à frises, piquetée ici et là. Tous les lustres y projetaient leur éclat et me renvoyaient le dos d'Agathe, la courbe de ses reins, le carré timide de ses omoplates. Agathe était dédoublée une deuxième fois. À ses côtés, Leos immobile semblait guetter quelqu'un. Ils s'étaient placés tout contre le miroir, si bien que seuls les danseurs pouvaient les voir. Agathe, sourire figé, descendait d'un songe lointain. Il y avait dans ses prunelles quelque chose qui tenait de la fatigue et de la supplication. Soulagé mais furieux, je les retrouvai. Mon premier mot fut pour Leos.

« Qu'est-ce que c'est que cette histoire ? Tu es fou ? Vous ne pouvez pas rester ici ! »

Leos avait tressailli. Sa voix fut celle d'un clandestin.

« Nous vous cherchions. »

Agathe s'était tournée vers moi, resplendissante. Elle me tendit une main incertaine qu'elle reprit aussitôt.

« Ah, dit-elle d'une voix lasse, vous voilà ! J'avais si peur de ne pas vous retrouver, il y a tellement de monde.

— Enfin, vous êtes inconscients ! Vous n'imaginez pas le risque que vous nous faites courir ! Il faut partir d'ici. Venez, sortons tout de suite. »

J'avais pris le bras d'Agathe qui m'opposa une faible résistance. Leos avait froncé les sourcils, vexé. J'éprouvai de la peine à le voir ainsi dans son éternel costume, avec une chemise blanche froissée et un nœud papillon qui m'était familier – il avait dû le trouver dans ma penderie. À quel devoir avait-il obéi ? Agathe l'avait-elle supplié ? Au loin se dessinèrent les silhouettes de Dimitri et de Deborah Valmont qui approchaient. Leur visage se hissait par-dessus les épaules. Ils me cherchaient.

« Vite, vite, dis-je. Par ici. Une seule seconde et tout peut basculer. »

Nous avancions à contre-courant. Les hôtesses d'accueil ne nous prêtèrent aucune attention. Bientôt nous fûmes en haut des marches dans la nuit froide. Tant pis pour mon manteau, pas le temps ! J'avais peur de moi, de nous, de tout ce qui pouvait advenir d'un instant à l'autre. Le grand escalier semblait interminable. J'ôtai ma veste et la passai aux épaules d'Agathe qui ne lâchait pas mon regard.

« Leos ! ordonnai-je, un taxi, vite. »

Je frictionnai le dos d'Agathe.

« Non, dit-elle, non ! Je ne veux pas retourner à la villa ! Marchons un peu. Tous les deux.

— Il n'en est pas question ! Nous rentrons. Leos ? »

Leos avait disparu. Le temps de le chercher du regard, il réapparaissait avec le lourd manteau d'Agathe.

« Monsieur Wimer, dit-il en l'aidant à l'enfiler, restez un peu avec elle. Je rentre. Je vous demande pardon. Un taxi viendra vous chercher dans une demi-heure devant la fontaine de la place. »

Je n'eus pas le temps de répondre que déjà il descendait les marches quatre à quatre et s'enfonçait dans les rues en direction du funiculaire sous la lumière rousse des réverbères. Agathe s'était blottie contre moi et cela me fendit le cœur. Nous descendîmes l'escalier, lentement car je ne la sentais pas solide sur ses jambes. Elle regardait droit devant elle, paisible, aspirée par une certitude intérieure qui me troublait. À quoi pensait-elle ? Ses yeux clignaient à intervalles réguliers, comme en proie à une vision. Je sentais la chaleur de son corps, sa main touchait presque la mienne. Oh, ç'aurait été si simple de la lui prendre comme avant, de descendre ces marches avec détachement, petit couple ordinaire, incognito ; de temps à autre, elle tournait son visage vers moi mais ce n'était pas Agathe qui me regardait, c'était une autre.

Sur le perron, là-haut, deux silhouettes nous observaient, raides et dignes sous la marquise 1900 du Café Loris : Dimitri Waltz et Deborah Valmont. Lui dans son smoking de jeune premier ; elle dans sa robe d'intrigante. Ils étaient l'un contre l'autre, deux espions ne perdant rien de nos faits et gestes – et sans nul doute ils avaient vu Agathe. Dans le regard de Deborah, malgré la distance, je crus lire à la fois de la peur et une lueur terrible, mi-joie, mi-haine, une lueur énigmatique qui me donna brusquement le sentiment d'avoir été abandonné des miens. Agathe me serra le bras. Nous avançâmes dans la nuit vers les Jardins de l'Opéra. Un vol de sanderlings glissa au-dessus de nous sans un cri.

*

Lointain, le son de la valse. Diffuse derrière la verrière du Café Loris, l'agitation embuée des pauvres pantins. Les lumières venaient lécher les premières allées des Jardins de l'Opéra comme des vagues trop timides. À mon bras, Agathe restait silencieuse. Nous avancions ainsi que deux amants redoutant une rupture à venir. Nous avancions au hasard. Les lampadaires nous aspiraient dans leur flaque orangée, puis nous retournions à l'obscurité. Je n'avais pas froid. Je voulais comprendre.

Bientôt nous fûmes à l'extrémité nord du jardin, près des grilles. Était-ce moi qui nous avais conduits sur les lieux du cauchemar ? Était-ce Agathe ? Qui avait guidé notre troublante promenade ? Son regard glissait sur toute chose, ne se fixait nulle part. Sa robe effleurait l'herbe cousue de cordons de neige. Nous longeâmes les grilles. Je savais précisément à quel endroit elle se tenait lors de la manifestation. Ce fut là qu'elle s'arrêta.

Dans l'ombre des lances qui l'avaient transpercée. Je me rappelai les slogans hués, la milice chargeant, la fusillade. Pourquoi étions-nous retournés dans le passé ? Il y avait eu le jour et la foule ; il y avait à présent la nuit et le vide, terrible.

« Pourquoi es-tu venue ? demandai-je avec douceur en prenant Agathe par les épaules. Pourquoi n'as-tu pas attendu que je rentre ? »

Elle me regardait avec dans les yeux une lueur craintive.

« Vous me tutoyez..., commença-t-elle d'une voix blanche. Je suis...

— Oui, je sais, tu es Kathrin Petersen. Je ne sais pas qui t'a mis ça dans le crâne, mais moi je te dis que tu es Agathe, tu es ma femme et tu vas tout me raconter. »

Un frisson la parcourut. Elle hésita, détourna son visage, reprit :

« Je pensais que c'était vous qui alliez tout me raconter. C'est pour cela que je suis venue, je ne pouvais pas attendre. Il y avait ce jeune homme, à côté de mon lit, qui me surveillait, je lui ai donné l'ordre de me conduire jusqu'à vous. Vous savez tout, j'en suis certaine. Je ne me rappelle rien, sinon mon prénom, mon nom. »

Devais-je la croire ? Était-il possible que son passage à tabac sur le quai de Karlotta-la-Morte eût affecté sa mémoire ? Ou qu'elle l'eût perdue avant, dans des circonstances qu'elle seule connaissait ?

« Si tu ne te souviens de rien, fis-je d'un ton plus ferme, pourquoi m'as-tu emmené ici, Agathe ? Te souviens-tu de ce qui s'est passé ici même, il y a deux ans ? »

Elle recula un peu, serra les pans de son manteau.

« Mais c'est vous, qui m'avez emmenée ici..., dit-elle apeurée.

— Te souviens-tu du drame qui s'est produit ici ?

— Non. Non, je ne sais pas.

— Regarde ces grilles, derrière toi ! Retourne-toi ! »

Elle esquissa un mouvement ; son regard se porta sur la herse terrible.

« Là ? demanda-t-elle d'une voix faible.

— Oui, là ! C'est là que tu es morte ! C'est sur cette grille que tu t'es empalée parce que la milice t'avait tirée dessus. Pourquoi as-tu des cicatrices sur ton ventre ? Ça ne te dit rien ? As-tu vraiment tout oublié ? »

Elle fut prise d'un tremblement. Son visage était plongé dans une lueur vert pâle, une lueur glacée qui tombait des grands cèdres encore chargés de pains de neige. J'avais honte de lui avoir parlé ainsi ; je m'étais presque emporté. Je la pris dans mes bras.

« Oh, pardon, mon petit cygne. Pardonne-moi. »

Elle résista un peu. Je voulus l'embrasser, me blottis contre elle. Tout dans ses prunelles disait son effroi. Elle me repoussa.

« Ne m'embrassez pas ! lança-t-elle. Ne faites pas ça !

— Agathe, écoute !

— Ne m'appelez plus Agathe ! »

Je la dévisageai. Il y avait cette chose étrange en elle ; je n'aurais su dire quoi. Une sorte de tendresse prisonnière d'un masque insaisissable. Sans doute était-il trop tôt pour nos retrouvailles. Je devrais d'abord l'apprivoiser, lui donner confiance afin qu'elle réapprenne à m'aimer.

Des applaudissements montèrent quelque part dans la nuit. Devant l'entrée du parc, près de la fontaine, une voiture nous attendait.

XX

Pour aller sur l'île d'Ospara, il faut montrer patte blanche : un carton tamponné par l'hôtesse des lieux en guise de sésame – c'était du moins la coutume autrefois. Pourtant, Deborah Valmont ne m'avait-elle pas délivré son autorisation la veille, orale, certes, entre deux pas de valse ? Je décidai de me rendre au dîner sans confirmer notre rendez-vous. J'aurais pu téléphoner, je ne le fis pas : je pouvais être sur écoute comme mes courriers électroniques pouvaient être lus. Précaution, donc. Je n'étais pas dupe de cette fausse liberté que le monde nous avait passée aux poings. Un peu d'avance m'avait permis de rejouer pour moi seul les dernières heures. Dans le funiculaire qui descendait vers la ville illuminée, j'eus du mal à poser mon regard ailleurs que sur les Jardins de l'Opéra impérial. Les paroles d'Agathe accaparaient mon esprit, toujours les mêmes, implorantes ou réservées, terriblement sincères. Dans le taxi, par la vitre, nous avions regardé les lampions du Café Loris s'éloigner. Puis, sans un mot, nous nous étions plongés dans une méditation complice et grave. Nous recherchions l'un comme l'autre nos traces effacées.

Ce qui restait de nuit n'avait été qu'un long monologue. Assise devant un thé, Agathe avait écouté mon récit. Attentive, curieuse de tout, elle guettait au fond d'elle des images qui auraient réveillé des pans de sa mémoire. Elle levait sa tasse avec une infinie douceur, une douceur maîtrisée, ne me quittant pas des yeux ; et pour mieux embrasser le déroulement de ces années atroces, elle ne m'avait pas interrompu. Elle s'agrippait à des visions qui la traversaient avant de lui échapper aussitôt. Elle n'était plus qu'intuitions, je le sentais bien, elle n'était plus que trompeuses réminiscences, elle se perdait dans son miroir brisé. À contrecœur, pour l'apaiser, la protéger, j'avais décidé de l'appeler Kathrin et de la vouvoyer. Il me fallait payer le prix de cette distance artificielle pour espérer pouvoir la reconquérir, la ramener à la raison. Ou la perdre à nouveau. Leos ne s'était pas montré depuis notre retour. Il avait allumé un feu dans la cheminée, sachant que la nuit serait longue. La fenêtre de la loggia était déjà éteinte.

Je longeai le canal, soudain désemparé par la tâche qui m'attendait. Je me sentais seul, peu pressé d'anticiper les difficultés que j'aurais à surmonter. Je pensais au mystérieux inconnu du cimetière, à la centaine de sans-papiers qui attendaient mon signal, au regard de Deborah Valmont sur les marches du Café Loris, à Dimitri, à tous ces visages qui avaient valsé autour de moi et dont je redoutais la duplicité. Je ne devais pas fléchir. Poursuivre, poursuivre, garder foi en mon projet. Et ce projet, j'allais l'exposer à Deborah Valmont afin qu'elle le finance – seule façon pour moi d'être crédible auprès du ministère. J'avais peu de craintes, j'obtiendrais aisément son accord, quitte à lui faire les yeux doux, elle adorait ça.

Loin derrière moi, je laissai le Musée national, le pont de l'Impératrice. Sur le quai opposé, la façade du palais Zadar était encore éclairée. John de Bondt non plus ne respectait pas les règles – et sans doute ne craignait-il rien grâce à ses amitiés. Comme j'avais hâte de quitter tout ce petit monde. Je croisai des passants. Visages gris. Silhouettes hagardes. La vie s'était retirée d'eux comme des maisons aux rideaux tirés. Âmes délavées, couleurs enfouies. On eût dit que le quartier de Karlotta-la-Morte rongeait maintenant la ville tout entière.

À l'heure dite, je me présentai à l'embarcadère. C'était un étroit ponton de bois pris dans le fer à cheval d'un parapet de pierre. De chaque côté, l'eau noire du canal. La barque du passeur était déjà là, esquif de fortune qui se bornait à de rares allers-retours entre l'île et les quais de la ville. Que Deborah Valmont n'ait jamais troqué cette coquille de noix contre un canot plus élégant et plus fiable demeurait un mystère. Il faut dire qu'elle la prenait de moins en moins souvent, descendant un peu plus chaque année dans sa vieillesse et dans sa solitude.

Les pieds dans une neige sale, le passeur m'attendait. Un bonhomme sans âge dont le visage sec se creusait avec les années – je l'avais toujours connu ; il ramait depuis la nuit des temps. Je descendis la volée de marches, le rejoignis, le saluai. J'eus droit à un grognement pour toute réponse. Il fit mine de ne pas me reconnaître – mais il ne reconnaissait personne. Il n'y avait pas plus austère et inamical. Sa veste devait à peine le protéger du froid. Elle sentait la terre. Je m'assis sur la banquette avant, tourné vers la proue. L'homme toussa, largua une amarre ; il y eut un bruit de rame cognant le ponton et presque aussitôt une poussée qui éloigna la barque du rivage désert. La traversée ne durerait que trois ou quatre minutes.

Au loin, l'île d'Ospara dressait ses cyprès dans le ciel grisâtre et bas. À travers la végétation dégarnie par l'hiver, on distinguait les faîtages du Castellet. Des projecteurs illuminaient la flèche des sapins, l'esquisse d'une allée, la plateforme d'albâtre du débarcadère. Des anneaux de brume entouraient l'île – cette brume accrochée aux eaux du canal jusqu'aux premiers jours du printemps et qui constituerait dans mon plan un précieux et discret atout. Tout était silencieux, sinon le claquement régulier de la rame sur l'eau et les faibles bouillonnements filant depuis l'étrave. Ospara grandissait, emplissant mon horizon ; ses arbres débordaient sur le ciel, et ses lumières peu à peu m'aimantaient vers ses secrets. À mesure que la barque avançait, je n'étais plus aussi sûr de moi. Je me pointais, la fleur au fusil, demander un financement pour un projet des plus périlleux – que ferais-je si Deborah Valmont refusait ? J'avais besoin de cet argent. Notre avenir à tous en dépendait. Deborah devait me faire confiance. Question de vie ou de mort. Je n'exagérais pas.

Le débarcadère se précisa dans la brume, surgissant entre deux hauts blocs de pierre, fondations fantastiques d'un temple inachevé. Un vestige, sans doute, de l'époque italienne, avant que l'empereur ne décide de construire un petit château de style viennois – sa résidence d'été dont il avait, hélas, assez peu profité. Un autre homme m'attendait sur la terre ferme, plus jeune et plus disert, le majordome, František, élégant, attentif aux visiteurs comme il l'était aux charmes de Deborah Valmont, de temps à autre, selon les humeurs et les appétits de la bougresse dont la jambe était aussi légère que son vibrato, tout le monde le savait – y compris mon père qui avait jeté sur ces caprices un voile pudique. Lorsque ce n'était pas le majordome, ce pouvait être le fringant jardinier, Alexis, ou l'un des nombreux domestiques tout au plus quarantenaires. Et puis, personne n'était contre un petit billet qui permettait bien des amusements en ville. C'est que Madame était aussi mécène de ses propres plaisirs. On avait d'ailleurs un temps mesuré l'efficacité des services rendus à la puissance des contre-ut projetés le lendemain en plein récital à la face des spectateurs épatés par tant de vitalité.

František me serra la main (entorse aux règles qu'il affectionnait), cela me fait plaisir de vous revoir, Monsieur Wimer. Ma dernière visite remontait à plus de sept ans, mine de rien. Il avait pris un coup de vieux et – était-ce la pénombre ? – son regard était sombre, inquiet. Il me conduisit à travers la longue allée bordée de conifères et de treilles chargées de volubilis sauvages en été, dont le bleu intense avait donné le nom à la propriété : Valmont Blue. Au loin, j'aperçus la façade illuminée du Castellet, les lanternes du perron, la marquise 1900, les vasques plantées de fougères et de marguerites. C'était sur ce même perron que j'avais vu mon père pour la dernière fois. Il agitait la main en signe d'au revoir aux côtés de Deborah, c'était une après-midi de juin après un déjeuner joyeux, le soleil était partout au-dessus de l'île. Agathe avait insisté pour rentrer parce qu'elle voulait m'avoir pour elle seule. À peine arrivés aux Mouettes Noires, en effet, nous avions fait l'amour jusqu'au soir. Mon père s'enfuyait le lendemain pour son exil marocain.

Les hautes portes du Castellet s'ouvrirent. Le hall d'entrée m'accueillit sous son lustre imposant, devant l'escalier à double révolution qui desservait les chambres. Rien n'avait changé. Ni l'ordonnancement des toiles de maîtres, ni la couleur des appliques d'or. Une explosion d'orchidées jaunes et bleues ornait le large guéridon central, seul élément nouveau de cette pièce à l'atmosphère de musée. František ouvrit la porte du salon-bibliothèque et m'invita à m'asseoir – désirais-je un cocktail, un apéritif en attendant le dîner ? Il me concocta un Dry Martini, très affairé devant un mini-bar illuminé encastré entre les rayonnages de livres. C'était la pièce préférée de mon père ; il y passait des heures après les repas, repoussant le moment où il irait s'installer à sa table de travail du premier. Il n'avait pas tout lu, bien sûr, pourtant il devait bien avoir ses ouvrages fétiches, là, quelque part devant mes yeux – et j'éprouvais un pincement au cœur à l'idée qu'ils m'étaient indétectables alors que d'un geste, il les eût désignés, délogés de leur étagère, humés, et me les eût peut-être montrés. Ces livres étaient une partie de lui que je ne connaissais pas, que je ne connaîtrais jamais. Nous n'avions pas eu le temps de faire éclore cette simple complicité.

František me laissa seul. Il régnait dans la demeure un calme inhabituel. Je me rappelais les allées et venues des domestiques, les portes ouvertes et refermées, les pas dans le vestibule qui mène aux cuisines, le parquet grinçant à l'étage. Rien de tout cela, ce soir. Me revenaient aussi à l'esprit les grandes fêtes qu'affectionnait Deborah Valmont, ses bals extravagants, les silhouettes masquées ou costumées qui grouillaient, dansaient, glissant d'une pièce à l'autre dans un grand brouhaha, les éclats de rire, l'insouciance à la mesure de l'effervescence. Toutes ces choses disparues, englouties dans un passé qui ne pouvait revivre.

Je me levai, m'approchai d'une fenêtre qui donnait sur les jardins au nord, à l'arrière du Castellet. C'était là, sur une rive presque invisible depuis les quais de la ville, que l'empereur avait fait creuser une cale pour permettre aux barges de décharger les vivres prévus pour l'été. Malgré la brume, je devinais la zone abandonnée, le mur de soutènement, la plateforme de pierre envahie par les ronces et les fougères. Deborah Valmont n'en avait rien fait. C'était aussi là, dissimulée par le fouillis de la végétation, que se trouvait l'entrée de l'ancienne mine de sel, les galeries, l'escalier conduisant à la mer. Passage trop évident pour notre fuite. Les barges devraient être visibles par la milice jusqu'au bout, poursuivre leur progression au-delà d'Ospara. Disparaître peu à peu dans cette brume qui flottait devant moi et où, bien que je ne pusse la distinguer, se trouvait l'extrémité nord du canal. Là-bas, il y avait les écluses. Il y avait la grange batelière, notre liberté enfouie dans la nuit. La crête des remparts émergeait de ce brouillard immobile, et plus haut le ciel sans étoile qui faisait glisser sa lourde lame de métal.

L'heure avançait. Deborah Valmont se faisait attendre. J'avais repassé mon argumentaire, préparé des formules pour adoucir mon dessein. J'étais fin prêt. La porte du salon-bibliothèque s'ouvrit. František, à nouveau.

« Voulez-vous me suivre à la salle à manger ? »

Je posai mon verre, vaguement étonné que Deborah ne vînt pas m'accueillir. Sans doute fatiguée de la veille, elle avait décidé de ne s'en tenir qu'au dîner sans avoir à s'appuyer ma conversation durant l'apéritif. Nous traversâmes le hall. Au sol, les carreaux posés en losange déroulaient leurs motifs gris et blancs, un tapis d'Arlequin descellé par endroits. Un domestique à tête d'acteur se tenait devant les portes de la salle à manger qu'il ouvrit aussitôt. La pièce, familière, n'avait subi aucune modification, elle non plus. La longue table en acajou verni, les chaises et leur dossier de bois ajouré en lyre, le chemin de table azur et or venu tout droit d'Italie, les bougeoirs, le portrait de Valmont père assis dans un fauteuil d'osier sous des bambous, tout – jusqu'aux lourds rideaux de reps – avait dormi ici dans son jus depuis des années. Mais Deborah Valmont n'était pas là. Et il n'y avait qu'un seul couvert à table, dressé à sa place habituelle. Je me tournai vers František.

« Madame ne me rejoint pas ? demandai-je embarrassé.

— Non, Monsieur Wimer. Elle a été retenue. J'ai cependant reçu des instructions. Elle m'a chargé de vous présenter ses excuses. Prenez le temps de dîner, tout est prêt en cuisine. Elle n'a pas eu le temps de vous écrire un mot. Elle vous fera signe très bientôt.

— C'est très gênant, dis-je maintenant inquiet. Pourquoi ne m'en avez-vous pas parlé à mon arrivée ?

— C'est Madame, Monsieur. Elle tenait à ce que vous n'en soyez informé qu'une fois dans la salle à manger.

— Il n'y a rien de grave, j'espère ?

— Pas que je sache, Monsieur. Je ne le souhaite pas. »

Le visage de František s'était assombri davantage. Il s'était passé quelque chose.

« Madame a fait un malaise ?

— Non, Monsieur.

— Eh bien, quoi ? Dites-moi.

— C'est délicat, Monsieur Wimer... Madame m'a demandé de ne pas en parler.

— Absurde, voyons ! Je ne suis pas un inconnu. Où est-elle ? »

František baissa les yeux, joignit les mains devant son ventre. Long silence. Je lui posai de nouveau ma question. Il jeta un œil derrière son épaule pour s'assurer que le domestique était suffisamment éloigné puis, s'approchant de moi, il m'avoua, à voix basse, que des agents de la milice étaient venus chercher Madame en fin d'après-midi et qu'ils l'avaient placée en garde à vue au commissariat central de Karlotta-Pietra.

XXI

Plusieurs coups frappés avec énergie à la porte du domicile de Dimitri, au premier étage de l'hôtel particulier. Pas de réponse… J'appelai, tambourinai de nouveau. Il était vingt-deux heures passées. Mon peu de discrétion m'attirerait probablement les foudres du voisin du rez-de-chaussée. Peu m'importait. Les lumières de la cage d'escalier s'éteignirent. J'appuyai sur le minuteur d'un geste exaspéré, Dimitri, ouvre !

De l'autre côté de la porte, un bruit de clé. Enfin. La porte s'entrebâilla. Les yeux congestionnés d'Olga Ismaïlova apparurent, puis ses cheveux en désordre. Elle avait pleuré. Son rouge à lèvres s'était étalé au-delà de la commissure des lèvres.

« Dimitri, pas là ! me lança-t-elle sur un ton agressif. Partez ! »

Elle voulut claquer la porte mais, plus vif qu'elle, je la bloquai de mon pied.

« Attends, fis-je. Laisse-moi entrer. Où est Dimitri ?

— Dimitri, pas là ! Dimitri, salaud ! Partez, partez ! »

Elle gesticulait, à moitié nue sous une robe de soie crème couverte de motifs floraux. Elle sentait l'alcool. Son regard me lançait des poignards. Cet appartement, je l'avais mis à disposition de Dimitri, il m'appartenait, ce n'était pas cette fille qui allait me donner des ordres.

« Ça suffit, maintenant, dis-je avec fermeté, pousse-toi.

Tu vas m'expliquer. »

D'un geste puissant, j'ouvris grand la porte et entrai. Olga recula de plusieurs pas comme si j'allais l'étrangler.

« M'approche pas ! hurla-t-elle en saisissant un cendrier de verre sur une console. Salaud !

— Tais-toi, dis-je en fermant la porte, ça ne sert à rien de crier. Que se passe-t-il, ici ? Où est Dimitri ?

— Dimitri, salaud ! Dimitri coucher avec une autre femme !

— Ah ! C'est donc ça.

— Dimitri tromper moi ! Tromper moi ! J'aime Dimitri. Dimitri baise petite salope plus riche ! Et toi, salaud.

— Olga !

— Oui, toi salaud. Toi es son ami, toi ne rien faire pour nous. On a peur. On attend. Toi, rien faire. Toi juste baiser aussi petite salope plus riche, la même ! »

Elle éclata en sanglots, laissa tomber au sol le cendrier et s'éloigna en dodelinant de tout son corps vers le salon où elle s'affala sur un canapé. Son peignoir découvrait ses jambes, ses pieds. Je remarquai ses cuisses épaisses. Depuis notre dernière rencontre, elle avait beaucoup grossi. Une bouteille de vodka presque vide traînait sur la table basse.

Je m'assis à côté d'elle, tentai de la calmer – en vain. Elle pleurait avec des petits hoquets. Elle ne cessait de traiter sa rivale de salope, une liaison qui durait, compris-je entre deux sanglots, cette femme riche venait le chercher certains soirs en voiture devant l'hôtel particulier, une berline noire de riche, la salope. Et moi, j'étais logé à la même enseigne, les deux font la paire, je n'avais rien à foutre ici, rien, j'étais incapable de tenir ma promesse, jamais Olga ne pourrait s'échapper de cette ville de merde, ni elle ni les autres, j'étais un incapable, un salaud, – ça, j'avais pigé –, cette ville était pleine de salauds, allez, casse-toi, toi jamais sauver les sans-papiers. Dimitri allait payer. Moi aussi. On allait voir. Elle ferait tout pour – elle ne supportait pas d'être trompée. Oui, nous allions payer parce que nous étions lâches.

Je ne répondis pas à cette subtile tirade, me levai et, quittant l'hôtel particulier, la laissai baigner dans ses larmes gonflées d'herbe de bison. Décidément, Dimitri ne changerait jamais.

XXII

Elle s'était tenue sur la terrasse une grande partie de l'après-midi, songeuse, enveloppée dans un plaid. Le redoux avait fait fondre la neige. Leos avait apporté un transat. La toile à rayures bleues était sèche. Elle lui avait souri sans le remercier, s'était assise avec des gestes lents. Elle avait posé sa tête sur la toile, visage levé vers le ciel qui se marbrait de petits nuages pressés. Les yeux fermés, elle paraissait plongée dans des pensées qui, de temps à autre, lui faisaient tourner le visage de droite et de gauche. Trois fois j'étais sorti pour l'inviter à entrer, elle allait prendre froid ; non, elle était bien, le plaid était chaud et la terrasse à l'abri du vent. Elle voulait bien un thé.

Le ciel s'était peu à peu dégagé. Un soleil bas projetait sur la mer des reflets de lin. Toute la montagne luisait. De minuscules cascades s'étaient formées sous le belvédère de l'empereur où piaillaient des oiseaux. Cris stridents. Nous avions guetté leur envol, la paume en visière sur le front.

J'avais trouvé mille prétextes pour rester à côté d'elle, debout. Le feu de l'impatience ne se décidait pas à faiblir. Je voulais passer ma main dans ses cheveux, embrasser son front, ses tempes, comme je l'avais fait dans la volière. Elle était devenue plus inaccessible éveillée qu'endormie, et cela me faisait souffrir. Son regard m'effrayait aussi. Au fond de ses prunelles, il y avait une légère fixité, un voile diaphane qui la changeait. C'était presque imperceptible, et pourtant c'était là. Lorsque je lui parlais, elle posait ses yeux sur moi mais semblait regarder quelqu'un d'autre. Je n'étais plus Sebastian Wimer ; j'étais devenu le double d'un être qui se manifestait à elle. Et parfois, lorsqu'elle souriait, elle souriait à l'autre. J'aurais voulu me débarrasser de ce filtre étranger, si désagréable, comme d'une poussière dans l'œil, hélas rien n'y faisait. Qui regardait-elle ?

Plus tard, avant que le soleil ne se couche, nous nous étions approchés du parapet. Elle avait humé l'air du grand large. Je lui avais montré le Vieux-Port de Sartoria, l'ancienne digue, petite barrette blanche sur l'eau, et ce qui restait des pontons où, autrefois, s'amarraient les bateaux de plaisance. Avait-elle le souvenir d'y être jamais allée ? Le vent, les drisses qui claquent contre le mât, le grincement des drisses quand il fallait hisser les voiles, le chenal balisé de ses bouées rouge et verte, et puis la coque qui file vers le large, la gîte, la griserie de la vitesse et le sentiment de liberté… Oh, comme j'aurais aimé qu'elle se souvînt de tout cela. De la première fois où je l'avais vue dans le soir d'incendie qui tombait sur le Vieux-Port de Sartoria, treize ans plus tôt.

Hélas, elle m'avait offert son sourire triste – à moi ou à l'autre ; elle avait remonté son plaid sur ses épaules et, fuyant ses fantômes, sans un mot, elle m'avait pris la main dans un élan qui m'avait bouleversé et m'avait reconduit à l'intérieur de la villa.

XXIII

Notre premier conseil stratégique se tint le soir même chez Lecinge, après la fermeture. Nous y avions dîné avec Dimitri dont le regard fatigué trahissait les frasques de la veille. « Tu as eu une nuit difficile ? Olga s'est confiée à moi, mon vieux. » Dimitri blême. Dimitri cramoisi. Puis éclats de rire. Sans commentaire. Le restaurant était plein, enfumé plus que jamais. Nous avions baissé la voix à l'évocation du nom de Deborah Valmont. Nous ne riions plus du tout. Dimitri était persuadé qu'elle avait commis une faute en mettant fin à son mécénat. Elle n'aurait pas dû se retirer si brutalement. Diminuer progressivement sa contribution l'eût peut-être sauvée. Ce faux cul de John de Bondt avait cafté auprès du voïvode (surnom que Dimitri avait donné au président) ou de Gita Zagrosek, furieuse, l'imaginait-il, et radicale dans ses décisions – surtout vis-à-vis d'une autre femme, une rivale qui avait eu avant elle une aura incontestable sans parler de son pouvoir au sein de l'Opéra impérial. C'était très fâcheux pour la suite de notre entreprise.

Le dernier service terminé, nous montâmes à l'étage, dans la chambre même où j'avais porté Agathe évanouie. Lecinge nous rejoignit, son carnet de commandes à la main pour prendre des notes.

« Non, dis-je. Aucune note. Nous n'écrivons rien. Tout doit

rester oral. Je fais confiance à votre mémoire, messieurs. »

Lecinge et Dimitri s'étaient assis sur un lit ; moi sur l'autre. On eût dit des gamins attardés préparant un mauvais coup, un coup de potaches (c'était à peu près ça).

Première étape du plan – décisive et nouvelle : s'assurer de la libération de Deborah Valmont, ou l'obtenir. Tant qu'elle était en garde à vue, il nous était impossible de lui rendre visite ; mais c'était l'affaire de quarante-huit heures. Si les choses tournaient mal, elle finirait en prison ; il faudrait alors la convaincre de revenir sur ses décisions, de *faire mina mina* avec la Zagrosek en la noyant sous un tas d'or.

« En est-elle capable ? demanda Lecinge qui connaissait le caractère bien trempé de la diva.

— Si nous avons une monnaie d'échange, oui, dis-je avec aplomb. Et nous l'avons.

— Vraiment ? Une monnaie de valeur, alors. Qu'avez-vous trouvé ?

— Deborah ne chante plus depuis cinq ans, l'Opéra ne l'invite plus au motif qu'elle est finie, ce qui est faux, même si la voix, il faut bien le reconnaître, n'est plus du tout celle d'il y a vingt ans. Elle était soprane, elle a viré mezzo. Eh bien, nous allons lui offrir son plus beau come-back : c'est elle qui chantera pendant le défilé nautique. En direct depuis l'une des barges.

— Acceptera-t-elle ?

— C'est évident. Renouer avec la gloire n'a pas de prix à ses yeux. Elle veut du public, des applaudissements, des projecteurs braqués sur elle ! Elle se morfond, à Ospara. Je n'ai pas encore pu lui en parler. Je le lui annoncerai dès qu'elle sera libre.

— Ce qui signifie, observa Dimitri, que tu ne peux pas prendre rendez-vous avec Gita Zagrosek tant que Deborah est entre les mains de la milice.

— Bien sûr que si.

— Tu ne pourras pas vendre ton projet : tu n'auras pas encore l'aval de Deborah.

— J'irai au bluff. Nous ne pouvons pas nous permettre de perdre davantage de temps. Nous embarquons plus de cent âmes dans notre plan. Chaque heure qui passe les met en péril.

— Je ne te le fais pas dire, ajouta Lecinge. Hier, ils ont embarqué huit personnes au commissariat. Des journalistes. Ils étaient tous présents dans l'amphithéâtre du sanatorium. Tu leur as serré la main, tu leur as fait la promesse de les tirer d'affaire. Ils ont eu beau se planquer, la milice leur a mis le grappin dessus. »

Dimitri baissa les yeux et soupira. Il flottait dans la chambre un parfum âcre, entêtant. Les reproches d'Olga me traversaient.

« Quand peux-tu avoir ce rendez-vous ? me demanda Dimitri.

— Le plus tôt possible. Je vais passer par John de Bondt, ça fera accélérer les choses.

— Pour une fois qu'il est utile.

— Quand je pense que tu m'avais reproché de vouloir rester à la Fondation !

— Écoute, Sebastian, je te ferai remarquer que…

— Eh, oh, ça va, tous les deux. Bon, après la libération de Deborah Valmont, quelles seront les prochaines étapes ? »

Lecinge était pleinement engagé dans la bataille. Il voulait aller à l'essentiel, et vite ; cela me plaisait. Après l'accord du ministère – je ne concevais aucun refus – et avec l'argent de Deborah, notre priorité serait de retaper les anciennes barges salines du quartier des Ancres rouges avant de les remettre à flot. Le vieux Boris Sartinú sauterait sur l'occasion pour ranimer l'âme de son chantier naval fermé depuis des lustres. Il embaucherait trois ou quatre gars pour lui prêter main forte. Après tout, il n'y avait que sept barges. Il faudrait d'ailleurs faire avec.

Le plus délicat – deuxième étape – serait de préparer chacun à ce défilé, de désamorcer les peurs, de convaincre qu'il n'y avait aucun risque. Le moindre mouvement de panique nous conduirait au désastre. Démarche psychologique. Cruciale. Je pensais à la malheureuse Olga. Il était hors de question que les déséquilibres individuels puissent menacer notre entreprise.

Troisième étape – la plus simple à mes yeux : monter le défilé nautique, costumes, scénographie, musique, feu d'artifice final. Je m'en chargeai.

« Feu d'artifice ? s'exclama Dimitri. Mazette !

— Oui, mon cher. Feu d'artifice. Tiré depuis Ospara. Je ne cherche pas à éblouir mais à faire diversion.

— Comment ça ?

— Je veux détourner l'attention du public. Les spectateurs seront massés sur les berges, assis pour certains sur des gradins, entre le pont de l'Impératrice et le Musée national. Tous les regards se tourneront alors vers le ciel, y compris ceux des forces de l'ordre. Pendant ce temps, les barges poursuivront leur avancée jusqu'à la grange batelière, happées par la brume qui flotte en contrebas des remparts ; et nous pourrons franchir les écluses en toute tranquillité, niveau par niveau, jusqu'à la mer. Chacun des bassins peut contenir deux barges. »

Lecinge se racla la gorge, s'épongea le front.

« Combien de temps tout cela prendra-t-il ?

— Près d'une heure. Il y a trois niveaux, trois écluses à franchir.

— Ça ne marchera pas. Nous serons repérés avant d'être en bas.

— Non. Nous réussirons. Le moment le plus problématique

sera le franchissement de la première écluse car nous pourrons être visibles si la brume se dissipe. Une fois le premier sas franchi, nous serons hors de portée. Le débit de remplissage des bassins n'excède pas dix minutes – une technique révolutionnaire à l'époque de la construction. En trois passages, nous serons tirés d'affaire. Nous n'utiliserons donc que six des sept barges, on se serrera, pour réduire le temps pendant lequel nous serons exposés, c'est-à-dire pendant une demi-heure. C'est le seul risque du dispositif – jamais, pourtant, à cette époque de l'année, la brume ne s'est dissipée. Et une demi-heure, ce sera exactement la durée du feu d'artifice.

— Tu es cinglé mais bien renseigné.

— Tous les détails techniques proviennent des mémoires de l'empereur.

— Une fois en bas, que ferons-nous ?

— L'architecte a construit une zone de chalandise qui permettait aux barges de décharger leur sel, et aux bateaux en provenance de la mer la cargaison des produits importés. Cette esplanade donne sur l'ancien sentier de côte qui mène à Sartoria : c'est cette voie que nous emprunterons. Des autobus nous attendrons sur la place du Vieux-Port désaffecté. Il faudra compter encore vingt à trente minutes de marche. Nous serons à couvert, car le sentier n'est pas visible depuis les remparts.

— Ça reste beaucoup trop long, soupira Lecinge.

— Nous n'avons pas d'autre choix.

— D'où viendront tes autobus ?

— Dimitri s'en chargera. On passera par la même filière que pour les enfants évacués.

— Ne peut-on pas quand même rejoindre la mer par un autre moyen que les écluses ? s'obstina Lecinge. Plus rapide ? N'y a-t-il pas un escalier qui descend depuis la grange batelière ?

— Il y en avait un. Il est obstrué depuis des années par un éboulement. Je t'assure, nous ne pouvons pas faire autrement. »

Dimitri me regardait avec intensité. Il y avait dans ses yeux de l'admiration (pour une fois !) mêlée de perplexité. Il avait croisé les bras. Pendant un long moment, nous demeurâmes silencieux. On cherchait une faille dans le plan. De nombreux détails restaient à régler, le rôle de chacun à préciser. Nous étions des amateurs improvisant un numéro de voltige que nous ne pouvions pas rater.

Nous fûmes soudain saisis d'effroi. Quelque part dans la ville, à quelques rues d'ici, claquait une fusillade.

XXIV

Un huissier aux allures de Karl Lagerfeld vint nous chercher. Dimitri m'envoya un petit coup de coude mais je n'étais pas d'humeur à rire, je me concentrais sur ce que j'allais devoir dire. L'homme s'inclina : la ministre était prête à nous recevoir. Incongrues, ses lunettes noires – il n'avait rien d'un aveugle. Les fers à ses talons résonnaient dans l'antichambre tout en marbre et boiseries. Nous nous levâmes, un peu guindés dans nos trop beaux costumes.

Pour obtenir ce rendez-vous aussi vite, mon stratagème avait été simple : j'avais fait de John de Bondt mon confident suprême. L'invitant à déjeuner au Savoy, je lui avais murmuré à l'oreille mon projet de grand défilé nautique avec feu d'artifice pour célébrer la nouvelle Karlotta-Pietra. Son enthousiasme étant modéré, j'avais donné du mou pour qu'il s'approprie l'idée, qu'il l'apprivoise, la nourrisse de ses réflexions de sorte qu'il la crut en partie sienne. Il la vendrait à Gita Zagrosek avant même que je ne paraisse au ministère. Pour achever de le convaincre, j'avais déployé mon plus gros mensonge (sans m'étouffer) : Deborah Valmont financerait non seulement le défilé mais aussi l'exposition Zao Ku ; elle envisageait même de revenir sur ses positions, de constituer une enveloppe pour la prochaine saison de la Fondation. Satisfait comme un prélat, John s'était félicité de m'avoir conseillé un rapprochement avec notre divine diva.

Il allait téléphoner de ce pas à Gita.

« C'est une amie, voyez-vous, jeune Wimer, avait-t-il dit d'un air entendu, suçant un boudoir trempé dans une boule de sorbet cassis. Officiellement, elle n'est pas encore ministre, mais elle décide déjà de tout. »

J'avais exulté sans rien montrer tout en avalant ma crème trop brûlée. John avait retrempé son boudoir dans la boule de cassis assortie à la couleur de sa cravate. Le lendemain, appel du ministère : on me proposait une audience deux jours plus tard.

Fou de joie à l'annonce de la nouvelle, Dimitri avait proposé de m'accompagner. Il n'avait pas eu à insister – nous ne serions pas trop de deux pour convaincre la dame.

La pièce était sobrement décorée. Deux bergères couvertes d'un tissu noir, une console, des rideaux de velours à embrasures torsadées. Un bureau en verre et métal brossé. Une lampe-bouillotte. Au sol, le parquet rappelait celui du palais Zadar. Pas de tapis.

Gita Zagrosek se tenait debout. Elle arborait un air plus sévère que je ne m'y attendais. Tout était noir : la veste, le pantalon, ses yeux, même son chemisier d'une soie certes tirant sur l'anthracite. Cette austérité avait de quoi impressionner. La légère appréhension qui m'avait envahi depuis le matin ne me quittait pas – je n'en laissai rien paraître. J'avais beau avoir rencontré des personnalités de taille, le regard de Gita Zagrosek ébranlait mon assurance.

Elle vint à nous avec un sourire dont on ne savait s'il était accueillant ou ironique. Elle nous serra la main, « Bonjour messieurs, asseyez-vous. » Une voix claire qui claquait. Une poigne d'acier. Sur les ongles, un vernis rouge. J'eus soudain le sentiment que tout irait très vite et se solderait par un refus. Il n'y eut pas de préambule, nulle considération pour nous mettre à l'aise. À peine assise, elle engagea la partie en joignant le bout de ses doigts. Il flottait autour de nous une odeur de réglisse.

« On m'a parlé d'un événement que vous voulez monter pour le prestige de notre ville. Un défilé nautique, c'est ça ? Vous pouvez m'en dire davantage ? »

Elle baissa le visage en fixant des yeux son sous-main. Ses cheveux noirs tombaient sur ses épaules en rebiquant. Je me lançai. C'était maintenant que tout se jouait. Dimitri plein d'espoir me scrutait derrière ses lunettes.

Alors j'y allai. Je parlai. Les mots s'échappaient sans mal de mes lèvres, ça y était, je me lançai du haut de la piste noire. Sauf que mon propos n'avait rien à voir avec ce que j'avais méticuleusement préparé. Je m'en aperçus mais ne m'en étonnai pas – rien ne me freinait. Au lieu de vanter les mérites et les retombées positives du projet, voilà que je faisais l'apologie du Carnaval de Venise et des fêtes populaires, je portais aux nues les joutes nautiques de l'Empire romain, les bals viennois, la grande roue du Prater.

Rouge de honte, Dimitri se contenait. Il croisait et décroisait ses jambes, à défaut d'afficher un air effaré. Je poursuivis sur ma lancée. Gita Zagrosek releva la tête, un tic au coin de la bouche, m'interrompit.

« J'entends ce que vous me dites, Monsieur Wimer, mais enfin, vous savez tout de même que notre pays a toujours eu des relations compliquées avec les Italiens et les aristocrates de l'ancien empire austro-hongrois.

— Eh bien précisément ! dis-je en avançant une paume ouverte vers la ministre. Ils ont toujours cru que ces fastes étaient l'apanage et le privilège de leur culture. Gonflés de suffisance, ils n'ont pas pensé que d'autres nations, d'autres peuples pouvaient rivaliser avec eux, voire les battre sur leur propre terrain. Pourquoi ne pas se donner la chance, aujourd'hui, de montrer à leurs descendants ce que nous savons faire ? et avec les meilleurs talents ? (Je me tournai vers Dimitri qui grimaça aimablement.) Les images de ce défilé seront relayées dans de nombreux pays. Nous établirons un solide plan de communication. Le monde saura enfin ce dont nous sommes capables. Nous afficherons notre âme nationale, nous hisserons les couleurs de Karlotta-Pietra et serons fiers à notre tour, publiquement, de notre indépendance. »

Là, un blanc. J'en avais fait un peu trop, peut-être. Dimitri toussa. Gita Zagrosek sembla approuver mon élan patriotique d'une moue pourtant encore pleine de réserve. Son œil s'était allumé. Elle me jaugeait. En désignant l'ennemi séculaire, j'avais réveillé en elle la jalousie de ses ancêtres, celle du fils illégitime de l'impératrice, celle de Karl Kranek dont le petit-fils était aujourd'hui l'un des membres du gouvernement, l'un de ses alliés à elle !

Je décrivis par le menu le déroulement du défilé. J'appuyai sur le côté féerique. Un spectacle inédit. Avec Dimitri, nous réglerions la scénographie. Les costumes seraient confectionnés dans ses ateliers.

« Quel genre de costumes ?

— Ce sera très sobre. De grands vêtements noirs, longs. Les visages seront masqués. Certains dissimulés sous des voiles, d'autres par des chapeaux de couleur unie.

— Un peu austère, tout de même !

— Nous aspirons à quelque chose d'esthétique, intervint Dimitri. De raffiné. La couleur sera ailleurs, dans la mise en scène. Chaque barge représentera un tableau vivant.

— Sans compter la musique.

— La musique ? »

Je fus obligé de citer Deborah Valmont. Je pris mon air le plus réjoui. J'affichai un sourire de magazine qui demeura néanmoins en suspens. Le silence et la mine ahurie de Gita Zagrosek me clouèrent au dossier de mon fauteuil. J'avais prononcé un gros mot.

« Deborah Valmont ? s'exclama-t-elle pleine de dégoût. N'y pensez pas une seconde ! Non seulement elle est finie, mais, en plus, elle a lâché notre politique culturelle ! Enfin, Monsieur Wimer ! Vous êtes au courant, tout de même ! »

Objection que j'attendais. Je n'eus qu'à abattre mon atout. Imparable. Je commençai par caresser la tigresse dans le sens du poil.

« Vous avez raison, Madame la ministre, dis-je en baissant humblement les paupières. Elle n'est plus capable de chanter une partition de soprano. Cependant sa tessiture a changé. Elle est devenue mezzo. Vous ne saviez pas, peut-être. Elle a été engagée par de nombreuses scènes internationales depuis qu'elle ne se produit plus à l'Opéra impérial. Seulement, elle est restée très discrète sur le sujet. Et puis, je lui ai parlé voilà quelques jours. Elle est prête à financer le défilé... »

Les yeux de Gita Zagrosek s'écarquillèrent. J'achevai.

« ... et à reprendre son rôle de mécène. »

La ministre se pencha en arrière sur le dossier de son fauteuil. Le cuir craqua. J'avais fait mouche. Dimitri en remit une couche.

« Ce revirement est tout à son honneur, dit-il en acquiesçant. »

Il me lançait un regard convaincu. Gita Zagrosek se leva, alla à la fenêtre, songeuse, bras croisés. Je ne supportais plus l'odeur de réglisse, l'ambiance aseptisée de cette pièce. Ce n'était pourtant pas le moment d'en finir. On entendait le moteur d'un camion stationné en contrebas. Des manutentionnaires s'invectivaient. Gita Zagrosek porta les mains à ses hanches, se tourna vers nous.

« Combien d'années, la reprise du mécénat ? lança-t-elle en plissant les yeux, avançant son visage sans que le reste du corps ne bougeât d'un iota. Si c'est juste pour un an, ce n'est pas la peine.

— Cinq ans, affirmai-je.

— Cinq ans… Je serais bien plus favorable au projet si l'engagement portait sur la durée du mandat présidentiel. Ça veut dire dix ans.

— C'est en effet ce que je lui ai suggéré, Madame la ministre.

— Et ?

— Elle n'y est pas opposée. La seule chose…

— La seule chose quoi ?

— C'est qu'elle…

— Eh bien, accouchez, Monsieur Wimer, accouchez !

— Elle a peur que sa santé ne la conduise pas jusque-là.

— Qu'elle nous fasse un don ! Et on n'en parle plus ! Ce n'est pas très sorcier, et c'est intéressant sur le plan fiscal. On indexera le budget prévisionnel de trois pour cent par an sur dix ans, un point c'est tout. Je ne demande pas la lune, que je sache. »

Elle se déhanchait, les poings toujours rivés à son tailleur. Les tics au coin de ses lèvres avaient redoublé. Elle se rassit. Sa voix s'était faite nasillarde, pressée. Elle poursuivit.

« Vous êtes tous les deux proches d'elle, n'est-ce pas ?

— En effet, Madame la ministre », répondit Dimitri, obséquieux.

Exaspérée, Gita Zagrosek leva une main et les yeux au ciel.

« Alors allez la convaincre, messieurs ! Et je validerai votre projet. »

Je reçus un coup dans la poitrine. Notre victoire était proche. C'était donc si simple que cela ? Dimitri se racla la gorge.

« Il y a, Madame la ministre, un élément... légèrement bloquant, pour le moment, qui risque de ralentir notre démarche. »

Gita Zagrosek fronça un sourcil.

« Ah ? Lequel ?

— Eh bien... Nous avons appris...

— Quoi ?

— Que Deborah Valmont, pour un motif que nous ignorons, a été incarcérée à la prison centrale après sa garde à vue. »

La ministre frappa son bureau du plat de la main.

« Ah oui, merde ! J'avais oublié. »

Nous demeurâmes imperturbables.

« Aucune visite n'est autorisée, ajouta Dimitri dans un filet de voix.

— Malheureusement, je ne peux pas faire grand-chose. Vous imaginez bien que la Justice ne relève pas de mon autorité. En revanche... »

Elle pinça son menton, qui s'allongea encore.

« Je peux peut-être obtenir une visite exceptionnelle. C'est dans mes cordes. »

Nous acquiesçâmes, touchés par cette grâce suprême.

« Oui, dit-elle, je vais voir ce que je peux faire. Je vous ferai appeler assez vite. Et alors, il ne faudra pas perdre de temps. Vous me communiquerez ensuite le résultat de cet entretien. Si la Valmont acceptait, nous pourrions lancer votre défilé rapidement. »

Je me retins pour ne pas jubiler et me bornai à un sourire reconnaissant. Dimitri fit de même.

« Bien entendu, conclut Gita Zagrosek sans vergogne, il faudrait que la somme évaluée soit versée dans les deux mois.

— Je comprends. Nous lui en parlerons.

— Je compte sur vous. »

Elle se leva derechef, passa une main dans ses cheveux en poussant un soupir indéchiffrable, puis nous raccompagna. Je tremblais sous mon costume. Sur le pas de la porte, elle me prit le bras et s'arrêta.

« Au fait, dit-elle sur un ton anodin, qui seront les acteurs de votre défilé ? Des mannequins de chez vous, monsieur Waltz ? »

Je faillis m'étrangler. Dimitri me sauva.

« En partie, oui, dit-il avec aplomb et un sourire presque insolent. Et puis des figurants bénévoles que nous recruterons. »

Gita Zagrosek nous dévisagea en silence puis, nous toisant :

« Naturellement, vous nous ferez parvenir une copie de leurs papiers d'identité.

— Naturellement… », répondit Dimitri d'une voix blanche.

Alors la porte se referma devant nous. Gita Zagrosek l'avait presque claquée. Dimitri était blême. À l'autre bout du couloir, Karl Lagerfeld nous attendait derrière ses lunettes noires.

XXV

L'emmener partout où nous avions été heureux, dans nos lieux sacrés, revoir le décor de nos souvenirs, sentir les parfums qui nous avaient bercés, était-ce une erreur ? Je voulais qu'elle se souvienne, qu'elle passe le cap de l'intuition. J'attendais, fébrile, que des flots d'images crèvent la poche de l'oubli, se déversent dans sa mémoire anesthésiée. À quoi cela tenait-il ? Un objet ? Une phrase d'autrefois ? La musique d'un ballet ?

Chaque jour la faisait renaître. Toute pâleur sur son visage avait disparu ; elle passait des heures à choisir ses toilettes, les redécouvrant, s'extasiant comme une enfant, celle-ci non, celle-là me va mieux, qu'en pensez-vous, Sebastian ? Contre toute attente, elle ne m'avait pas interdit l'accès de sa chambre à condition que je signale mon arrivée. Elle dormait la porte ouverte, elle étouffait, me disait-elle, dans une pièce close. Parfois, la nuit, je quittais le canapé du salon et venais la regarder dormir. J'écoutais sa respiration régulière, je guettais les frémissements de son corps, je m'approchais du lit et me penchais au-dessus des draps, redoutant qu'elle ne se réveille quand je l'avais tant désirée quelques semaines plus tôt.

Le ministère n'appelait pas. Dimitri s'impatientait. Je rongeais mon frein, exhortait à la patience. Des longueurs administratives, arguai-je. Je n'avais pas faim. Leos cuisinait sans entrain ; le rituel des repas s'était transformé en déjeuners et dîners brouillons, une salade sur un coin de table, un sandwich au salon. Depuis la soirée du Café Loris, Leos était rentré dans sa coquille. Il avait mis une distance entre lui et moi. Dans son regard, je lisais des reproches et de la tristesse. J'avais bien essayé de lui parler, de comprendre ce qui n'allait pas, l'avais-je blessé ? Rien n'y faisait. Quelque chose en lui s'était éteint, il ne portait plus la même énergie. Ce n'était vraiment pas le moment de flancher ; j'avais besoin de lui – il seconderait Lecinge et Dimitri.

Un soir, dans sa loggia, je lui avais exposé les détails de l'opération « Nautic Waltz » (nous n'avions pas trouvé meilleure dénomination). Il m'avait écouté avec respect, me fusillant parfois du regard – mes idées étaient-elles aberrantes à ce point ? Il ne m'avait pourtant jamais critiqué. Sa moustache se tordait sous un rictus des plus perplexes. Il ferait néanmoins tout ce que je lui demanderais. Je pouvais lui faire confiance, il veillerait à la réussite de cette opération comme il avait veillé à la protection de la villa et le sommeil d'Agathe.

« D'ailleurs, Monsieur, puis-je formuler une demande ?

— Bien sûr, je t'écoute. »

Il avait jeté sur moi un drôle de regard. Il y avait à la fois de la détresse et de la détermination dans ses yeux.

« À présent que Madame a retrouvé son autonomie…

— Oui ?

— Je me demandais si, quand vous sortez tous les deux en ville, je ne pourrais pas retourner de temps en temps à la faculté d'Histoire. On ne m'y a pas vu depuis un moment. Les gens vont se poser des questions. Je ne voudrais pas être suspecté… »

J'avais eu un moment d'étonnement. Leos voulait se montrer au grand jour de la même façon que nous avions paradé avec Dimitri au Savoy, au Café Loris ou ailleurs pour désamorcer toute suspicion. Après tout, c'était légitime. Sauf que nos papiers étaient en règle et que les siens ne l'étaient pas.

« Tu prends un risque énorme. Que feras-tu si tu te fais arrêter ? On va repérer tes trajets. On saura que tu habites ici. Ça peut nous mettre également dans une situation difficile.

— Je ne me ferai pas arrêter. Je suis plus malin que la milice.

— Petit présomptueux !

— J'ai plus d'un tour dans mon sac, figurez-vous. S'il vous plaît, Monsieur Wimer ! Il faut que j'aille là-bas.

— Mais qu'y feras-tu ?

— Je vous en prie. Faites-moi confiance. Il faut que j'aille à la faculté. Au moins une fois. Après ça, je serai tout entier dévoué à votre plan. »

J'avais cédé. Leos avait ses petits mystères. Malgré les insinuations de Dimitri, ma confiance en lui restait totale et intacte. Je ne pouvais pas oublier ce qu'il avait fait pour sauver Agathe. Autre épée de Damoclès suspendue au-dessus de nous – étrange que nous n'eussions pas été interrogés sur la disparition de l'agent de la milice. Pas encore.

En dépit d'une certaine vitalité physique retrouvée, Agathe demeurait fragile. Plus émotive qu'auparavant, elle était subitement au bord des larmes, pour un rien. Un matin, elle avait trouvé un oiseau mort sur la terrasse, un sanderling malade qui s'était réfugié contre le parapet en attendant sa fin. Elle s'était mise à pleurer pendant des heures, ne voulait pas que je la quitte d'une semelle, c'était un mauvais présage, prétendait-elle, Sebastian, je vous en prie, restez à côté de moi. Elle m'appelait maintenant par mon prénom. Elle s'était résolue à vivre à mes côtés en attendant de retrouver et son passé et sa liberté.

Le septième jour, elle avait voulu retourner dans la volière.

« Comme ça, pour voir. » Voir où elle avait failli succomber à son sommeil, voir où elle avait retrouvé la lumière. Elle portait un jean, un pull en mohair très près du corps, à même la peau, qui épousait la courbe de ses seins. Elle savait très bien que je la dévorais des yeux, que me retenir de la prendre dans mes bras était une souffrance, que mon désir bridé me rendait fou, peu à peu. Je ne pouvais pas lui en vouloir, je la respectais et, surtout, je préparais nos retrouvailles de chair. Je n'aurais pas admis qu'elles fussent souillées par la précipitation – par un refus définitif. Je trinquais seul. Surtout, je ne voulais pas charger Agathe de quelque culpabilité.

Le soir n'était pas encore tombé. Nous traversions mon bureau. Elle s'était arrêtée pour regarder les livres de ma bibliothèque. Elle caressait le cuir des ouvrages, le fauteuil où je m'asseyais si souvent, elle s'était approchée de l'archère pour regarder la mer. Un croissant mauve se dessinait à l'aplomb de la falaise, irisé de vagues, bordé d'un filet d'algues poussées contre la roche.

« C'est donc là que vous travaillez ? Quel calme. Quelle beauté. Il paraît pourtant que c'est dans les villes situées au bord des lacs que le taux de suicide est le plus élevé.

— Ce n'est pas un lac, Kathrin. Et puis, pourquoi dites-vous cela ?

— Oh, je ne sais pas. Je pense à un lac... Je vois un lac...

— C'est la mer, Kathrin. »

Elle me regarda soudain d'une étrange façon. Sa main se porta devant sa bouche.

« Je vois un lac ! fit-elle très agitée. Il y a un lac. Je suis sur le rivage et il y a un homme avec moi. Derrière, il y a une grande maison. C'est tout. C'est tout ce que je vois !

— Calmez-vous, Kathrin. Calmez-vous.

— Je vois enfin quelque chose ! C'est un souvenir, n'est-ce pas, Sebastian ? »

Elle s'était mise à trembler. L'inquiétude et la peur la traversaient.

« Vous croyez que je vais voir d'autres choses ? Oh, je redoute tellement de découvrir des images épouvantables. Je ne peux pas oublier ce que vous m'avez raconté. »

Ses yeux se fermèrent un instant. Elle soupira.

« Vous allez penser que je suis folle, dit-elle en souriant avec une expression de gêne.

— Kathrin !

— Quel poids je dois être pour vous. Pardonnez-moi. »

Alors elle me prit dans ses bras, me serrant fort contre elle. Je sentais toute la chaleur de son corps s'imprimer en moi.

« Protégez-moi, Sebastian. »

Je ne pus répondre. Cette étreinte, je ne voulais pas la briser, j'aurais aimé la prolonger, c'était le premier pas vers notre passé. Le parfum d'Agathe aiguillonnait mes sens, ses seins me provoquaient. Il me fut impossible de cacher mon désir. Pourtant, Agathe ne bougea pas. Elle leva un peu la tête. Ses yeux parcoururent le mur couvert de photographies. Nouvelles images de notre bonheur passé. Preuves que c'était bien elle, là, sur ces clichés, que c'était bien moi, que c'était bien nous. Je n'avais pas voulu les lui montrer jusqu'ici, de peur de la braquer, de peur d'être accusé d'avoir produit des faux. Je savais que le temps ferait son œuvre, qu'un jour où l'autre, nous viendrions ici et qu'Agathe ne pourrait que constater le naturel et l'authenticité des souvenirs fixés par la pellicule.

Elle desserra son étreinte, recula un peu. Elle pleurait. Silencieusement. Elle se tenait droite et digne. Toute angoisse avait disparu de son regard. Un déclic s'était produit. Elle venait de comprendre. Je ne lui avais pas menti. La photo de notre mariage, nos escapades au Karlottashory, nos virées en bateau, la soirée de son sacre à l'Opéra impérial. Un bouquet de vérités. En me prenant dans ses bras, elle avait retrouvé sur ce pan de mur tout un pan de sa vie.

« Allons dans la volière, dis-je d'une voix douce. »

Elle me sourit, timide. Une fois de plus, je crus qu'elle souriait à un autre. Je chassai mon obsession. J'étais jaloux d'un fantôme.

Nous empruntâmes le couloir aux lanternes allumées. Les portes de la volière s'ouvrirent. Sans un mot, nous avançâmes jusqu'au lit à baldaquin. Elle le regarda attentivement, presque surprise de découvrir la couche qui avait accueilli son sommeil, huma les fleurs autour d'elle, puis elle s'avança vers la mer. Je la laissai aller seule, je regardais son corps si mince devant l'armature courbe de la verrière. Le ciel à présent rouge tombait de la coupole sur ses cheveux qu'elle avait relâchés, sur ses habits, sur ses mains posées comme un baiser contre la vitre. Elle paraissait si frêle, si petite devant la mer partout devant elle. Il n'y avait pas de vent, l'eau faisait un voile sombre couvert de nuit. Le phare clignotait. La mémoire d'Agathe clignotait. Peu à peu, le jour allait venir éteindre ces feux trop courts.

Je m'approchai d'elle. Elle ne tourna pas la tête. Nous demeurâmes ainsi sans parler à contempler la fin du jour. Puis, au bout d'un long moment, je pris dans la poche de mon pantalon le petit morceau de tulle qui ne m'avait jamais quitté et le lui tendis. Elle le prit, le froissa dans sa main, le respira – son regard ne trahissait rien de ses sentiments – et le glissa dans la poche de son jean. La nuit se fit tout entière. Nous n'entendîmes pas le coup de téléphone du ministère.

XXVI

Mon cher Sebastian,

Votre visite m'a bouleversée. Depuis votre départ, je ne cesse de penser à notre discussion. C'est un miracle, que l'on nous ait accordé cette entrevue. Je ne sais pas comment vous avez réussi votre coup – vous êtes resté bien discret sur ce point.

Le soir même, ils m'ont changée de cellule pour une espèce de chambre très hospice de vieillards, dans le genre. C'est peut-être plus confortable, mais terriblement déprimant. Car si je m'étais déjà faite à l'idée de ne plus être de la première fraîcheur, là, je suis descendue d'un cran. Ça sent le linoléum et la chaussette sale, il fait une chaleur abominable et le radiateur est introuvable – chauffage par le sol, sans doute, ça ne va pas arranger mes varices ni mes cordes vocales. Il y a des poignées en alu partout aux murs et dans la salle de bains. Me voilà bien.

Je vais sans doute croupir ici jusqu'au procès – puisqu'il paraît que c'est ce qui m'attend. Deborah Valmont accusée d'avoir flingué un pauvre type de la milice. Je rêve. Il va me coûter cher, l'avocat qui leur démontrera mon innocence. Il faudra surtout que je le trouve, à présent que Me Valaurie-Chabourdin a filé en Suisse – et ça, c'est une autre paire de manches. D'ici-là, les jours seront rythmés par l'odieux bruit des grilles ouvertes et refermées, section après section, le carnaval des clés qui vous nargue et vous cherche jusque dans votre sommeil, les repas infects et les montées d'angoisse – n'être plus rien, plus personne sinon un matricule. Mon cher Sebastian, me voici seule et sans voix. Mes habits de bagnarde sont mes rides sans âge.

Je souhaite que vous sachiez ceci : votre visite n'a pas été seulement porteuse de réconfort, elle a été ce cadeau que je n'espérais plus, cette promesse qui balaiera le procès, ce chant que j'offrirai de nouveau à la ville que j'aime. Vous m'avez réhabilitée !

Ce « oui » que je vous ai donné, je l'ai donné à vous, pas au gouvernement. Ils auront mes sous, vous aurez mon soutien.

L'idée du Chant de la Terre *est excellente. Je ne l'ai interprété qu'une fois, à Vienne, avec le Philarmonique, peu après ma décision de débuter ma carrière de mezzo. J'avais fait un tabac ! C'était le soir de mon anniversaire... Après la représentation, des musiciens de l'orchestre m'avaient invitée à dîner au Café Mozart et la flûtiste avait joué au dessert le petit motif tremblant de* L'Adieu *final. J'en avais eu les larmes aux yeux.*

Vous ne pouviez trouver mieux. Ce soir-là, je chanterai au public sa liberté. Avouez : vous aviez préparé votre coup, n'est-ce pas ? Promis, je vais mettre le paquet, je vais envoyer. Ils ne seront pas déçus. Un spectacle historique. D'ici-là, Dieu sait ce qui adviendra. Si seulement le pognon que je vais larguer pouvait détendre le procureur, la Cour ou les jurés. Je ne crois pas beaucoup à une grâce présidentielle. Qu'en pensez-vous ? Ils me feront sortir de prison pour mon numéro nautique. Et retour à l'hospice !

Mon cher Sebastian, je dois à présent vous faire un aveu qui va vous faire souffrir. Paradoxe pour le moins inattendu : vous m'avez fait un bien fou ; je vais vous faire du mal. Les événements m'interdisent cependant de garder plus longtemps des secrets qui me pèsent. Et si, après la lecture de cette lettre, vous désirez tout annuler, ne plus me voir, je comprendrais. Je tiens pourtant à vous assurer d'une chose : jamais je n'ai voulu vous trahir. Je vous ai protégé. Et, au bout du compte, j'ai protégé chacun dans cette histoire. Je m'explique. Par où commencer ? La chronologie est probablement le plus sage recours.

Ce n'est pas maintenant que je vais vous apprendre le genre de couple que nous formions avec votre père. C'est chose sue. Nous étions libres. Je n'en ai jamais eu honte ; Nicolas non plus, d'ailleurs. Ce qui nous importait se nichait dans notre cœur. Du moins le croyais-je. Hélas, je le compris vite, Nicolas tombait facilement amoureux. À plusieurs reprises, d'ailleurs, j'ai menacé de le quitter.

Or, un jour, parce que je tenais à vous, mon garçon, parce que je voulais vous rendre heureux, j'ai commis l'erreur de ma vie, l'irréparable : j'ai vous ai présenté Agathe.

J'avais mis Nicolas dans la confidence. Je ne doutais pas un instant de son soutien, je ne pouvais guère imaginer qu'il pût mettre en péril mon projet (vous voyez, j'écris bien quand je m'applique). Et il y eut ce premier dîner au Grand Hôtel de Sartoria. L'arrivée du voilier dans le Vieux-Port, Agathe fraîche et lumineuse, vous si beau, si élégant, l'air chaud de l'été finissant. Vous étiez faits l'un pour l'autre, la formule est idiote mais je ne trouve pas autre chose. Je ne me trompai pas – la suite l'a démontré.

Je n'ai jamais su si Nicolas lui avait fait des avances. Lui a toujours prétendu le contraire. À son comportement, à la façon dont il la regardait, j'ai tout de suite compris qu'il tombait amoureux, lui aussi. Je ne suis pas idiote. Le père, le fils, j'étais effarée.

Lorsque nous avons été de nouveau réunis, une deuxième, une troisième fois, puis toutes les autres fois, j'ai compris que son amour était solidement ancré au fond de ses silences. Il n'y a pas eu de lettres.

Il n'y a pas eu d'étreintes. Il n'y a eu que des regards, ce fut bien plus terrible. Pour lui. Pour moi. Pour Agathe qui s'était aperçue de son trouble quand vous n'y voyiez que du feu. C'est aussi ce qui me touche chez vous, Sebastian, votre candeur.

Agathe a été remarquable. Pour vous protéger, elle a limité les rencontres «familiales», nos déjeuners, nos dîners, nos soirées. Elle redoutait la fougue de votre père. De mon côté, peu à peu, je me suis efforcée d'établir, non pas une distance car je vous aimais trop, mais un espace neutre, sans danger, pour que le pire nous fût, à tous, épargné. Nicolas en a souffert. Beaucoup. Il s'est jeté dans le chantier de rénovation du sanatorium avec une énergie – j'allais écrire une hargne – à la hauteur de sa douleur. Il compensait. Chaque jour sur le chantier, il guettait Agathe. Aux beaux jours, il montait au Bec de l'Aigle et observait la terrasse, surveillait les Mouettes Noires telle une sentinelle, fou d'un amour impossible qui lentement l'enfermait dans l'aphasie de la dépression. Il rentrait le soir épuisé, le regard vide. Il mangeait peu, ne me parlait pour ainsi dire plus, au grand étonnement du personnel, František en tête, et j'en étais gênée. Il se terrait la nuit dans son bureau. Les insomnies se multipliaient.

Une nuit, pour la première fois depuis notre rencontre, je l'ai entendu pleurer. Lui ! Il était doublement malheureux, et d'Agathe refusée, et de vous dont il était jaloux. Vous-même aviez remarqué qu'il était devenu ombrageux. (Vous m'en aviez fait la remarque lors d'un cocktail à la Fondation. Il avait maigri, ses sautes d'humeur devenaient pénibles, me disiez-vous – c'était ce chantier qui le dévorait.) Au petit matin, il m'a annoncé d'un air grave, presque inquiétant, que sa vie allait changer. Il avait pris une décision, il se retirait du monde pour mieux fuir Agathe. Il allait mettre en scène son départ de la ville – un faux exil au Maroc. Sur le chantier, les ouvriers poursuivraient son grand œuvre. Ospara serait désormais son refuge, la prison qu'il s'était choisie pour combattre ses démons.

À mes côtés. Le Castellet serait sa plus belle retraite ; il pourrait se consacrer à sa bibliothèque, à ses mémoires qu'il comptait publier post mortem, aux projets architecturaux auxquels il avait renoncé tout au long de sa carrière. Le renoncement suprême, pourtant, était ailleurs.

Du jour au lendemain, Nicolas fut transformé. Sur l'île, incognito, il fut touché par une grâce qui n'avait d'égal que son courage. Mystifiant son entourage, il avait démythifié Agathe. Il l'oublia (ou feignit de l'oublier) et devint le plus talentueux jardinier d'Ospara. Aujourd'hui encore, on peut l'apercevoir, de loin, le visage dissimulé sous un large chapeau à mantille, penché au-dessus des volubilis qu'il soigne avec passion.

Quant à vous, Sebastian, je puis vous assurer qu'il vous a aimé et vous aime toujours, reclus dans son secret.

Ce n'est pas sans émotion que je repense à cette période bénie qui a duré sept ans. Nicolas métamorphosé, serein, hors des tentations qui l'avaient tourmenté. Une nouvelle vie s'organisait. Nicolas avait installé son bureau au premier étage du Castellet. De là, l'hiver, il voyait les toits de la ville et la cime granitique du Karlottashory. Il étudiait le canal, imaginait des bâtiments fabuleux qui relieraient les rives, rasait le quartier de Karlotta-la-Morte, multipliait l'agencement de petites maquettes sur ses tables à dessin – véritables décors d'opéra – dans l'odeur des feutres et des calques.

L'affection que me portait Nicolas suffisait à mon bonheur. Jamais il n'aura été aussi tendre, aussi attentionné. Il ne ratait aucune des critiques internationales de mes interprétations, production après production. Lorsque j'allais en Europe, je confiais à l'un de mes plus fidèles admirateurs, un riche Marocain, les cartes postales que Nicolas vous écrivait. De retour au pays, il vous les envoyait. Le mystère était entretenu ; mais l'honneur était sauf : Nicolas ne voulait pas rompre avec vous de manière définitive. Il avait seulement peur que vous ne partiez à sa recherche.

De temps à autre, ses jambes le faisaient souffrir. Sa santé le préoccupait, au point qu'il avait fait aménager au sous-sol une sorte d'infirmerie pour y être soigné. On appelait cette pièce aseptisée « la salle d'opération » – le fait est que l'équipement en était digne. Il n'était pas question que Nicolas fût transféré au-dehors d'Ospara – et il arriverait bien un jour où il faudrait s'occuper de mon cas ; j'ai tout de même cinq ans de plus que lui. Cependant, à cette époque, les petits maux de la vieillesse nous épargnaient encore. Notre médecin privé (votre ami Lecinge, qui partageait notre secret) se contentait de nous rendre visite une fois par mois. Nous connaissions le bonheur – je conçois que cela peut étonner. Seule ombre au tableau : la lecture des journaux qui incitait au pessimisme. Les chroniques sur la vie politique pouvaient effarer. Je m'attachais à ne pas les commenter. Nous savions que quelque chose d'irréversible, peu à peu, se mettait en place. L'orage grondait.

La foudre nous a frappé le soir de cette funeste journée de juin.

Le nouveau directeur de l'Opéra, le comte Romskine, m'avait donné rendez-vous à dix-huit heures au théâtre. Sans nouvelle de son prédécesseur depuis plusieurs mois, j'appréhendais pour les prochaines années des changements peu favorables. Mes cachets étaient exorbitants, certes, et ma Maréchale de la précédente saison avait déçu, sans compter ma défection de dernière minute pour La Dame de Pique. *On me fit attendre au deuxième étage dans un boudoir tendu de toile rouge et de moulures que je n'oublierai jamais. Une haute fenêtre donnait sur les Jardins de l'Opéra. Des manifestants se rassemblaient çà et là ; on m'avait prévenue, rien de bien grave, ils se disperseraient bientôt…*

L'heure tournait. Je pris mon mal en patience. Me recevoir, moi, avec plus d'une demi-heure de retard ! Ce Romskine exagérait. La curiosité m'arrimait à la vitre. La foule se faisait plus dense. Des cordons de policiers se déployaient. Slogans martelés avec conviction. Alors surgirent les hommes en noir. Qui étaient-ils ? Ce fut, je crois, la première apparition officielle de la nouvelle milice.

Lorsque parmi les manifestants je reconnus Agathe, un malaise inexplicable m'envahit ; je fus soudain certaine de l'imminence d'un drame. Elle était là, sûre de sa cause qui était aussi la mienne, portée par l'énergie d'autres danseurs du corps de ballet.

Pourquoi la milice chargea-t-elle ? Ce fut fulgurant. Il y eut un grand mouvement de foule vers la clôture du jardin, le claquement de la fusillade, les cris, Agathe escaladant les grilles. Je criai aussi. Le crépitement des mitraillettes ne cessait pas, ni les clameurs, ni le bruit confus de cavalcade et d'effroi général. Une minute s'écoula, interminable. Puis il n'y eut plus que les cris. La milice ne tirait plus.

À la vue des corps dispersés, je fus saisie d'un vertige. J'avais aperçu celui d'Agathe, pris dans les grilles et une mort certaine. Je me mis à pleurer. Ce ne pouvait être vrai.

Un calme inhumain régnait dans l'Opéra. Je quittai le boudoir, chancelante. Les couloirs, les bureaux toutes portes ouvertes étaient vides. Personne n'était venu me chercher. Le comte Romskine avait pris la poudre d'escampette. Je m'apprêtai à descendre, regardai à nouveau par une fenêtre.

Des sirènes montaient dans la ville. Des ambulances faisaient irruption à chaque coin de rue. Dans un désordre indescriptible, civils et pompiers se précipitaient vers les blessés. Trois hommes emportaient Agathe, l'un par les bras, l'autre par les jambes ; le dernier lui parlait en maintenant son dos. Agathe semblait inconsciente, pourtant l'homme s'adressait à elle. Je le reconnus à sa stature : c'était Lecinge ; les deux autres, je ne savais pas, mais à leur brassard, sans doute des manifestants. Une ambulance pila devant eux, deux infirmiers en surgirent. Lecinge, refusa leur concours ; il faisait non de la tête, obstinément. Après un bref échange, les infirmiers allèrent secourir d'autres blessés. Lecinge et ses hommes portèrent alors Agathe vers une voiture stationnée un peu plus loin – la voiture de Lecinge. Ils l'allongèrent sur la banquette arrière. Lecinge prit le volant, remercia les deux civils restés sur le trottoir, démarra. Je demeurai bouleversée et désemparée, seule devant ma fenêtre à tenter de comprendre ce qui s'était passé.

Ligne après ligne, je mesure à quel point vous devez m'en vouloir. J'étais tenue par le secret, Sebastian. Je ne pouvais être parjure de surcroît. Combien de fois ai-je voulu vous raconter cela ! Combien de fois, mon ami, dans mon sommeil troublé, vous ai-je imaginé apprenant l'inconcevable vérité. Il faut pourtant s'y résigner – je l'ai admis, l'âge venant : lorsque le sort s'acharne sur vous, c'est toujours coup sur coup.

Que dire, à présent, sinon que le cours sournois des événements fut dès lors implacable ? La victoire remportée sur les tentations de Nicolas touchait à sa fin. Le bonheur que nous avions ressuscité dans notre retraite d'Ospara brusquement s'écroula. Comment pouvais-je m'en douter ? Ce jour-là, Lecinge nous apporta Agathe et… le fruit défendu.

Le cher homme ne pouvait pas savoir. Il avait voulu soustraire Agathe tant à l'hôpital général qu'aux cliniques infestés depuis peu d'espions en blouse blanche à la solde du gouvernement (on apprend tant de choses, dans les hôpitaux) qui avaient troqué les règles de déontologie contre un missel de délation. À Ospara, ils ne la trouveraient pas ; et si elle survivait, qui, parmi les membres du gouvernement, se souviendrait de sa présence dans la manifestation ?

Depuis son bureau, Nicolas vit arriver la barque et Agathe allongée dans son sang. Il venait d'écouter la radio. Il comprit. Lorsque j'arrivai, à peine une demi-heure plus tard, il avait déjà tout arrangé. Une chambre serait préparée à l'étage pour accueillir Agathe ; elle y resterait le temps qu'il faudrait. Pour l'heure, Lecinge l'opérait, nous devions attendre. Interdiction de vous prévenir. Nicolas fut intransigeant. Rien n'y fit. Ni ma colère, ni les suggestions maîtrisées d'un František conciliateur.

Au terme d'une opération qui dura cinq heures, Lecinge vint nous voir, préoccupé. L'hémorragie avait été stoppée mais le pronostic vital restait engagé. Nicolas emmena alors Lecinge dans la bibliothèque où, portes fermées, ils parlementèrent jusqu'à l'aube. J'étais si secouée que j'avais renoncé à m'interposer. Jamais je ne sus la teneur de leur échange. Cette nuit-là, un accord fut passé. Lecinge arbora par la suite un flegme des plus inattendus. Il resta au Castellet et veilla Agathe. Nicolas avait l'air apaisé ; je le connaissais cependant trop bien pour ne pas remarquer son regard où vacillait une étrange petite flamme.

Ospara retrouva le silence. Je me morfondais dans mon lit, incapable de dormir. Je pensais à vous, à la charge ignoble de la milice, au corps d'Agathe étendu au sous-sol. Cette nuit-là, il plana sur l'île une grande ombre triste. J'en voulais à Lecinge, à Nicolas, à la terre entière. De nouveau, je ne pouvais que m'effacer et me taire.

Agathe reprit connaissance le lendemain soir. Frappée d'amnésie, elle avait oublié jusqu'à son nom. On la porta dans sa nouvelle chambre. Elle ne parlait pas. Ses yeux vides glissaient sur nos visages.

Mon long calvaire commença.

Lecinge dut, malgré tout, accomplir sa lourde et ingrate mission : vous informer du décès d'Agathe. Ne l'avait-il pas officiellement constaté ? Le gouvernement ayant fermé l'accès aux hôpitaux, il vous était impossible de voir son corps.

Rappelez-vous : lors des funérailles, ce ne sont pas des agents des pompes funèbres qui ont officié mais Lecinge, aidé de František et du jeune gardien du cimetière. Vous n'y avez prêté aucune attention. Dimitri vous soutenait. J'étais à vos côtés, tremblante, au bras de John de Bondt. Il faisait une chaleur insupportable. Le prêtre avait expédié ses prières. Il n'y avait personne d'autre. Nous avions, avec votre accord plein de désespoir, observé la plus stricte intimité. Mascarade forcée autour d'un cercueil vide.

La mort d'Agathe n'a été annoncée dans les journaux que la semaine suivante. Un communiqué de l'Opéra qui évoquait un accident. Même cela ne vous a pas fait réagir. Le dégoût pour toute chose vous hantait. Sans Dimitri, vous auriez peut-être suivi de noirs desseins.

Un voile sombre était descendu sur nos vies. Seul Nicolas demeurait aveugle. La présence d'Agathe lui avait rendu sa fragilité – comprenez : sa jeunesse. Lecinge venait deux fois par jour, entre les services du restaurant. Il fut lui-même surpris de la rapidité avec laquelle Agathe reprenait des forces. Nous eûmes le droit d'entrer dans la chambre, de rester un peu auprès d'elle. Nicolas voulut bientôt y aller seul. Ses visites se firent alors plus nombreuses et plus longues. C'est durant ces tête-à-tête qu'il a inventé Kathrin Petersen. Il voulait rompre tout lien avec vous et avec le passé. Agathe Wimer n'existait plus. Elle s'appellerait Kathrin – et il lui racontait son enfance, sa jeunesse afin qu'elle se souvienne. Il inventait sa vie comme il construisait ses maquettes. Tout se tenait. Agathe y crut. Qu'avait-elle à opposer à ce passé fantasmé ?

J'étais épuisée. Nicolas avait renoué avec son double, celui que j'avais combattu. Il sortait de la chambre d'Agathe avec un sourire, un visage éclairé qui en disaient long. C'est à cette époque que je me suis tournée vers une nouvelle carrière. Mon répertoire de mezzo s'accordait à mes tristes souffrances. Je voyageai, j'acceptai tous les contrats, fuyant Ospara ; je les laissais tous les deux à leur trouble relation.

*Lorsqu'Agathe fut en mesure de marcher, Nicolas l'emmena dans le jardin. Ils faisaient le tour de l'île, coiffés l'un et l'autre d'un grand chapeau. Comble du sort, Nicolas s'était approprié celui que j'avais porté en Amelia dans une production mémorable d'*Un bal masqué. *Un chapeau à voilette ! Ils portaient des lunettes noires, été comme hiver. Nous prenions nos repas tous les trois ; j'étais l'étrangère, entre deux tournées que je devais raconter par le menu pour les distraire de leurs confidences. Dans les couloirs, je tentais de surprendre un baiser, des mains enlacées. En vain. Je ne savais pas s'ils s'étaient déclarés leur amour ou s'ils s'observaient encore. Ce que je constatais, c'était l'admiration grandissante d'Agathe pour Nicolas ; sa voix, son regard, ses attentions – tout en témoignait.*

Puis vint le jour où Nicolas voulut emmener Agathe en ville. À Ospara, ils étouffaient. Nouvelle discussion dans la bibliothèque avec Lecinge. La requête fut accordée.

Alors commença le début de longues promenades dans les rues de Karlotta-Pietra, le long du canal, dans les jardins de l'empereur. En retrouvant Agathe, Nicolas retrouvait sa ville. Il lui montrait les lieux qu'il chérissait, ses bâtiments favoris, les musées, les ponts. Ils erraient jusqu'au crépuscule, dissimulés sous leur cape, leur chapeau, au bras l'un de l'autre. Agathe marchait de mieux en mieux. On aurait pu les prendre pour de vieux amants. František les suivait en voiture, à une distance respectable, prompt à les emmener loin de la ville au cas où... Il avait fabriqué deux faux passeports, l'un au nom de Kathrin Petersen, l'autre à celui de Karl Fibich. Les contrôles d'identité se multipliaient.

Je fermai les yeux. Ces journées faisaient mon martyre. J'étais folle de rage. À la Scala, je fus une très crédible Clytemnestre.

La justice, cher Sebastian, ne prévient pas. Pour ma plus grande joie. Un soir, au terme d'une de ces promenades, Agathe fut enlevée. Au volant de sa voiture, František n'eut le temps ni d'intervenir, ni de reconnaître les deux ravisseurs, l'un et l'autre cagoulés. Agathe fut bâillonnée, jetée dans une fourgonnette qui démarra tous phares éteints. À peine vingt secondes s'étaient écoulées. C'est un Nicolas choqué qui revint au Castellet. František était catastrophé. Ligotés par notre secret, nous ne pouvions prévenir quiconque.

Combien aurais-je préféré vous dire tout cela de vive voix. Sans tricher – il est tellement plus facile d'écrire. Quand, au Café Loris, j'ai revu Agathe à votre bras, lorsque j'ai reconnu le petit gardien du cimetière en smoking, comprenez-vous le choc que j'ai éprouvé ? Ajoutez à cela cette remarque entendue dans le vent du canal qui me la rapportait, tandis que le canot me conduisait au débarcadère de Karlotta-Pietra :

« Sebastian Wimer ? Rien à craindre de lui. Il est l'artisan de sa propre perte. »

Deux hommes en smoking qui fumaient sur les berges du canal et pensaient deviser à voix basse. Comprenez-vous ? Je n'en sais guère davantage, je vous ai tout dit. Défiez-vous des autres, Sebastian ! Protégez Agathe. Et pardonnez-moi.

Cette lettre, je vais m'arranger pour vous la faire parvenir. Je ne sais ni quand, ni comment. Elle est écrite, c'est tout ce qui compte. J'espère seulement que vous ne la recevrez pas trop tard.

Avec mon affection profonde,

Deborah Valmont

XXVII

Un soleil délavé glissait derrière les dents rocheuses du Karlottashory. L'air était sec. L'absence de vent rendait le froid supportable. Aussi je prolongeai ma sortie clandestine. Depuis trois jours, j'avais cédé à une pulsion qui chez un autre m'eût inspiré du dégoût ou de la consternation : j'étais devenu un voyeur. J'inventais des prétextes futiles pour quitter la maison. Au lieu de descendre en ville à la Fondation, je grimpais le sentier qui longe la façade sud du sanatorium. Parvenu au Bec de l'Aigle – ce promontoire autrefois très prisé par l'impératrice qui l'avait mis à la mode – j'entamais mon guet, mi-avide, mi-coupable. Les branches nues mais serrées de la végétation tiraient un rideau brun au-dessus du parapet. À l'extrémité de la pointe, ma silhouette décalquée sur la mer demeurait à l'abri des regards ; mais moi, je voyais. Je voyais tout. La toiture des Mouettes Noires, les cheminées, la route qui semble faire un détour pour embrasser le perron et, surtout, la longue terrasse accrochée au ciel, la succession des baies vitrées – un théâtre à moi seul offert.

J'attendais. Non sans impatience. Je savais bien qu'elle finirait par apparaître. L'horizon l'aimantait. C'était un quasi rituel. Elle se postait d'abord derrière la vitre, hésitante. Contre la surface de verre, sa main mesurait le froid. Elle fermait un peu les paupières, les ouvrait, s'éloignait vers la penderie d'où elle revenait vêtue d'un long manteau de laine crème. Elle nouait une ceinture sombre, enfilait un bonnet qui laissait dépasser ses cheveux. Puis elle faisait coulisser la vitre – le roulement feutré parvenait jusqu'à mon repaire. Elle s'avançait contre le parapet. Là, son regard se perdait dans le lointain. Elle suivait la lente progression des bateaux de croisière. Elle pouvait rester ainsi des heures. C'était décourageant ; parfois effrayant. Elle n'était plus en prise avec le réel, insensible à ce froid qui me rongeait les os, indifférente au temps soudain sans épaisseur.

Les premières ombres de la nuit se couchaient sur une mer rugueuse. Mon corps transi m'exhortait à rentrer. Je ne me dérobai pas, pourtant, tandis que le visage sans fard de Deborah Valmont dans sa prison se recomposait sur le ciel mauve ; sa voix inquiète me revenait. Si elle avait tout accepté, en bloc, ce n'était pas pour moi ; je ne pouvais guère lui en vouloir de financer sa libération. N'était-ce pas l'objectif ? Gita Zagrosek, quoi qu'elle en dît, avait le bras long. Elle saurait parler aux juges ; ce n'était qu'une question de temps. Ce qui me chagrinait, c'était mon mensonge ou, pour être plus précis, mon omission : je m'en étais tenu au défilé nautique. Ayant flairé les micros, j'avais tu l'évasion.

Un mouvement. Agathe s'était tournée. Prenant congé de sa contemplation, elle traversait la terrasse, calme. Prise dans son manteau presque trop grand pour elle, elle ressemblait à un mannequin las. Il y avait aussi ceci qui m'émouvait plus encore : son attitude résignée. Chaque heure la montrait soumise à ce décor dans lequel elle s'était réveillée. Soumise à notre présence (Leos hantait maintenant les couloirs de la villa), aux petits riens du quotidien, soucieuse seulement de ses toilettes et de son air d'enfant perdue. Elle n'avait jamais cherché à fuir – sinon moi – ; elle attendait simplement que quelque chose advienne.

Quelque chose.

Je quittai le Bec de l'Aigle. Le sentier n'avait pas été entretenu depuis l'exil de mon père. Il disparaîtrait bientôt entièrement sous les fougères sauvages et les orties. Parvenu à la hauteur des Mouettes Noires, je bifurquai vers la terrasse. Agathe avait refermé la porte vitrée ; elle allumait à présent des lampes dans sa chambre – notre chambre ; dehors, l'obscurité s'était faite. Elle ne pouvait me voir. J'enjambai le muret. Les muscles de mes jambes luttaient contre l'anesthésie brûlante du froid. Agathe avait ôté son manteau, son bonnet. Des mèches rebelles retombaient sur son front. Ses mains dégrafaient les plus hauts boutons de son chemisier. Elle soupira, levant le visage, massa son cou, ses épaules, puis défit son soutien-gorge. Son regard s'était éclairé. Elle *éprouvait* quelque chose. Il y avait une présence invisible dans cette pièce, dans notre chambre. Pourquoi n'avais-je pas compris plus tôt ? Elle apercevait l'autre. Elle s'offrait à lui, par-delà la vertigineuse frontière de l'oubli. Bien sûr ! C'était l'autre qu'elle guettait sur la terrasse. L'autre, dont elle espérait la venue. L'autre, qu'elle invoquait sans cesse dans ses prières si solitaires, si malheureuses.

La baie vitrée nous séparait. Je frappai plusieurs coups, le cœur battant. Agathe sursauta. Elle m'aperçut derrière la vitre et demeura interdite un bref instant, sans même se couvrir, les bras ballants. Ses yeux brillaient. Elle s'approcha, leva une main qu'elle posa contre la vitre et plongea son regard dans le mien. Un frisson me parcourut. Était-ce bien moi qu'elle fixait ainsi ? Au-dessus de la villa, dans un grand bruissement d'aile, des oiseaux filaient vers la mer, majestueux, le ventre caressé par le faisceau du phare.

J'entendis un déclic. Hésitations. Palpitations. Puis il y eut le roulement de la baie vitrée, la chaleur de la pièce qui m'enveloppa et la main d'Agathe sur ma joue. Je me penchai. Son front était froid, ses hanches pâles tremblaient. Ses bras aussi. Je goûtai alors à la douceur des rêves, ne sachant pourtant ce qui, de mes élans ou de mon visage, suscitait tant d'effroi dans ses yeux grands ouverts. J'embrassai ses paupières. Elle réveilla mes lèvres. Longtemps nous restâmes enlacés. Il nous restait un siècle avant le jour.

TROISIÈME PARTIE

À la grâce de l'empereur

XXVIII

Des nuages bas s'accumulaient depuis trois jours contre l'étrave majestueuse du Karlottashory. Leurs vapeurs roulaient au ralenti, presque immobiles, chargeant l'atmosphère d'une froide humidité. C'était un ciel de nacre orangée, ourlé de festons gris, un ciel de poussières sans soleil ni trouées.

L'attitude d'Agathe me jetait dans la plus grande confusion. En présence de Leos, de Dimitri, elle multipliait les précautions, distante, peu encline à la discussion, distillant dans ses gestes, ses regards, juste assez de mystère pour conserver son statut de revenante égarée. Avec moi, en revanche, elle s'abandonnait, mais par à-coups, se protégeant d'une autre façon, me congédiant, soudain lasse, quand bon lui semblait. Tout un art. Si j'avais regagné une part de son intimité, je n'avais pas gagné le droit de réintégrer notre chambre, c'était la chambre de Kathrin Petersen. Quand nous étions dans les bras l'un de l'autre, elle se taisait. Elle faisait l'amour avec un air grave, quasi solennel. Ses ardeurs avaient quelque chose de contrôlé ; elle semblait reprendre aussitôt ce qu'elle avait donné et cela me peinait ; je ne la retrouvais pas tout entière. Son corps résistait à sa joie, à la mienne. Ce n'était plus comme avant. Nous venions à notre plaisir *différemment*.

La BCKP (Banque Centrale de Karlotta-Pietra) reçut un virement huit jours après ma visite à Deborah Valmont. La plus grande opacité régnait sur la façon dont notre mécène, depuis sa prison, avait pris connaissance du montant à verser et instruit l'ordre, mais elle avait veillé à l'essentiel. Gita Zagrosek devait jubiler ; John de Bondt aussi. Il m'avait même laissé un mot d'un goût douteux à la Fondation pour me remercier – et surtout m'annoncer qu'il pourrait maintenant ravaler le palais Zadar. Il aurait mieux fait de ravaler son inélégance.

Le téléphone crépita aux Mouettes Noires. Le chef de cabinet de Gita Zagrosek nous donnait le feu vert pour le projet *Nautic Waltz* ; Dimitri me félicita, m'avouant qu'il avait déjà dessiné les premiers costumes du défilé ; la mairie informée par les dieux demanda le nom de l'attaché de presse de l'événement (ce serait Leos) ainsi que le plan de communication ; et le vieux Boris Sartinú, prévenu par Dimitri, proposa une visite de son chantier naval et de la zone de chalandise des Ancres rouges. La machine était lancée. La date du défilé fut fixée au 7 mars. Nous avions trois semaines devant nous.

*

Le coup d'envoi des préparatifs nous délivra de l'attente interminable qui pesait depuis des jours. Notre patience avait été éprouvée ; l'inquiétude, peu à peu, nous avait minés. Nous pouvions enfin, espoir bien fragile, caresser l'idée de notre liberté. Les détails furent réglés avec une rigueur, une précision toutes militaires par un Lecinge très à son affaire. Les réunions se tinrent à nouveau chez lui, cette fois dans les caves du restaurant. On distribua les tâches. Le déroulement de l'opération fut répété minute par minute. On dessina des plans, on annota des cartes topographiques ; rien ne sortirait d'ici. À Ospara, tant que Deborah Valmont resterait en prison, František serait notre contact. Le feu d'artifice serait tiré depuis les jardins du Castellet, il ferait un artificier des plus élégants. Chacun apprit son rôle.

Dans la lumière des ampoules qui pendaient au plafond, Lecinge avait une tête de conspirateur. Il mesurait ses propos, nous regardait fixement, certain d'avoir été compris. Au garde-à-vous, Leos ne mouftait pas. Même Dimitri, jusque-là volontaire pour conduire une partie des opérations, s'était effacé. Il s'en remettait à la sagesse du médecin sûr de son diagnostic. Respect au doyen des conjurés.

De nous quatre, Lecinge était, avec Leos, celui qui n'était pas d'ici ; il risquait gros. Sans doute cela justifiait-il la ferveur qui l'animait. Il avait hâte d'en finir, de filer entre les mailles de la milice – il n'avait qu'une confiance limitée dans son faux passeport. Il ne voulait plus d'une telle épée de Damoclès. De temps à autre, quand il me parlait, je lisais dans ses yeux de la gêne, une espèce d'embarras mêlé de bienveillance, comme s'il en savait plus long que moi sur ce qui se passait en ville, ou sur mon compte. Que se tramait-il ? Je ne pouvais oublier les propos de Deborah Valmont au Café Loris. Notre bref échange à la prison centrale m'avait frustré ; elle n'avait pu me dire ce qu'elle voulait. Malgré toute l'énergie qui nous animait, je demeurais vaguement mal à l'aise.

Un soir, Lecinge disparut dans un recoin sombre de la cave. Il en revint la mine réjouie, avec à la main des verres et une bouteille de clos Lothar 1939.

« Allons, messieurs ! dit-il en rugissant, il est temps de se donner du cœur à l'ouvrage. Trinquons à la perspective de notre réussite ! Nous allons enfin en découdre. »

Il avait avisé un établi couvert de poussière. D'un geste assuré, il le balaya du coude ainsi que des toiles d'araignée avant d'improviser une espèce de comptoir qui eut aussitôt beaucoup de succès. Dimitri le complimenta.

« Je comprends mieux d'où proviennent les nectars que tu sers là-haut !

— Tu te trompes ! s'exclama Lecinge en débouchant la bouteille. Merci pour la remarque, mais des vins comme ceux-là, je les garde pour les grandes occasions. Au restaurant, nous servons autre chose. Je ne veux pas dilapider mes trésors. Figurez-vous que les caves dans lesquelles nous sommes sont historiques – et encore, vous n'en voyez qu'une partie. Elles ont servi d'abri pendant la Première Guerre mondiale et quand les Italiens ont récupéré la ville en 1920, ils ont entreposé leurs meilleures bouteilles. Certaines ne sont plus buvables, le vin est éventé, mais j'ai du stock. Ils ont tout laissé, allez savoir pourquoi. Ça et le matériel militaire de l'empereur, qui rouille, là, derrière ces murs, depuis des lustres.

— C'est curieux ! fit Dimitri. Pourquoi ici plutôt que dans les sous-sols du palais Zadar ?

— L'empereur ne voulait pas condamner son matériel si le palais était pris par les rebelles, dis-je. Il avait raison. C'est bien ce qui s'est passé.

— Il n'a pas eu le temps de s'en servir, hélas, ajouta Leos d'une voix docte.

— L'autre raison du choix de cet emplacement, dit Lecinge après s'être envoyé une grande rasade pour goûter, c'est que le restaurant, à l'époque, était la boutique officielle d'une fabrique de toiles et de tissus. La manufacture était située en dehors de la ville, près des salines. Ici, c'était en quelque sorte la vitrine de ce qui se faisait de mieux. On entreposait en bas. Ils vendaient aussi bien des rouleaux de drap pour les vêtements et les rideaux que des voiles pour les bateaux de plaisance de Sartori, ou de la toile pour les camions militaires. L'empereur avait passé un accord avec le directeur. Ses rouleaux étaient livrés dans les caves en toute discrétion. Il y en a des tonnes, là, après les piliers, avec des moteurs et des engins mécaniques de toutes sortes.

— Un trésor oublié, affirmai-je. Car ces caves étaient aussi un laboratoire. Les ingénieurs de l'empereur y concevaient des prototypes d'armes ou de véhicules militaires. Mon arrière-grand-père a travaillé dans cette usine, un simple ouvrier qui découpait la toile.

— Dommage que ça ne soit resté qu'à l'état de prototype, s'amusa Dimitri. Nous aurions pu être inspirés pour notre fuite...

— Nous le sommes déjà bien assez ! s'exclama Lecinge. Alors, buvons à notre fuite !

— À notre fuite ! »

Les verres s'entrechoquèrent. Nous bûmes. Leos me regardait, un drôle de sourire aux lèvres. Était-ce l'allusion à mon ancêtre ? La proximité de l'arsenal de guerre englouti dans l'obscurité des caves et tombé dans l'oubli général plutôt que dans des mains ennemies ? Ou la découverte, à mon insu, de ma relation avec Agathe ? Je ne lui en voulais pas, au contraire : ce n'était pas un sourire moqueur ; c'était un sourire qui semblait dire : « J'ai bien fait de frapper à votre porte, Monsieur Wimer. Nous allons nous en sortir. »

Peu à peu désinhibé, Leos se lança dans une grande évocation des heurs et malheurs de l'empereur, de ceux qui, avant Pierre VII, avaient défendu la ville pour défendre leur gloire, des manœuvres toutes plus folles les unes que les autres qui, au bout du compte, s'étaient soldées par des échecs, condamnant ces faux rois à la désillusion et à l'humiliation, victimes successives de l'Histoire toute puissante. Il en avait appris, à la faculté.

Les livres ô combien précieux parlaient. Ceux de la bibliothèque, bien sûr, et ceux tenus secrets avec les manuscrits fragiles, dans des sous-sols inaccessibles au public, préservés de l'humidité, montrés aux *happy few* qui possédaient le sésame convoité. Leos avait eu cette chance et pouvait le clamer haut et fort : avec les caves de Lecinge, c'était l'autre trésor de Karlotta-Pietra.

Lancé par le clos Lothar, peu sensible à la grandiloquence de Leos, Lecinge se tourna soudain vers Dimitri.

« Et ta poule ? demanda-t-il de but en blanc. Sera-t-elle capable de nous suivre ? Je l'ai croisée l'autre soir rue des Drapiers, elle n'était pas brillante. Je l'ai à peine reconnue. »

Dimitri s'empourpra. Il ôta ses lunettes d'un geste brusque et les pointa vers Lecinge.

« Je te défends de parler d'Olga comme ça ! Je sais bien que personne ne l'apprécie. Elle est pourtant tout aussi respectable que… que… »

Il me lança un regard furieux, son regard de compétition, mais se retint de justesse. Lecinge en remit une couche.

« Il faudrait qu'elle y aille mollo mollo sur la bouteille, hein ? Ça risque de faire désordre pendant le défilé. »

Je n'intervins pas. Je pensais au visage boursoufflé d'Olga, à ses grosses cuisses, à ses menaces. Son histoire avec Dimitri, après tout, ce n'était pas mes oignons. Mais Lecinge avait raison.

« Je ferai en sorte qu'elle se contrôle, dit Dimitri en baissant d'un ton. Vous avez ma parole. »

Autant dire qu'il n'avait convaincu personne. Il y eut un long silence. Lecinge remplit les verres et retourna chercher une autre bouteille en traînant les pieds. Il s'en était fallu de peu que Dimitri n'explose. Nous étions tous à cran. Olga constituait la seule faille de notre plan. Il était cependant très difficile de refuser à Dimitri sa présence sur les barges. Nous devions lui trouver un maton.

Mettre au point la scénographie fut l'affaire de peu de jours. Une règle d'or : émerveillement et simplicité. Avec Dimitri, nous avions carte blanche (des experts comme nous !), ce qui n'alla pas sans d'âpres négociations. Je parvins cependant à le faire s'incliner devant ma vision d'un défilé plus coloré que prévu. De fil en aiguille, si je puis dire, Dimitri aboutit à l'harmonie à laquelle nous aspirions pour surprendre le public. Croquis déchirés, dessins à multiples variantes, esquisses de patrons – cent fois sur le métier ; mais avec quelle grâce, au bout du compte ! Déployant son habileté coutumière, il tutoya la perfection. Ce défilé serait à la fois le grand saut vers l'avenir de Karlotta-Pietra, avec son folklore retrouvé, la sobriété sombre des règles et des lois, les blasons stylisés aux armes de la cité ; mais aussi la réminiscence, toute provocatrice, du règne de Sa Majesté et de la domination italienne, aves ses laquais, ses robes vénitiennes, ses chapeaux baroques, ses cocons de couleur enrobant les mains et les visages, faisant de nos mannequins la promesse de renouveau d'une ville prête à éclore de sa chrysalide.

Les barges seraient décorées à l'avenant. Moitié-gondole, moitié-pinasse, chacune d'elles offrirait un tableau unique, animé d'une chorégraphie minimaliste inspirée des mimes chinois traditionnels – parfaite adéquation avec les poèmes du *Chant de la Terre*. En somme, nos réfugiés auraient peu à faire sinon conserver leur sang-froid – la *Nautic Waltz* durerait près d'une heure avant que les barges n'accèdent à la grange batelière et que le feu d'artifice n'éclate sur les dernières paroles chantées par Deborah Valmont, « *Ewig… ewig…* » Éternellement… éternellement. Un présage. Et une gageure. Bref, de quoi trembler. Mais nous faisions confiance à leur esprit de solidarité, au va-tout qu'ils joueraient ce soir-là.

Sur chaque barge serait disposée une estrade centrale bordée de fleurs et de palmes. Au-dessus : deux mannequins parmi les plus doués exécutant une pantomime de l'époque Ming. Au-dessous : les valises des réfugiés, une par personne, pas une de plus. Les instructions diffusées par Lecinge étaient sans discussion possible – quel que fût le nombre d'enfants par famille et bien que ces derniers fussent partis sans bagages, à la hâte. On s'était passé le mot. Rude consigne. Des femmes avaient pleuré. Des hommes aussi, saisis de découragement, ceux qui avaient tout quitté, autrefois, pour refaire leur vie à Karlotta-Pietra. S'ils s'en sortaient, il faudrait tout recommencer.

Il y eut des rendez-vous secrets. D'autres moins, dans les bars, les jardins publics, sur les quais, au comptoir des échoppes. On fut plus caméléon que jamais. On redoutait les patrouilles. Certains recherchèrent la sécurité en retournant à l'amphithéâtre du sanatorium. On tenait des conciliabules. On apprenait, on partageait. On s'arrangeait. On trépignait. Ce qu'il fallait, c'était rester informé. Les plus imprudents se firent pincer – les faux papiers que Lecinge devait fournir n'étaient pas prêts. Personne ne parla. De nouvelles fusillades éclatèrent. Fidèle à elle-même, la télévision resta muette.

Dans sa grande mansuétude, le gouvernement dépêcha un jeune pianiste auprès de la prison centrale pour commencer sans tarder les répétitions, une version rousse de Samson François. C'est que, même si on la détenait toujours, il ne fallait pas priver Deborah Valmont de telles séances. On la voulait au zénith de son déclin. On la maintiendrait ainsi en voix.

Au quartier des Ancres rouges, ça carénait ferme. Boris Sartinú avait mis les bouchées doubles. Il travaillait nuit et jour à grand renfort d'ouvriers et de matériel. Des pots de peinture antirouille s'empilaient dans les hangars ouverts. Les quais empestaient l'antifouling. Les badauds commençaient à affluer. Allait-on voir des bateaux sur le canal, comme dans le temps ? Les écluses allaient-elles fonctionner à nouveau ? Il se préparait quelque nouveauté.

Avec Dimitri, nous nous délections de ces jours où passait un parfum de gaîté. Nous étions sur le terrain, lui dans son atelier de haute couture à stimuler les petites mains, moi au chantier naval, chez le constructeur de gradins et tribunes de plein air, ou écumant les magasins de sonorisation et d'éclairage. Leos m'avait bien proposé de s'en occuper, mais j'avais refusé : je voulais contrôler cet aspect-là de l'opération. Il avait assez à faire avec les relations presse, sans compter que ses escapades à la faculté se faisaient de plus en plus fréquentes.

Quant à Lecinge, il mangeait du faux passeport, ça le changeait de sa cuisine habituelle – une nouvelle vocation pour ses caves transformées en antre de faussaire. Il ne négligeait rien et avait réussi *in extremis* à entrer en contact avec le chauffeur des autobus qui nous attendraient à Sartoria. Le lendemain, stupeur, nous apprenions que le gouvernement avait coupé l'accès Internet aux habitants de la ville cette fois définitivement close.

XXIX

Le pressentiment des dernières fois…

Seul dans les ruelles, ce soir-là, il me semblait que la ville immobile me faisait ses adieux. Tout était calme, murmurant, sans éclat – réglé depuis des siècles. Les habitants vaquaient aux courses habituelles avant la fermeture, qui sortant de la boulangerie Perutz, qui les bras chargés de vêtements propres emballés avec soin dans le papier couleur lune du teinturier Asaël. On se croisait. On se saluait. La courtoisie nocturne était de mise. Étrangement, l'inquiétude s'était retirée des visages comme une mer indésirée. Était-ce bien réel ? Était-ce ma perception faussée par la perspective des jours à venir ? Le sentiment de ne plus appartenir aux ombres de la ville tant aimée ? Je me déprenais sans douleur des ponts et des façades, des fontaines, des parcs, des rues et des rigoles. J'abdiquais mon passé sous les voûtes de pierre. Il faut savoir prendre congé de ses plus belles douleurs.

La grande horloge du pont de l'Impératrice illuminait de son cadran les eaux du canal. J'étais descendu sur les berges de la rive ouest. Je croisai un groupe de sans-abri se réchauffant autour d'un feu de fortune. Ils se frappaient les bras près des pommiers nus du petit square Woyzeck. À peine s'ils me regardèrent – un fantôme les eût frôlés qu'ils n'auraient pas réagi différemment. Je n'étais déjà plus de chair et d'os. Sur ma gauche, je laissai le long rideau noir des arbres d'Ospara, serrés, opaques comme des fagots. Nulle lumière ne perçait. Le pauvre František devait se morfondre ; pourtant cela ne durerait pas, il le savait : on attendait beaucoup du majordome artificier.

J'avançai dans le froid vif. Toute trace de neige avait disparu. Ces pavés, je les foulais pour la dernière fois. Ils avaient accueilli les promenades de mon enfance, les rires de ma mère, mes parties de billes et mes cigarettes clandestines ; ils accueillaient ce soir mon ultime pèlerinage.

Bientôt j'aperçus les clochers de l'église St Havla. Ils se détachaient dans la brume sur la frontière bleu nuit des remparts. On n'y célébrait plus de messes depuis sept ans. De temps à autre, je venais y respirer le parfum d'encens qu'un bedeau invisible ranimait à heures fixes. Il était le seul, avec moi, à posséder la clé de l'église un temps transformée en salle de concert. Hélas, cela faisait déjà longtemps qu'il se bornait à son seul entretien et veillait en particulier sur le retable inconnu de Grünewald, ce chef-d'œuvre retrouvé par mon père dans l'ancienne chapelle du sanatorium, restauré par les soins de la Fondation et finalement restitué à son emplacement d'origine.

Un lampadaire projetait une lumière faible sur le portail. J'entrai. Odeur d'humidité et de salpêtre. Une grosse bougie se consumait sur l'autel ; sa flamme s'affola dans l'air soudain happé par les courants froids. Le transept tangua, et avec lui les bancs, les colonnes, les statues, le damier pâle des ex-voto en *pietra d'Istria*. Le tapis de la nef avait été retiré. Mes pas résonnaient sur le sol de mosaïques. Dans le fond, le retable déployait son triptyque sous la croix byzantine. Je fus bientôt devant l'orgue de chœur, ému de façon incompréhensible, saisi par la vision du vieil organiste d'autrefois appliqué à sa tâche et le ressouvenir du *Cantique de Pierre Alhain* dont la sublime mélodie s'élevait sous les croisées. Toute l'assemblée chantait, alors, ma mère en tête.

Du bruit. Je me retournai sur les bancs vides. On venait d'entrer. Au loin, une silhouette prise dans un anorak jaune à capuche trouait l'obscurité. C'était Leos. Il était à l'heure. Je lui fis signe d'approcher.

« Comme c'est beau ! dit-il en ouvrant d'un coup sec la fermeture Éclair de son vêtement. Je n'étais jamais venu. Le cimetière n'est pourtant pas loin.

— Profites-en, contemple ces merveilles. Pour la petite histoire, c'est ici que mes parents se sont mariés. Sur le mur de mon bureau, il y a une photo qui les montre au moment de l'échange des alliances. Ils se tiennent là où nous sommes. Exactement.

— Oui, je l'ai vue. J'ai d'abord cru que c'était vous. Vous êtes la copie conforme de votre père. Et votre mère, c'est troublant, ressemble à l'impératrice telle qu'elle est représentée sur les gravures.

— Je n'y avais jamais fait attention. C'est vrai que tu es fourré dans les livres d'Histoire du matin au soir. »

Leos s'apprêtait à faire un commentaire mais se ravisa, se contentant d'acquiescer. Sans doute pensait-il – à tort – que j'appréciais modérément ses escapades à la faculté. Je me demandais seulement sur quoi pouvaient bien porter ses recherches.

Je l'invitai à me suivre vers la croisée du transept, avec l'inflexion énigmatique du chercheur sur le point de dévoiler une découverte. Sur la gauche, jouxtant une chapelle mariale, s'ouvrait la porte de la crypte. Mon trousseau de clés cliqueta. Nous descendîmes un escalier en colimaçon empli d'une odeur âcre, pierreuse, et dont les marches de hauteur inégale s'incurvaient à leur plus large extrémité. J'ouvris une autre porte ; nous pénétrâmes dans le *tombeau des premiers rois du pays*. Plusieurs gisants s'alignaient là, baignés d'une lumière douce que diffusait une veilleuse.

Leos écarquillait les yeux. Il s'approcha des statues, déchiffra des noms inconnus, des noms qui ne figuraient dans aucun livre d'Histoire.

« Les premiers rois du pays ? m'interrogea-t-il avec une magnifique candeur. Comment est-ce possible ? Si le pays avait été un royaume, je l'aurais su ! Nous l'aurions tous su ! »

Il était désemparé. Les secrets de l'Histoire, devait-il penser, avaient été plus forts que lui, que sa science. Battu à plates coutures. Sa mine d'expert floué me fit sourire. Une lueur d'enfant déçu se lisait dans ses yeux.

« Ne souriez pas comme ça, dit-il un peu vexé.

— Oh, je ne me moque pas de toi. Seulement, je me revois avec la même réaction, la première fois que mon père m'a emmené ici. Ces noms ne te parlent pas ?

— Non.

— C'est normal.

— Regardez, ils sont sept ! Sept rois qui n'apparaissent nulle part ! Pourquoi ?

— Pour une raison bien simple : ils n'ont jamais existé. »

Leos frottait sa moustache, perdu.

« Mais ces tombeaux…

— Ce ne sont pas des tombeaux. Ce sont des coffres imaginés par l'empereur pour stocker des réserves en cas d'insurrection.

— L'empereur Pierre VII ?

— En personne. Et il acheminait ces réserves par là. »

De plus en plus intrigué, Leos me dévisageait. Étais-je

sérieux ? Je traversai la crypte pour en atteindre la partie la plus reculée, contournai un rideau de colonnes sur lesquelles s'enroulaient des bas-reliefs. Une haute porte en métal prune se dessinait dans le mur. Je l'ouvris. Je sentais sur ma nuque la respiration de Leos.

D'abord, nous ne vîmes rien. Le noir, partout. Une sensation d'immensité et de légèreté. Un faible bruissement nous parvenait – sorte d'écoulement régulier, lointain, dont l'écho se mêlait à un parfum de grotte et de forêt. Puis, peu à peu, nos yeux s'accoutumèrent à l'obscurité. C'était une obscurité bleuâtre, sous-marine, percée ici et là de taches plus pâles qui miroitaient dans d'invisibles profondeurs. J'allumai une bougie. Leos ne put réprimer un « han ! » d'émerveillement. Devant nous se dressaient les hautes parois de pierre des écluses de l'empereur. Au ras du sol, l'eau immobile. Au-dessus de nous, une voûte sculptée à même la roche. Une cathédrale jouxtant la crypte. Plus haute que l'église. Plus profonde que ses fondations. Une nef liquide et pâle, tranchée en son transept par le couperet de métal du premier sas. De part et d'autre, un savant assemblage d'escaliers et de passerelles. Des roues, des manivelles, une batterie de leviers, de poulies et de sangles. Ici des crocs, là des potences. Des lanternes éteintes rythmaient l'aplomb des vannes. Les bassins successifs déployaient leurs miroirs, nous renvoyant au jour ancien où, pour la dernière fois, les portes de l'écluse s'étaient refermées sur l'amère défaite de l'empereur renversé.

Nous demeurâmes un moment silencieux. Le regard de Leos était plein de doute. Ce mécanisme hydraulique, comment parviendrions-nous à le faire fonctionner ? Ces écrous, ces crémaillères, ces larges pylônes qui marquaient l'entrée de la grange batelière, que valaient-ils ? Nous remontâmes le quai en direction du portail monumental derrière lequel venait mourir le canal. À travers les interstices des hauts vantaux piquetés de rouille scintillaient les lumières de la ville. On devinait la masse sombre d'Ospara, le décroché des toits mangés de brume. Leos leva la tête, prenant la mesure de l'imposante construction ; puis, se tournant, il s'approcha du mur, l'inspecta, passant une main sur la surface grossière faite de roche, de ciment et de chaux.

« Qu'y a-t-il ? demandai-je.

— Oh, rien, dit-il dans une moue indifférente. Non, rien. Je suis finalement impressionné par l'excellent état de l'édifice. C'est bien plus vaste que je ne le pensais, et que sur les gravures de l'époque.

— Il était important que tu viennes ici. J'ai bien réfléchi. Tu vas prêter main forte au vieux Sartinú. Il aura besoin de toi pour tester toute cette mécanique. Je l'ai mis au parfum, mais il est âgé et on ne peut pas mettre ses hommes dans le coup. Vous ferez ça la nuit. Je vous donnerai une clé. Ça te convient ? »

Leos parut réfléchir. Il me jeta un regard à la fois plein de reconnaissance et d'interrogation.

« Je suis très honoré. Cependant, êtes-vous sûr que ?...

— Mais oui, Leos ! Un peu d'action, ça ne te fera pas de mal. »

J'hésitai avant d'ajouter sur un ton malicieux :

« J'ai cru comprendre qu'il t'arrivait d'aimer l'action, le terrain. Jusqu'à, dans certaines circonstances, déjouer les plans de l'ennemi, de l'affronter, voire, de t'en débarrasser. Je me trompe ?

— Mon Dieu ! dit-il en portant une main à sa bouche. Comment savez-vous ? »

Je lui donnai une tape amicale sur l'épaule et lui racontai.

« Vous en avez parlé à quelqu'un ?

— À personne.

— Même pas à Agathe ?

— Même pas à Agathe. »

L'eau renvoyait sur ses joues des reflets moirés. Il serra les épaules comme pour se protéger.

« Je ne pourrai jamais oublier ce que tu as fait ce soir-là, dis-je maintenant avec le plus grand sérieux. Tu nous as sauvés. Merci, Leos. »

Alors, dans un élan d'une spontanéité qui me déconcerta, il vint contre moi et me prit dans ses bras, ne cessant de me remercier, de me dire que c'était moi qui l'avais sauvé. D'une certaine façon, nous étions quittes. Et, pour être quittes sur tous les plans, desserrant son étreinte, il plongea son regard dans le mien et, levant un sourcil malin, me demanda :

« C'est elle, n'est-ce pas ? »

Je contrefis celui qui ne comprenait pas.

« Qui ça ? »

Il eut un petit rire qui signifiait « Tu ne m'auras pas ».

« Voyons, reprit-il en ébouriffant ses cheveux. Kathrin Petersen n'a jamais existé ! Agathe est bien Agathe, n'est-ce pas ? La vraie Agathe, votre femme ? »

Cette fois, je ne pouvais rien lui cacher.

« Oui, dis-je. C'est bien elle. »

Derrière son sourire satisfait, une question lui brûlait les lèvres : comment avais-je compris ?

*

Ce qui suivit ne fut-il qu'un rêve ? Combien aurais-je aimé en parler, plus tard, avec Leos ! M'assurer que cela n'avait pas été qu'une illusion.

La vision ne me quitte pas.

Agathe seule sur les quais marchant dans la nuit opaque. Elle semble s'éloigner des marches de l'église, comme si elle nous avait observés. Le visage à demi dissimulé sous un foulard sombre, elle avance lentement, calme, vers l'escalier qui conduit au cimetière. Elle porte une robe noire, très longue, qui descend jusqu'aux chevilles. Malgré le froid, elle a enfilé des sandales de toile claire. Ses pieds nus forment deux petites taches claires dans la spirale ajourée des pierres. Elle gravit les marches, nous la suivons sans un mot. Je n'ose l'appeler. Leos m'a pris le bras. Oui, c'est vers le cimetière qu'elle se dirige, avec dans chacun de ses gestes quelque chose de sage et résolu. Son pied droit, souple, épouse le relief du sol, animé d'une délicate énergie, tandis que son pied gauche soulevé en arrière, presque à la verticale, semble rester en suspens. Et c'est cela qui nous frappe, cette impression d'immobilité alors qu'elle s'engage peu à peu dans la ruelle du cimetière.

Un bref coup de vent fait voleter les cheveux qui dépassent de son foulard. Elle paraît regarder droit devant, concentrée, sans frémir. La voici devant le portique de pierre de l'entrée. La petite guérite de Leos est vide et la porte grande ouverte. Depuis plusieurs jours, le cimetière n'est plus surveillé. Agathe poursuit son chemin – et c'est bouleversé que je la vois prendre la direction du nord. Les stèles, les statues défilent. Leos me retient ; je suis un chien qu'il ne faut surtout pas lâcher. Nous a-t-elle attendus à la sortie de St Havla ? Je ne lui ai pourtant rien dit, sinon que je rentrerai tard de la Fondation. L'avons-nous surprise par hasard ? Questions de peu d'importance. Elle est là, ombre parmi les ombres, pleine de grâce, fragile épouse retournant à sa mémoire, à sa condition originelle, franchissant les allées du souvenir, aimantée par le brouillard, et nous dans son sillage sans empreintes. Au loin se dessine la tombe des gisants.

Agathe a cessé de marcher. Elle se tient devant la tombe, recueillie, plongée dans ses pensées. La lune a couvert d'or la couche des gisants. Il ne faut plus bouger. Agathe a baissé un peu la tête. Elle ne parle pas. Pas de signe de croix ; elle replie ses bras sur sa robe ; puis elle a ce geste, très lent, très doux, qui me serre le cœur : elle avance sa main vers l'homme, vers ce moi de marbre qui semble l'observer depuis la nuit des temps, et lui caresse le front, les tempes, la nuque – on dirait qu'elle apaise un enfant. Sans précipitation, elle retire sa main, avance son visage au-dessus de mon double et embrasse sa joue. Alors, comme frappée par sa propre tendresse, elle s'incline un peu, s'assoit sur la margelle du sépulcre et y pose lentement la tête. Elle ne nous a pas vus.

Leos me prend par l'épaule. La même photo nous a traversés l'un et l'autre. Échange des alliances. Un choc. Il a compris ce que je viens de recevoir de plein fouet, cette vérité qui jamais ne m'avait effleuré : ce n'est pas moi qu'Agathe vient d'embrasser. Ni mon double de pierre.

XXX

Les câbles du funiculaire vibrent sous la tension de la cabine. De loin en loin, ils renvoient, au soleil, des éclats scintillants. Nous descendons vers la ville, dans le ronronnement monotone et l'à-coup des poulies – un mécanisme contemporain de celui des écluses. Nous sommes seuls avec le conducteur. Il est midi passé. Agathe porte son long manteau de laine crème, un foulard de soie jaune autour de son visage et noué à son cou, des lunettes de soleil. Elle regarde en contrebas. Comme moi. Comme Dimitri très fier dans son nouveau cardigan de flanelle et d'alpaga dessiné par ses soins ; il arbore un air princier. Tous les trois, nous restons silencieux à cause du conducteur – on ne sait jamais.

Demain… C'est demain que tout va se jouer. Depuis notre observatoire en mouvement, nous embrassons d'un regard soucieux la carte d'état-major de notre fuite. Tout est prêt. Le long des quais, nous apercevons les gradins, les barrières de sécurité, les guichets devant lesquels la foule va se masser. Malgré la vocation populaire de l'événement, Gita Zagrosek a imposé l'entrée payante ; les fonds seront affectés au ministère, bien entendu. Nous lui avons adressé une copie des passeports de nos figurants ; elle n'a pas tiqué – merci, Lecinge, beau boulot. Dans sa prison dorée, Deborah Valmont répète jusqu'à la dernière minute. Pourquoi diable ne la libèrent-ils pas ?

Dimitri déçu soutient qu'ils iront jusqu'au procès ; ils n'ont pas d'états d'âme. Après tout ce qu'elle a fait ! Oui, tout est prêt. Amarrées au quai des Ancres rouges, les six barges sont méconnaissables. La septième, initialement exclue du dispositif, a été préparée sur le même modèle pour la beauté de la mise en scène : pas une seule carcasse ne rouillera sur le chantier Sartinú visible des tribunes.

Agathe soupire. Je prends son bras. C'est moi qui l'ai forcée à venir avec nous, elle ne voulait pas, la peur d'un mauvais coup du sort. Je la sens si vulnérable. Depuis plusieurs jours, elle est rentrée dans sa coquille. Je voudrais tant lui parler de la nuit de St Havla, des gisants. Elle me fuit. Des bribes de son passé lui sont revenues, j'en suis persuadé, cela est impossible autrement : ses réactions, ses regards, ses silences surtout... Ses visions l'effraient, l'enferment dans une vérité qu'elle ne veut pas m'avouer. En ai-je d'ailleurs envie ? Peut-être ai-je aussi peur qu'elle.

Au loin, la petite île d'Ospara semble paisible. On ne décèle aucune agitation. Le parc est désert. C'est là que nous allons, pour régler les derniers détails du feu d'artifice avec František. Agathe redoute-t-elle de retourner au Castellet ? Se souvient-elle du lieu ? C'est tendue qu'elle quitte le funiculaire, un peu plus tard, à mon bras.

Nous sommes dans les rues. Il me faut presque tirer Agathe par la manche, on dirait qu'une force l'empêche d'avancer. Dimitri presse le pas, allons, allons, nous sommes en retard ! Il reste un bon quart d'heure avant d'atteindre l'embarcadère où nous attend le sympathique passeur. Nous pénétrons dans le dédale du quartier des Sauniers, les maisons basses se succèdent – des pensions aujourd'hui, autrefois des commerces. Nous empruntons la rue Weiss, sorte de passage enchâssé dans d'anciennes fortifications, puis la rue des Paludiers qui débouche sur les quais.

Devant nous surgit soudain un homme pris dans un imperméable, coiffé d'un chapeau à large bord. Il s'est engouffré dans la rue à vive allure et marche vers nous, visage baissé. Je ne l'ai pas reconnu. Une fois à notre hauteur, il relève la tête, nous aperçoit et tend aussitôt une main amicale. C'est John de Bondt. Le soleil tombe de biais sur lui, une lame de lumière filtre entre les toits. Nous nous saluons. Il scrute Agathe d'une étrange façon. L'a-t-il reconnue ? « Une amie », dis-je pour couper court. Je sens sur ma manche se crisper les doigts d'Agathe. Elle n'ôte pas ses lunettes. John se lance alors dans un commentaire enthousiaste sur la fête à venir ; quelque chose sonne faux dans sa voix. Dimitri le remercie, abrège. Agathe s'est mise à trembler. Elle tremble de plus en plus fort. Heureusement, le vieux finit par s'en aller, à demain ! à demain !

Nous reprenons notre marche. Inquiet, je me tourne vers Agathe. Dimitri qui trépigne nous précède déjà de plusieurs mètres.

« Oh, mon Dieu ! murmure Agathe à mon oreille. Cet homme… Cet homme que nous venons de croiser…

— Eh bien, quoi ? »

Je frictionne son bras. Elle semble se calmer.

« Je le connais. Je connais son visage. »

Elle n'a pas revu John de Bondt depuis le drame des Jardins de l'Opéra, je le réalise. De nouvelles images du passé se sont manifestées. Je l'encourage à parler. Devant nous, les eaux du canal tissent leurs courants tels des fils de faïence.

« C'est l'homme de la rue Trakl. Je suis sûre que c'est lui. C'est l'homme qui entrait dans ma chambre. Je revois cette pièce, j'étais allongée dans un lit. Il venait me voir comme pour une inspection. Il ne parlait pas et repartait aussitôt. Oui, c'est bien l'homme de la rue Trakl.

— Comment te souviens-tu du nom de cette rue ?

— Par la fenêtre, je voyais la rue, il y avait cette plaque au mur. Rue Trakl.

— Calme-toi, à présent, voilà. Il est parti. Viens. Dimitri nous attend. Ne lui dis rien, tu me raconteras tout ce soir. Viens. »

Je serre Agathe contre moi. Il ne faut surtout pas que je lui communique le trouble qui m'envahit. Le nom de cette rue, elle l'a pourtant bien prononcé. Ce qu'elle faisait là, le temps et la patience nous l'apprendront. Elle n'a pas pu voir John de Bondt, elle doit confondre. La rue Trakl n'est pas l'adresse de John de Bondt. C'est l'adresse de Dimitri.

XXXI

Au palais Zadar, assis à mon bureau, j'ouvrais et refermais d'un geste définitif les tiroirs au contenu désormais figé dans un parfait alignement, chaque objet, chaque dossier soigneusement calé, au millimètre près, à la place que lui avait assigné son histoire, l'histoire sans importance des objets et des dossiers. Je me levai. Mon fauteuil craqua. Le parquet craqua. Par la fenêtre, j'aperçus pour la dernière fois le soleil décliner au-dessus du Karlottashory.

Après avoir quitté Ospara, j'avais raccompagné Agathe aux Mouettes Noires. Dimitri très en retard sur son planning était retourné place de la République mettre une dernière main à la confection des costumes. Pendant que, dans la bibliothèque du Castellet, nous révisions avec František les séquences du feu d'artifice, j'avais été frappé par la tension grandissante qui s'était installée entre nous. Dimitri s'était fait cassant. Agathe l'observait, craintive. Depuis qu'elle était revenue à la vie, jamais Dimitri ne lui avait inspiré une telle méfiance. Que s'était-il passé dans la rue des Paludiers ? Quel choc l'apparition de John de Bondt avait-elle produit sur Agathe ? Pendant le chemin du retour, je n'avais pas réussi à obtenir davantage d'explications. Une fois de plus, Agathe avait repoussé la discussion, prétextant le grand désordre émotif dans lequel la précipitaient les contours flottants de ses réminiscences.

Je n'avais pas insisté. Le temps n'était pas à l'introspection mais à l'action.

C'est la mort dans l'âme que je quittai le palais Zadar. Les lourdes portes se refermèrent sur un pan de ma vie comme elles s'étaient un jour refermées sur l'histoire d'amour que l'empereur avait entretenue avec la ville, cette cité malmenée pour laquelle il avait tant fait. Une brume encore légère commençait à se constituer au-dessus du canal. La couleur des eaux fonçait, diffusant progressivement des reflets jade sur la pierre des quais. Leur parfum familier, entêtant, montait dans l'air froid. Les premiers réverbères s'allumaient. J'empruntai le pont de l'Impératrice, levai les yeux vers la tour de l'Horloge qui plongeait les balustrades dans son ombre taupe. Je le franchissais pour la dernière fois.

Je ne vis pas Leos venir à moi ; le pont est long, pourtant. J'aurais pu voir sa silhouette grandir au loin, j'aurais pu remarquer qu'il ne marchait pas mais qu'il courait, à demi penché. J'aurais pu l'entendre crier, comprendre que quelque chose n'allait pas, à sa main tendue dans ma direction, à son regard pétrifié, à la façon dont il haletait. Non. Il fut soudain devant moi, agrippant mon manteau, pâle, tremblant. Je fus pris de panique.

« Que se passe-t-il, Leos ? Qu'as-tu ? »

Il s'effondra sur le pavé au pied d'un griffon de pierre. Il se tenait le ventre, ses lèvres remuaient avec peine et sa voix, mon Dieu, sa voix était si faible. Je m'accroupis, le pris dans mes bras, soulevai sa tête. C'est un murmure que j'entendis.

« Ne partez pas par les écluses, articula-t-il avec peine. L'autre soir, à la grange batelière… Le mur intérieur… J'en étais sûr…

— Ne parle pas. J'appelle les secours. »

Il me regardait, suppliant, plein d'effroi. Il hoquetait. Du sang sortait de sa bouche, coulait de son abdomen à travers sa chemise.

« Ils m'ont eu, c'est trop tard… Partez. Ils vont arriver. Ils ont su pour moi… pour l'agent que j'ai descendu... Tenez, prenez ça… »

Leos se cramponnait à moi. D'une main presque déjà sans force, il me tendit des feuillets maladroitement pliés.

« J'ai compris à la faculté… C'était ça que je cherchais, que je redoutais. Tenez, c'est le texte authentique, le seul que vous pouvez croire… Ne faites pas la même erreur… Partez. Ils vont arriver… »

J'entendis au loin le bruit d'une cavalcade. À l'autre extrémité du pont surgit une brigade de la milice. Une dizaine d'hommes qui couraient, arme au poing. Leos fut pris de convulsions.

« Partez avant qu'ils ne vous reconnaissent ! »

Je ne savais que faire. L'horreur me paralysait. Ces hommes se rapprochaient dans une folle précipitation. Je sentais dans mes bras le corps chaud de Leos. Ses yeux se voilaient. Sa main chercha la mienne et ses lèvres remuèrent encore.

« Je vous demande pardon. Je ne voulais pas que ça se termine comme ça… Pardon… »

Révolté, je posai délicatement sa tête sur le sol qu'il pencha de côté et pris la fuite, emportant les papiers, certain que Leos me regardait m'engouffrer dans les ruelles maintenant pleines de nuit.

Je venais d'abandonner sous la tour de l'Horloge celui qui m'avait sauvé, le laissant comme un mendiant, sans sépulture. Lui.

Un sanderling cria quelque part dans la ville. Puis des coups de feu claquèrent, par trois fois, au-dessus du pont de l'Impératrice.

XXXII

Ces pages arrachées, je les ai lues un peu plus tard cette nuit-là, la nuit du meurtre de Leos. Comme l'impératrice, mon protégé avait rendu son dernier soupir au pied de la grande horloge du Temps. Renommerait-on pour autant ce pont *le pont du Petit gardien du cimetière* ?

À présent seul dans les ruelles glacées, je courais, la bouche sèche, le cœur battant, lapin traqué filant vers son terrier. Les hommes de la milice m'avaient-ils repéré ? Mon avance était mince. Derrière moi, nulle cavalcade. Le visage de Leos me hantait. Sa main tendue. Son regard qui avait cherché, jusqu'au bout, un peu de reconnaissance. Je me défendais d'être son véritable assassin, moi qui l'avais recueilli, embringué dans mon histoire, dans l'histoire d'Agathe, ce rendez-vous d'outre-tombe auquel d'autres âmes n'auraient pas dû être conviées.

Bientôt je fus à l'orée de mon refuge. Au bout de la venelle empruntée se dressait le premier réverbère du carrefour, celui de la rue Trakl. Encore quelques foulées, je serais devant l'hôtel particulier de Dimitri. Je frapperais. Il m'ouvrirait. Je lui annoncerais la terrible nouvelle.

Un calme inattendu régnait dans la ville. Je marquai le pas. Soudain, le bruit d'un moteur de voiture monta du côté du carrefour. Une patrouille ? Un simple civil ? Je m'arrêtai, avisai le renfoncement d'un jardinet qui m'abrita. La voiture était maintenant toute proche. Elle ralentit. Je vis son capot glisser sous la lumière verdâtre du réverbère. C'était une berline. Une berline noire aux vitres teintées. Elle avança encore, stoppa devant l'hôtel particulier de la rue Trakl. Quelques secondes s'écoulèrent. La portière du conducteur s'ouvrit. Descendit un chauffeur au teint pâle, aux cheveux blancs malgré son jeune âge et aux pupilles aussi blanches que ses cheveux. Il ne pouvait me voir. Mais moi, comme je le voyais, lui ! si tranquille, insouciant quand, dans mon souvenir, il était agité, la seule fois où je l'avais vu, lui, avec son regard de loup, abandonnant sur les quais du canal, après l'avoir battue, une femme inconsciente, et s'engouffrant avec son acolyte à capuche dans une voiture qui s'était évanouie dans le dédale de Karlotta-la-Morte.

L'albinos ouvrit la portière arrière, côté trottoir. Un sang brûlant monta à mes joues, à mon front. Cette porte qui s'ouvrait, c'était aussi celle de la sortie nord du cimetière. Son double de tôle. Cauchemar dans le cauchemar. Abjecte trahison. L'haleine pleine d'alcool d'Olga flotta autour de moi, et ses lamentations, ses cris, sa jalousie explosèrent de nouveau tandis que descendait de la berline la silhouette noire mal camouflée de Gita Zagrosek.

Elle fit quelques pas, perchée sur des talons aiguilles qui lui faisaient une démarche étrangement sensuelle, souple, le port d'un mannequin professionnel. L'albinos rentra dans la voiture qui démarra, s'éloigna dans la rue. Devant la porte cochère de l'hôtel particulier, Gita Zagrosek composait un code. Son imperméable luisait. Elle avait dissimulé ses cheveux sous un fichu carmin. Il y eut un déclic ; elle s'enfonça dans la pénombre du porche. Le reste fut rapide : le visage de Dimitri à la fenêtre du premier étage – apparition fugitive –, les rideaux se fermant, les lumières s'éteignant presque toutes derrière les lourdes tentures en soie de Malaisie, ma brutale solitude, le silence et, surtout, mon amitié poignardée.

*

Les papiers de Leos gonflaient la poche de ma veste.

Il me restait deux choses à faire : les lire ; et savoir à quoi jouait Dimitri.

Alors, cette nuit-là, la nuit du meurtre de Leos, je pris la direction du canal, révolté, en proie à une fièvre pleine de haine, appelai Lecinge et retournai à Ospara.

XXXIII

Le faisceau du phare frappa quelques secondes la corniche du Bec de l'Aigle. Agathe se tenait sur le promontoire, debout devant le vide de la nuit, défiant dans sa pose antique une mer encore irréelle, fragile silhouette de marbre bleu. Elle portait une longue robe blanche, une sorte d'aube qui lui prenait les épaules et dont les manches couvraient les mains. Un albatros sur le point de s'envoler. Une âme libérée, peut-être, de sa folie – la folie de l'oubli. Pas un souffle de vent. L'air sec était gonflé d'un parfum de pinède qui montait de Sartori. Lentement, Agathe se tourna vers moi. Elle m'avait vu gravir le sentier. Mes grands gestes, la violence de ma folie ne lui avaient pas échappé. Car le fou, à présent, c'était moi. Il y avait des larmes de rage dans mes yeux. Mes mains, mon corps tremblaient de jalousie et d'écœurement. Je fixai les marches inégales de l'étroite bande de terre qui me conduisait à elle. Demain, tout serait fini. Demain ou peut-être ce soir, cette nuit. Chaque minute m'était insupportable. Parvenu à hauteur du promontoire, je me précipitai vers Agathe. Le phare nous prit dans sa lumière brutale. Agathe essaya de sourire.

« Je suis venue ici une dernière fois, dit-elle d'une voix craintive. Voir les lumières de la ville… »

Je lui pris les poings. Son regard se remplit d'effroi. Elle eut un mouvement de recul.

« Pourquoi m'as-tu menti ? » criai-je.

Je la secouai avec force.

« Sebastian ! Je ne t'ai jamais menti !

— Et ça ! Ça, c'est quoi ? poursuivis-je en brandissant une enveloppe lilas qui portait l'écriture de Deborah Valmont. Ce n'est pas un mensonge, sans doute ? Un ignoble mensonge ? Vous m'avez tous pris pour un imbécile, n'est-ce pas ?

— Sebastian ! »

Elle se débattait presque. Son teint avait pâli. Ses lèvres frémissaient. Je ne la laissai pas parler.

« Pourquoi l'as-tu ouverte, cette lettre ? Hein ? Pourquoi t'es-tu jetée dessus ? Tu avais peur du passé ? »

Agathe remuait la tête de droite et de gauche.

« Pourquoi l'as-tu laissée sur mon bureau ? Tu aurais pu la brûler, ç'aurait été si simple ! Je n'aurais jamais su.

— Sebastian, je t'en supplie. Cette lettre t'était adressée mais il fallait que je sache, moi aussi.

— Que tu saches quoi ? Tu as retrouvé la mémoire depuis longtemps, il me semble ! Tu n'as jamais oublié que tu as couché avec mon père. Seulement, tu avais peur, c'est ça ?

— Je n'ai jamais couché avec Nicolas ! »

Je lui serrai le bras avec désespoir.

« Qui a déposé cette lettre ?

— Lecinge. C'est Lecinge… Cette après-midi. La prison centrale l'a appelé pour établir le bulletin de santé de Deborah avant sa prestation. Elle lui a remis cette lettre.

— Je lui ai pourtant parlé, ce soir. Il ne m'a rien dit.

— Il voulait que nous lisions cette lettre ensemble.

— Alors pourquoi ne m'as-tu pas attendu ?

— Oh, Sebastian. Je t'en prie. Je voulais être sûre. »

Elle s'était mise à pleurer.

« Sûre de quoi ?

— Que ma mémoire ne m'avait pas trahie. Comme je ne t'ai jamais trahi. Jamais. »

Elle ne cherchait pas à lutter. Je desserrai mon étreinte. Une odieuse fatigue m'envahissait. L'odeur des sapins me renvoyait à notre première rencontre sur le Vieux-Port. Ma violence m'effrayait. J'en étais venu à douter de tout le monde ; je n'étais plus capable de discernement. D'une voix douce, Agathe poursuivit :

« Tout ce qu'écrit Deborah est juste. Ce fut un calvaire. Il faut nous pardonner. »

Ses cheveux brillaient dans la *contre-nuit* du fanal. Elle se blottit dans mes bras. J'en fus désarmé. Un peu de couleur lui revenait aux joues.

« Et cette tombe prétentieuse ? repris-je. Ah, j'en ai mis du temps à comprendre ! J'ai cru que c'était moi, bien sûr. Se sculpter jeune, quelle vanité ! Après tout, ça ne m'étonne pas de lui.

— Il voulait que nous soyons enterrés ensemble. C'était une folie. Il a lui-même dessiné ces gisants. J'ai essayé de le dissuader. Il ne voulait rien entendre, tu le connais.

— Ça ne t'a pas empêché de te rendre sur ce mausolée grotesque, comme l'autre soir !

— Sebastian, écoute-moi, murmura-t-elle à mon oreille. J'ai beaucoup de tendresse pour Nicolas. Je l'admire, c'est vrai. Mais je n'ai aimé que toi. Je n'aime que toi. »

Il y eut un long silence, le fracas du ressac contre les récifs. Au loin, derrière les Mouettes Noires, Karlotta-Pietra scintillait. Couverts de gradins vides, les quais du canal faisaient des barricades. La ville endormie attendait l'avènement de son nouvel ordre national.

« Pourquoi ne m'as-tu pas retrouvé ? demandai-je la gorge

serrée. Pourquoi es-tu restée à Ospara ? »

Agathe leva son visage et porta sur moi un regard déchirant, sincère. Le faisceau nous enveloppa de nouveau et elle dit :

« Parce que je ne savais pas que tu existais. J'avais tout oublié. »

Je l'enlaçai. Ma main maladroite laissa échapper la lettre de Deborah Valmont qui tomba sur les dalles ; je ne la ramassai pas.

« Quand as-tu compris ? repris-je. Il y a bien eu un éclair, un déclic !

— Dans ton bureau. Quand j'ai vu les photos sur le mur. Les photos de toi, de Nicolas jeune.

— Tu ne m'as rien dit !

— Je voulais être loin d'ici avant de t'en parler, loin de ton père. Loin de ce cauchemar. Demain, nous serions libres.

— Mon père vit toujours à Ospara ?

— Oui. »

Deborah Valmont n'avait pas affabulé. Ces derniers temps, lors de mes visites sur l'île, Nicolas ne s'était trouvé qu'à quelques mètres de moi. Tapi dans son antre au premier étage. Il m'avait entendu le soir où j'étais venu dîner ; il avait assisté à l'arrestation de Deborah ; il avait écouté les dernières mises au point de notre plan de bataille. Rien de ce qui s'était déroulé à Ospara ne lui avait échappé. Ni les voix, ni les visiteurs. Tout à l'heure, quand j'avais pris de nouveau la barque pour un ultime rendez-vous stratégique, il y était encore ; il avait tout entendu de ma discussion avec František. Il n'avait jamais mis les pieds au Maroc.

Nous aurions pu nous parler ; nous n'en avions rien fait. Le temps et les mensonges ne l'avaient pas permis. Et je savais bien qu'il était maintenant trop tard : jamais je ne retournerais à

Ospara. Je garderais désormais en moi son apparition au cimetière comme un ultime signe d'affection.

« Quel gâchis, soupirai-je.

— Après l'enlèvement, ajouta Agathe, j'ai été droguée. C'était une période affreuse, opaque. Je n'en conserve que des images confuses. Aucun visage, si ce n'est celui de l'homme que nous avons croisé hier dans la rue des Paludiers. Parfois, je sentais une autre présence, lointaine. Oui, il y avait quelqu'un d'autre. Je ne pouvais pas bouger. On m'injectait aussitôt une nouvelle dose de poison.

— T'a-t-on fait du mal ?

— Non.

— Tu me le promets ?

— Oui. Oui, je crois. Pourquoi me demandes-tu ça ? Qui était-là ? Tu le sais ?

— C'était Dimitri. »

Alors je lui racontai tout : l'adresse de la rue Trakl, la berline noire de Gita Zagrosek, le double jeu de Dimitri, ma certitude de son parjure. Ses motivations, depuis la fin de cette après-midi abominable, je les comprenais peu à peu. Sans les mémoires authentiques de Pierre VII, sa manipulation m'aurait échappé.

« Ce garçon, dit Agathe, je ne l'ai jamais cru sincère. Seulement, votre amitié et votre plan me dissuadaient de t'en parler.

— Notre amitié ! Je suis sûr, maintenant, qu'il a été amoureux de toi dès le début, même s'il ne l'a jamais montré. Il m'en a toujours secrètement voulu de t'avoir ravie. Mais il n'ira pas au bout de sa pauvre ruse.

— Crois-tu qu'on va s'en sortir ?

— Je l'espère. Rentrons. Je dois te parler du défilé. »

Agathe croisa les pans de son habit et me prit le bras. Nous quittâmes le Bec de l'Aigle sans nous apercevoir qu'une bourrasque avait emporté la lettre de Deborah Valmont vers les criques. Sur le chemin du retour, avec ménagement, j'appris à Agathe la mort de Leos ; elle en fut bouleversée. Nous rentrâmes aux Mouettes Noires seuls avec la vérité recomposée. Personne ne nous y attendait.

XXXIV

Le jour doré qui se leva sur Karlotta-Pietra fut comme l'appel murmuré d'un cor. Doux et pur, semblant venir des profondeurs de la terre plutôt que d'un soleil prêt à éclore, il s'éveilla avec la lenteur et la grâce d'une *anima rediviva*. Longtemps j'essayai ce matin-là de fixer ces instants depuis la terrasse de la villa. Agathe préparait ses affaires. Un sac le plus léger possible. Je me laissai aller à une dernière rêverie, contemplant le grand large.

Dans la nuit, je m'étais rendu dans la loggia de Leos, ranger sa chambre et les objets qui lui avaient appartenu. Il y avait un livre ouvert sur son oreiller ; je l'avais refermé. Je trouvai un pull en boule sur le tapis ; je l'avais ramassé, plié, déposé sur le lit. Volets fermés. Penser à ce que son corps était devenu me déchirait. L'avait-on laissé sur le pont, jeté dans le canal ou dans la fosse commune, à l'abri des regards – celle où tant de fusillés avaient déjà fini ? Je ne pouvais m'empêcher de revoir Leos fier dans son pseudo-smoking au Café Loris, arborant ce nœud papillon qu'il m'avait emprunté le temps d'une soirée.

Vers neuf heures, j'appelai Dimitri ; il ne décrocha pas. J'essayai de nouveau à dix heures. Vers onze heures, je descendis en ville, direction l'hôtel particulier. Je sonnai, frappai à la porte. Personne. La rue Trakl était déserte. Pas une ombre derrière les rideaux. Pas un mouvement.

La rage au ventre, j'hésitai à appeler le ministère mais ç'aurait été alerter Gita Zagrosek. Je renonçai, étouffant ma colère. Je devais me résoudre au silence de mon Judas.

En rentrant, j'évitai les quais déjà très animés. Le défilé commençait à dix-huit heures trente ; tout le personnel technique était déjà sur le pont, déployant des barrières, accrochant des banderoles, alignant des palmiers et des buis en lisière du canal pour masquer les rampes de projecteurs. Ici, des coups de marteau. Là, des ordres criés. On mettait une dernière touche de couleur à ce théâtre fabriqué.

Peu avant treize heures, Agathe m'annonça qu'elle était prête. Elle avait attaché ses cheveux en chignon. Son col roulé noir, son jean, ses ballerines – elle avait revêtu ses sous-vêtements de combat que recouvrirait la robe blanche de princesse prévue pour le défilé. Moi aussi, j'étais prêt – à en découdre avec Dimitri s'il se manifestait. Dans mon sac, outre le strict nécessaire, j'avais rassemblé des croquis, des objets talismans, des photos de nous, de mon enfance – et même de mon père. Nous n'avions aucun appétit. Nous attendîmes quinze heures en regardant la mer.

Aux Ancres rouges, c'était le grand rassemblement. Dans les hangars du vieux Sartinú, des hommes et des femmes se massaient, terrés là bagage au poing, sur le qui-vive, l'air apeuré, tremblants malgré des sourires de bonne volonté. Ils étaient venus des quatre coins de la ville. Irréprochables dans leur respect des consignes, ils n'avaient pas couru ni même ne s'étaient hâtés vers le point de ralliement. Vêtements ordinaires, horaires espacés, amabilité de coutume – pas un n'avait été arrêté. Un exploit. Que beaucoup de citoyens ce jour-là se promènent une valise à la main n'avait surpris personne – apparemment. Rien d'étonnant à voir une centaine de silhouettes supplémentaires dans les rues : c'était jour de fête. Parvenus dans l'enceinte du chantier naval, ces hommes courageux avaient pourtant subi le contrecoup de la traversée. Certains pleuraient ; d'autres se rongeaient les ongles. Les femmes, plus solides, distribuaient des calmants et des bouteilles d'eau.

Entre seize et dix-sept heures, l'habillage fut bouclé. Malgré l'absence de Dimitri, les petites mains de *Dimitri Waltz, Tailleur pour hommes, Successeur de Wimer & Kreuzer, Place de la République* s'exécutèrent autour des mannequins. Cela détendit l'atmosphère. Une fois masqué, on se sentait protégé. On ne quittait pas des yeux sa valise de survie, étiquetée selon une procédure des plus au point. De tous les figurants, il n'en manquait qu'un seul à l'appel : Olga Ismaïlova. Cela ne m'étonna qu'à moitié (et me soulagea même) mais je redoutais le coup fourré, la sachant capable de transformer ses menaces en un odieux scandale. Mes craintes furent vite balayées : on la retrouva noyée dans le canal peu avant l'ouverture des guichets. Je n'eus pas le temps de m'attarder sur les causes de sa mort.

Vêtu d'une espèce de treillis militaire – ce qu'il aurait pu éviter –, Lecinge rabrouait Sartinú qui s'agitait sur les barges amarrées en file le long des quais. Il promenait sa corpulence bonhomme avec une autorité qui faisait oublier le cuisinier-serveur, le médecin et l'ami qu'il était devenu. Il avait bien des choses à me raconter… Pour l'heure, il râlait. Trop de mou ici. Pas assez de chaîne là. Un bout inutile à ce taquet-ci. Remonter ce pare-battage-là. Ces barges étaient décorées comme des sucres d'orge. « Ah ! Sebastian ! Viens voir. Sartinú a fait un boulot épatant. Regarde-moi ça ! – Plus près du quai, Boris ! Plus près, nom de Dieu ! Ils vont se casser la gueule ! »

Lecinge m'asséna une grande tape dans le dos et me regarda

longuement, soudain grave. Il savait que j'avais lu la lettre de Deborah Valmont et il pensait à notre discussion de crise de la veille. Il se contenta de me dire : « J'espère qu'on ne s'est pas trompés » ; puis il s'éloigna vers une passerelle de fortune qu'il tira vers la première des barges.

Je retournai aux hangars. Attentive et souriante, Agathe rassurait chacun, maternelle, un mot gentil à l'adresse des plus inquiets. On ne l'avait pas reconnue. Son large chapeau, sorte de panama, et ses lunettes noires la mettaient à l'abri de la perspicacité des plus cultivés. On la prenait pour une bénévole. Elle allait de l'un à l'autre avec un grand calme, provoquant la sympathie de tous. Elle en faisait peut-être un peu trop. On aurait dit la propriétaire d'une plantation rendant visite à ses ouvriers. Bref, elle faisait son impératrice.

D'un mot, je lui dis que je partais remplir mon rôle d'organisateur, accueillir les officiels. Elle me supplia à voix basse de rester avec elle. Ces heures lui demandaient un effort surhumain. Intransigeant – je l'admets –, je refusai et quittai le chantier. Les employés du service d'ordre me laissèrent traverser le pont des Paludiers. De l'autre côté, il y avait les guérites de l'entrée principale, les gradins, la tribune officielle hissée un peu plus loin comme une dunette. Il était dix-sept heures passées et les premiers spectateurs s'engouffraient dans la brèche, tickets brandis, ribambelles d'enfants dans leur sillage. Ça jouait des coudes. Ça courait vers les meilleures places. Le temps d'accéder au poste de régie truffé d'écrans de contrôle et une marée humaine avait envahi les quais. J'échangeai quelques mots avec les techniciens. Beaucoup de monde, commentaient-ils, mais ça restait fluide. L'estrade flottante réservée à l'orchestre était trop illuminée, l'éclairagiste allait arranger ça. Il manquait encore les pinces à pupitres pour les partitions – un coup de vent et ce serait la catastrophe. Bien sûr, les micros avaient été testés. La sonorisation ? Un bijou. Entièrement neuve, cadeau du ministère de la Culture. Tenez, d'ailleurs, voici les huiles qui arrivent. Excusez-moi, je dois zoomer sur les visages. À tout à l'heure, Monsieur Wimer. Vous en faites pas, ce sera un grand moment.

Le canal renvoyait dans la ville l'immense cliquetis des marches métalliques montées avec précipitation par des milliers de personnes, un cliquetis de chaînes de prisonniers au bord de la mutinerie. Un écho de *la maison des morts*, voilà ce qui me vint à l'esprit tandis que je gagnais la tribune officielle. Un grand brouhaha couvrait l'apostrophe timide de jeunes hôtesses qui proposaient à la volée des plaids et des coussins. Bientôt je fus au pied de l'escalier présidentiel gardé par deux molosses, index à l'oreillette. Un long tapis rouge disparaissait derrière une haie de buis d'où surgit soudain la fine fleur du gouvernement. Précédés du chef du protocole – un jeune courtisan boudiné dans son costume d'employé des pompes funèbres –, ils avançaient vers moi avec toute la superbe des acteurs de cinéma paradant à la soirée d'ouverture d'un festival.

Ils étaient au complet – Kranek en tête, tous tics dehors. Migrovic limogé n'était pas de la partie mais Gita Zagrosek avait, bien entendu, endossé le costume et le rôle des successeurs victorieux. Elle avançait, minaudant plus que jamais dans une robe coquelicot sous laquelle dépassaient ses chaussures à talons de la veille. Sa voix nasillarde se détachait des autres conversations. Elle vint à ma rencontre, poussant presque Ernst Marko dont les yeux tombés de leur orbite s'enroulaient autour des seins avantageux de l'ouvreuse distribuant les programmes. Elle me tendit ses faux ongles.

« Quel sens de l'événement, Monsieur Wimer ! Félicitations.

Le service d'ordre est à la hauteur et vous faites quai comble, visiblement. »

Elle grimaça sous ma poignée de main.

« Nous sommes si heureux de l'enthousiasme du gouvernement », dis-je de toutes mes dents blanches.

D'un air innocent, elle répondit :

« C'était tout naturel. Une telle idée ! Et si patriotique ! Quelle victoire sur tant d'années d'obscurantisme politique. Vous pourrez vous targuer d'avoir marqué l'Histoire. Mais dites-moi, je vous vois seul. Votre associé vous rejoindra plus tard, sans doute ? »

La garce. Je la revoyais composer le code d'entrée de l'hôtel particulier. Les rideaux du premier étage s'écarter.

« Nous nous sommes partagés cette victoire, dis-je en baissant les paupières.

— Vraiment ? demanda-t-elle avec une pointe de doute. J'ai hâte de voir ça.

— Vous serez aux premières loges. »

Elle m'adressa un sourire moitié approbateur, moitié embarrassé ; puis, changeant de sujet :

« Vous êtes au courant, pour Deborah Valmont ?

— Non, fis-je à mon tour déstabilisé. Devrais-je l'être ? »

Elle me dévisagea avec condescendance.

« Mon directeur de cabinet ne vous a pas appelé ? Après tout, je préfère que ce soit moi qui vous l'apprenne : nous la libérerons à la fin du mois. Sous caution. Le procès aura lieu, mais ce ne sera qu'une formalité.

— Excellente nouvelle, approuvai-je en dissimulant la joie qui m'envahissait. Que s'est-il passé ?

— On a retrouvé le coupable du crime dont elle était accusée.

— Ah oui ?

— Un petit voyou, plus ou moins gardien de cimetière.

— Ah ! On l'a mis sous les verrous ? risquai-je d'une voix mal assurée.

— Oh, non. On n'en a pas eu le temps. Il s'est suicidé. »

Ma gorge se serra. J'aurais voulu la gifler.

« Aucune importance, dit-elle en balayant l'air de la main. Un de moins.

— Deborah Valmont est-elle informée ? demandai-je en serrant les poings.

— Pas encore. Elle le sera ce soir, après la représentation. Nous ne voulions pas que cette bonne nouvelle la trouble. Ça aurait altéré ses cordes vocales déjà bien fatiguées. »

Une voix masculine tomba de la tribune.

« Tu viens, ma Gita ? J'ai chauffé ton coussin ! Eh !

— Ouais, ouais, j'arrive ! lança-t-elle d'une voix traînante, puis, à mon intention : Je dois y aller. Vous me pardonnez ? »

Je souris mais ne répondis pas. Non, je ne la pardonnais pas. Je ne lui pardonnerais jamais. Mon sang bouillonnait. Elle s'inclina et rejoignit ses semblables à la tribune, dans des effluves de réglisse.

Le défilé débuterait d'ici une quinzaine de minutes. Je quittai la tribune officielle, empruntai de nouveau le pont au milieu duquel je m'arrêtai. En contrebas, les courants gris filaient vers les écluses. Une brume encore pâle, telle de la fumée, se constituait peu à peu le long des rives. Dieu soit loué ! L'alchimie tant espérée se produisait. Bientôt les contours de la grange batelière ne seraient plus visibles. Au loin, je distinguais dans le coude du canal les cyprès d'Ospara. František devait être en proie à une tension nerveuse des plus étouffantes. Tous nos espoirs reposaient maintenant sur ses épaules.

De retour aux Ancres rouges, je trouvai dans les hangars une foule costumée et muette. Lecinge regardait sa montre. Agathe vint à moi dans sa robe de taffetas blanc dont elle soulevait les pans.

« Te voilà ! Deborah est arrivée, me souffla-t-elle en prenant mon bras. Impossible de lui parler. Tiens, regarde. »

Une estafette de police s'était garée devant l'entrée d'une remise en tôle ondulée. On apercevait dans cette loge improvisée la silhouette de Deborah enfilant son costume. Des caméristes s'agitaient autour d'elle. Un technicien glissait un micro sous les étoffes. Même le petit pianiste était là. Samson François acquis à la cause nationale.

Bien qu'il fût l'heure pour moi aussi d'enfiler mon costume, je quittai le hangar et marchai vers la remise. Je voulais que Deborah me vît. Les lumières de la loge dessinaient un carré jaune dans le jour qui baissait. Trois policiers m'empêchèrent d'entrer, bien avant que je n'atteignisse la porte. S'étant retournée, Deborah m'appela doucement en agitant les bras. Elle m'interrogea du regard, mimant de ses doigts pleins de bagues une main qui écrivait. J'acquiesçai. Oui, j'avais reçu sa lettre. Elle porta une main à son cœur, secoua le visage, l'air contrit. Je fermai les yeux et fis non de la tête. Non, je ne lui en voulais pas. Je posai à mon tour une main sur ma poitrine, lui envoyai un baiser qu'elle me rendit avant de joindre les mains, madone silencieuse qui avait veillé sur ses secrets. Dans sa robe bleu pâle, Deborah Valmont accordait une dernière fois son âme aux couleurs du Castellet, de ses volubilis, à la grâce de sa voix et au chant de la Terre.

Un froid humide tombait. Lecinge lança le signal de la mise en place. Tout un peuple surgit des hangars. Il y eut des froissements d'étoffes multicolores. On se dirigea vers les barges.

On embarqua – chacun à sa place, dans un recueillement qui tenait plus de l'angoisse que du religieux. La multitude de chapeaux et de voiles ajoutait au mystère. Les estrades s'allumèrent une à une. Lumière au-dessus. Obscurité en dedans. Les valises étiquetées reposaient tels des vêtements de nuit glissés sous l'oreiller. Nuit proche. Nuit libératrice.

Agathe avait gagné la barge centrale. Elle s'allongea sur un lit de fleurs et de palmes. Elle me cherchait du regard. Bientôt Deborah la rejoindrait à ses côtés, debout sur le plus haut plancher. Lecinge me faisait de grands gestes, furieux. Qu'attendais-je ? J'étais en retard ! Partout sur le canal des projecteurs déclenchaient leurs feux. Pupitre par pupitre, les musiciens de l'orchestre firent leur entrée sur l'estrade flottante, les cordes, les bois, les cuivres, les percussions. Dans les gradins, le calme se fit. Lecinge criait après moi. « Monte ! Monte ! » J'étais pourtant persuadé qu'il me fallait attendre. Agathe m'appelait, m'exhortant à rejoindre le cortège. Appuyée sur un coude, elle avait la pose que mon père s'était donné en sculptant les gisants. Ce soir, le dôme de la volière était la voûte du ciel. Un ciel marbré de nuages vert d'eau. Au-dessus de nous glissait un vol de sanderlings. Ne m'avaient-ils pas inspiré cette fuite – eux qui, rasant les eaux du canal, montaient à angle droit vers l'azur quand se dressaient devant eux l'anneau mortifère des remparts ? Je suivis des yeux les oiseaux qui s'éloignaient vers les pentes du Karlottashory.

Alors, je le vis. Lui, le traître.

Accoudé au mur intérieur des fortifications, vêtu d'une toge noire qui l'assimilait à un figurant, Dimitri me regardait. Dans la pénombre, il épiait. Immobile. Imperturbable. Était-il venu me défier ? Me regarder partir, tel un lâche, et embarquer sur les barges ?

Par trois fois, les trompettes marquèrent le début du spectacle. Un grand silence s'ensuivit. Puis le chef d'orchestre arriva, sinuant entre les musiciens. Des applaudissements nourris s'élevèrent dans la ville, doublés d'un écho formidable. J'entendis Agathe crier mon nom. Il m'était impossible de la rejoindre. À cet instant, il fallait qu'elle fût ma prisonnière et se laissât porter par les gardiens de son évasion. Lecinge le comprit qui hurla à Sartinú l'ordre de larguer les amarres, et aux pilotes costumés de démarrer les moteurs.

Agathe m'appela encore. Je n'hésitai pas une seconde, me retournai et me mis à courir vers Dimitri qui déjà prenait la fuite en direction de la montagne.

XXXV

Ruelles innombrables. Vides. Trottoirs dédoublés en un jeu de miroir. Impasses étroites et hautes plongées dans des lames d'ombre aux reflets de métal. Je courais. Les remparts me semblaient inaccessibles. Par où Dimitri avait-il disparu ? Au-dessus de moi, le ciel s'assombrissant était rayé de faisceaux blancs qui balayaient les nuages. Je montai quatre à quatre l'escalier des fortifications. Les battements de mon cœur se bloquaient dans ma gorge. Je dominai la ville en fête. De l'autre côté, le Karlottashory dressait ses roches et ses cratères. Dans la clarté verte qui l'enveloppait, il multipliait ses escarpements. Soudain je vis Dimitri. Il gravissait les pentes, se retournant à intervalles réguliers pour tenter de me repérer. Je longeai à grandes foulées le mur d'enceinte. Comment descendre ? Sauter ? Je me briserais les os. Une porte se dessina dans la pierre. Je la secouai. Fermée. C'était par là que, sans doute, Dimitri s'était échappé – lui qui avait récupéré les clés de la ville sous l'oreiller de Gita Zagrosek. Je jurai, furieux. La voix de Deborah Valmont, les premières phrases du poème de Li Bai s'élevèrent, joyeuses, légères. Des applaudissements saluaient cette entrée. Au loin, Dimitri franchissait les rochers. À cet endroit des remparts, il n'y avait qu'une issue possible : les grilles du canal, situées plus à l'est. Je ne relâchai pas mon effort. Elles apparurent, large mâchoire de fer à travers laquelle s'engouffraient les eaux de la montagne. Elles étaient hautes. Acérées comme les pointes des Jardins de l'Opéra. Miracle : elles n'étaient pas surveillées. La milice avait été rabattue de l'autre côté de la ville, en aval, près des écluses. Je risquai le tout pour le tout. J'escaladai. Mauvaises chaussures. Je glissai, me rattrapai. Ne pas m'empaler. Tenir. Encore un mètre. Ne pas douter. Je me hissai sur le plus haut parapet avec toutes les peines du monde, me tournai, repris les grilles pour me laisser descendre. Faire vite. Une sentinelle et j'étais exécuté. Le ciel rougeoyait à présent. Des nuages orangés avançaient au-dessus des derniers arbres du versant ouest. Une fois sur les pierres du torrent, je repris ma course. Mes chaussures s'enfonçaient dans la terre humide. Dimitri ne m'échapperait pas. Je le voyais encore ; il avait beaucoup d'avance sur moi. Il se dirigeait vers le sentier des Salines de l'empereur. Pourquoi allait-il se réfugier là-bas ? Abandonnées depuis plus d'un siècle, ce n'était plus qu'un terrain nauséabond mangé par les marais croupis, les moustiques et le sel.

Mû par un désir de trêve – inexplicable –, je hurlai son nom. Plusieurs fois. Des falaises de cire renvoyèrent mon appel qui se perdait dans les failles où le vent l'étouffait. Je soufflais. Je peinais. Je mettais toute ma force dans cette sinistre ascension dont ni la durée ni le terme ne m'impressionnaient. Des rafales me ralentissaient. La mer roulait des vagues émeraude aux ombres accrues. Dimitri avait disparu. Combien de temps me faudrait-il encore avant de le retrouver ? Je pensais à Agathe, à son regard désemparé qui m'avait fait frémir. Mon petit cygne apeuré seul sur les eaux du canal. Quand nous retrouverions-nous ? Je priais pour que Lecinge réussît. Que tous pussent être sauvés, ravis à la ville.

Les Salines de l'empereur.

La sente qui longe le flanc de la montagne déboucha sur la vaste étendue verdâtre, sorte de demi-cratère où s'étageaient les anciens marais. Le sel accumulé faisait des lisières blanches, des balcons de givre qui dessinaient les loges d'un théâtre d'outre-monde. Une odeur âcre et violente prenait aux narines. Ça sentait le souffre et la pierre, l'eau sale et la saumure. C'était humide, luisant, algueux ; il y avait des herbes éternelles plantées comme des bâtons de soude.

Pris au piège dans ce cirque, Dimitri se tenait contre la roche qui se dressait au fond des plus hauts bassins. Son costume était déchiré aux genoux. Il me jetait un regard plein de haine. Contournant les étendues d'eau, je le rattrapai tandis qu'il escaladait la paroi. Il glissa, poussa un juron. Il fut devant moi, je l'empoignai.

« Salaud ! » criai-je.

Il me prit par les poings, tenta de me faire tomber.

« Que croyais-tu ? Que tu allais te faire la malle avec ta dulcinée ? Comme ça ? Sans payer ta gabelle ? Ça a été si facile de te berner, si jouissif de t'aspirer dans mon piège, de te manipuler. Si je n'avais pas découvert qu'Agathe avait réchappé de l'assaut des Jardins de l'Opéra, je t'aurais sans doute fichu la paix.

— Tu voulais l'avoir pour toi, c'est ça ? »

Dimitri me gifla.

« L'avoir pour moi ? Que t'imagines-tu ? Que j'étais amoureux d'elle ? Mon pauvre ! Elle était bien trop sage, bien trop sophistiquée pour moi. Quand je t'ai vu, la première fois, sur le port de Sartori, avec ta petite gueule de premier de la classe, j'ai vite pigé que vous iriez bien ensemble. Je te rassure, je ne l'ai même pas désirée. »

D'un coup sec, je me dégageai de son emprise.

« Finalement, toute ta vie, tu as essayé de dessiner des vêtements chics mais tu n'as jamais aimé que des gens vulgaires. Ça ne m'étonne pas que le parti t'ait recruté.

— Eh bien, c'est pour le servir que j'ai embarqué ta petite poupée de boîte à musique. Un jour, dans la rue, je l'ai vue au bras d'un vieillard. Elle avait beau s'être cachée derrière ses lunettes, un chapeau, j'avais reconnu sa démarche. C'était elle. Je l'ai suivie. Pendant des semaines. J'ai vite compris qu'elle se réfugiait incognito à Ospara. Elle ne t'était pas revenue. Pourquoi ? Que lui avais-tu fait ? Je ne l'ai jamais su. Si elle t'avait vraiment aimé, Sebastian, elle ne serait pas restée sur l'île.

— Tu n'as rien compris.

— Oh si, j'ai compris ! À compter de ce jour, j'ai su ce qu'il me restait à faire. Je l'ai kidnappée pour en faire un appât magnifique. Je te l'ai rendue, un soir, sur les berges du canal, alors que tu empruntais ton trajet habituel après notre rendez-vous au Sljet, trajet inchangé depuis des lustres, comme tes petites manies, tes goûts si convenus et tes remarques toutes faites. Comment a-t-elle pu être séduite par ça ? »

Je reçus un coup de poing dans le ventre, me recroquevillai mais ne laissai pas le temps à Dimitri de m'en asséner un second. Dans un grand élan, je lui fauchai les jambes et il tomba à terre.

« Salaud !

— Tu as vite mordu à l'hameçon ! articula-t-il en essayant de se relever. Tant qu'Agathe restait inconsciente, tu ne quitterais pas la ville. Même après la fermeture des portes. C'était exactement ce que je cherchais. Ça a été si facile pour moi de la droguer aux Mouettes Noires, avant que ce petit con de Leos ne fasse son apparition. Maintenant, il a eu son compte. »

Cette fois, mon poing frappa son nez avec un son mat. Ses

lunettes volèrent.

« Tu nous a trahis, dis-je en précipitant sa tête contre le sol. Là où tu te trompes, c'est que ta ruse minable ne fonctionnera pas.

— Ma ruse ! Ah, ça n'a pas été difficile, de trouver le pigeon qui conduirait cent couillons au casse-pipe. C'était plus simple que de les chasser ou de les descendre un par un. Tu as réussi à les rassembler. Tous ! En un seul lieu ! Sales types qui auraient pu fomenter une révolte, qui n'avaient rien à faire dans cette ville, qui n'y ont aucune attache. Là, d'ici quelques minutes, ils seront dans la grange batelière. Le peloton d'exécution est en place, figure-toi. Ah, il fallait voir ta tête dans le bureau de Gita ! Ta tête de petit garçon, quand je savais déjà que nous aurions toutes les autorisations. Je me suis beaucoup amusé. Le gouvernement est dans le coup depuis le début. Ah, ta tête ! »

Dimitri riait nerveusement dans son sang. Il se débattait. Deborah Valmont chantait l'*Adieu* final. Des volutes orangées s'enroulaient dans le ciel gris. J'avais mal. Je ne voulais plus qu'il parle.

« Olga m'a servi de rabatteuse. La pauvre fille ! et qu'est-ce qu'elle baisait mal ! Tous ces crétins l'ont suivie. Elle aussi, elle a eu son compte.

— Comment le parti a-t-il pu te corrompre ainsi ? Je n'ai rien vu. Tu es un monstre. »

À pleine force, il se dégagea, se releva et me poussa vers la roche que mon épaule heurta violemment. Je me jetai sur lui, l'empoignai de nouveau et le projetai vers les marais. Il perdit l'équilibre et tomba. Il y eut une explosion liquide qui gicla au-dessus des bassins. Je m'y précipitai, le serrai et lui plongeai la tête sous l'eau. Des bulles verdâtres vinrent éclater à la surface. Dimitri émergea aussitôt, suffocant, cherchant de ses mains ruisselantes à essuyer ses yeux.

« Arrête ! criait-il. Arrête ! Ça brûle ! Laisse-moi ! »

Je cognai sa tête contre le fond du bassin. Je voulais l'assommer. Des morceaux de sel se détachaient et glissaient dans l'eau à mes genoux. Dimitri battait des mains, aspergeant le vide autour de lui. Il hoquetait, crachait. Sa respiration était pleine d'eau.

« Dans dix minutes elle sera morte, articula-t-il encore. Ils seront tous morts ! T'aurais pas dû t'inspirer des mémoires de l'empereur. Mauvaise idée. Pauvre type !

— Au contraire, dis-je en maintenant sa tête hors de l'eau. Je lui ai fait confiance. Lui ne m'a pas trahi. »

Alors monta du plus profond de moi une force effroyable. Je plaquai le cou de Dimitri contre les plaques de sel, arrachant au marais des boules informes que j'écrasai sur ses yeux, dans sa bouche. Il ne se laissait pas faire. Ses vêtements alourdis se gonflaient comme des méduses.

Allüberall und ewig blauen licht die Fernen !
Ewig… ewig…

Des applaudissements s'élevèrent, aussitôt suivis d'un crépitement. Les premières fusées du feu d'artifice inondèrent de couleurs le ciel. Des sifflements, des cris de joie, des lueurs vives montèrent. Les feux éclatés en gerbes se reflétaient dans les marais partout autour de moi. Dimitri faiblissait. Je me cramponnais à sa mort.

Convulsion après convulsion, il céda, ne lutta plus. Son corps fut pris d'un dernier spasme, puis s'éteignit dans le sel et l'eau rougie.

Je me relevai, hagard.

Une fusillade éclata. Fusillade ô combien prévisible.

Je franchis les salines, les mains brûlantes et les vêtements trempés, m'approchai au bord du chemin.

Karlotta-Pietra se couvrait des dernières cendres lumineuses d'une fête gâchée. Depuis les hauteurs du Karlottashory, j'apercevais le canal, je devinais la grange batelière et les barges rassemblées. Dans les tribunes, les spectateurs hurlaient. De part et d'autre des rives, la milice avait déployé des cordons de soldats qui tiraient dans la brume. Fusillade ininterrompue, crevant de son feu les silhouettes désarticulées s'affaissant sur les barges. Des formes costumées basculaient dans le canal bientôt gonflé des couleurs du carnaval.

L'exécution, pourtant, ne fit aucune victime.

La nuit précédente, le Castellet s'était transformé en fabrique de mannequins. Mannequins de chiffons. De ses caves, Lecinge avait rapporté du tissu. Avec František, ils n'avaient pas démérité. Le plus éprouvant avait été de déblayer l'entrée de l'ancienne mine de sel qui conduirait nos protégés vers une liberté certaine. Personne, dans le public, ne s'était aperçu de la substitution. Les barges semblaient passer derrière l'île d'Ospara quand elles y opéraient une brève escale. Les écluses n'accueillirent que les tissus de l'empereur au lieu de reproduire les erreurs du passé. Précieux Mémoires qui nous avaient sauvés.

Sauvés ? Je me retournai sur le cadavre noyé de Dimitri et regardai la paume de mes mains. À l'heure qu'il était, une centaine de fugitifs descendait par les galeries, et parmi eux Agathe. Les écluses ne se lèveraient pas, ni sur une mer de sang, ni sur ma liberté. Je perdais Agathe pour la seconde fois ; j'avais bousculé l'Histoire en renonçant à la mienne.

J'avançais sur le sentier des salines, abattu, épuisé. Plus aucun son ne me parvenait. J'avais encore quelqu'un à voir. Quelqu'un qui m'attendait à Ospara et que j'avais à pardonner.

En moi, tout était calme à présent.

Sur les remparts, des miliciens montaient la garde.

Trouville – 27 mars 2015

APPENDICE

Fragments des Mémoires *de l'empereur Pierre VII*

TROISIÈME PARTIE — LIVRE VINGT-SEPTIÈME*
COUP D'ÉTAT DE MARS 1887

I – *Journée du 27*

Dès l'aube, je fus averti par l'ordonnance du général Jensen de mouvements inhabituels aux portes de la ville. Plusieurs camions, qui n'étaient pas les nôtres, s'étaient postés à l'extérieur, en contre-haut de la route de Sartoria. Des hommes, qui n'étaient pas non plus les nôtres, s'occupaient à décharger des caisses dont aucune ne portait d'inscription. Ces hommes s'encourageaient – à quoi ? Ils étaient trop nombreux pour être des marchands, trop organisés pour être des civils.

Vers sept heures, le général von Meck en personne se présenta au palais, signalant en ville la formation de petits groupes à l'est des remparts, sur les quais, au niveau du quartier grec et devant les anciennes redoutes de la porte nord. Si les manœuvres n'en étaient qu'à leurs prémices, le dessein des révolutionnaires était maintenant écrit et leur intervention désormais proche. Des heures difficiles s'annonçaient. Je fis réveiller l'impératrice.

---

* *Note de l'éditeur :* Les Archives de Karlotta-Pietra possèdent quelques-unes des pages détachées des *Mémoires* de l'empereur, la plupart provenant des décombres de la faculté d'Histoire, après l'incendie qui la ravagea la nuit-même du défilé nautique. Celles que nous publions ici auraient été retrouvées sur le bureau de Sebastian Wimer, aux Mouettes Noires, peu de temps avant que le gouvernement n'ordonne la démolition de la villa.

En grande agitation, elle parut dans mon bureau avec sa cuméristé encore tout affairée autour de sa toilette. L'heure n'était plus à l'élégance mais à l'action ; je renvoyai la jeune femme catastrophée et exposai mon plan à ma belle Karlotta. Mes dispositions ne lui étaient pas inconnues, nous avions conçu ce plan pour ainsi dire ensemble. Elle se contenta de déplorer qu'il eût à être exécuté si tôt mais pas un instant ne montra combien cette échéance la dévastait. Je ne lui témoignai pas mon admiration pourtant vive : je le ferais après la tempête. Ce n'est qu'aujourd'hui, en rédigeant mes mémoires entre ces murs témoins de ma misérable proscription, que le regret s'ajoute au mépris que j'éprouve pour l'homme froid et distant composé devant elle ce matin-là.

L'impératrice fut exemplaire. Je pris mes responsabilités, elle tint son rôle. Un rôle qu'elle avait imaginé de longue date, non sans m'avoir consulté, et que justifiait la hauteur de ses sentiments, et pour moi, et à l'endroit de la minorité d'Italiens, ses ancêtres et ses frères, qu'elle s'était mise en tête de sauver. À huit heures, l'impératrice reparut avec sa caméristé cette fois fière de son travail et exaltée de la confidence dans laquelle son Altesse l'avait mise. Grimée et vêtue ainsi qu'un homme, l'impératrice m'annonça qu'elle partait sur-le-champ honorer sa mission. Elle ne m'embrassa pas. Je ne l'embrassai pas. Elle fit claquer les talons de ses bottes, m'adressant un salut peu conventionnel qui n'était ni celui des officiers de la garde, ni celui d'un simple civil devant son empereur, se retourna et s'éloigna dans les salons sous les lustres du palais Zadar. Elle ne devait jamais revenir.

Durant la matinée, les informations se firent à la fois plus nombreuses et plus alarmantes. Le très dévoué Henri Lobkovič qui tenait boutique aux Ancres rouges me câbla la nouvelle que des armes circulaient. Le peuple ne se doutait de rien, mais mes espions placés aux postes stratégiques ne manquaient aucun des préparatifs du renversement à venir. Conformément au plan, il me fallait gagner du temps, tenir jusqu'à la nuit. Je donnai l'ordre au maréchal di Luce de déclencher la première phase de notre parade militaire ; et, peu avant midi, un cordon de gardes se déploya autour du palais. J'envoyai une ordonnance à St Havla demander l'aide de l'abbé Prédelle pour qu'il ouvrît les tombeaux des rois et y fît entreposer les plus fraîches provisions en provenance de la Grange Batelière. L'abbé n'était pas à St Havla. On le chercha partout en ville. On le trouva en fin de compte au sanatorium, méditant d'un air pénétré dans le Bassin aux Hommes. L'affaire nous fit perdre un temps précieux.

Avec le général Caldiera, nous dressâmes avant deux heures de l'après-midi l'inventaire du matériel militaire dissimulé dans le quartier des Drapiers. Dans les caves du comptoir que nous avions réquisitionnées, que pouvions-nous utiliser ? À mon grand dam, les armes usuelles avaient déjà été distribuées à nos troupes ; ne restaient qu'une batterie de fusils, de la mécanique lourde, des moteurs, une quantité inutile de bâches, de toiles et de housses. Cette quincaillerie ne nous serait d'aucun secours. Le général se permit de partager son dépit et ses craintes. J'objectai que, confiant envers l'Histoire, je ne pouvais oublier qu'à Sartoria, trois siècles plus tôt, la révolution s'était achevée en combats à main nue. Un tel optimisme n'était pourtant que de façade. Je savais très bien vers quoi notre pays allait. Je me rappelai cette phrase, lue dans quelques annales l'année de mon accession au pouvoir, et qui s'appliquait tant, en ces heures sombres, à ma vulnérable condition :

Les enchaînements de l'histoire, le sort des hommes, la destruction des empires, les desseins de la Providence se présentaient à ma

Mémoire en s'identifiant aux souvenirs de ma propre destinée : après avoir exploré des ruines mortes, j'étais appelé au spectacle des ruines vivantes.

Il n'était pas trois heures lorsque Karl Kranek demanda à être reçu en audience. L'ennemi se manifestait enfin. Je le fis attendre. On lui annonça qu'il serait reçu à quatre heures. Puis à cinq. Puis à six. J'attendais la tombée du jour – report tout stratégique pour favoriser mon projet. Si Kranek est un chef-d'œuvre d'hypocrisie, je suis, moi, un as de la perfidie. Ce beau-fils, bâtard teigneux, n'avait aucun droit sur l'empereur. L'impératrice sa mère l'avait elle-même chassé et du palais et de son cœur lorsque les premiers signes d'une trahison s'étaient manifestés. Il fomentait une révolution ; sa disgrâce immédiate fut sans négociation. Exemple de dignité, l'impératrice étouffa sa douleur, opposant au fils illégitime des ténèbres légitimes. Elle se drapa dans son silence et son honneur, droite, inflexible, surmontant cette épreuve avec une force égale qu'elle puisait dans le souvenir des heures de peines accumulées dans les marais salants. Elle se vengeait d'elle-même et de sa légèreté, renvoyant à la nuit le fruit de ses folies.

À l'heure qu'il était, je la savais toute à sa ruse. De rue en rue, de maison en maison, cape aux épaules, elle portait la nouvelle : *c'est pour ce soir*. Que chacun suivît le plan selon son rôle. Il ne m'était point difficile de me représenter la sourde agitation qui montait dans la ville parmi les Italiens, les affres d'une fuite tant attendue.

Peu après que le carillon du pont de l'Horloge eut sonné cinq heures, l'ordonnance du général Schreiber, un petit homme obséquieux, me fit un rapport détaillé de la situation, avec des yeux baissés qui voulaient voir à travers leurs paupières.

Autour d'Ospara, les leurres se déployaient, laissant accroire aux révolutionnaires encore tapis qu'un départ des Italiens se préparait par les galeries de la mine de sel. On simulait une grande agitation. Des barques allaient et venaient avec à leur bord une poignée d'hommes – toujours les mêmes mais aux habits changeants, si bien qu'ils semblaient trente quand ils n'étaient que trois. Passage trop évident pour une fuite en règle, Ospara était notre imposture. Cependant qui eût pu imaginer le véritable plan ? Prétendre à la hauteur d'audace de l'impératrice ? Renonçant aux portes de la ville cernées par les révolutionnaires, elle délivrerait son peuple par ce qui l'avait fait vivre : la puissance de son commerce, son comptoir ouvert sur le monde, ses débardeurs, ses sauniers, ses drapiers – ses écluses.

Le point de ralliement se situait à l'intérieur de la Grange Batelière. Pour y accéder, deux itinéraires avaient été retenus. Le premier, le plus simple quoique le plus risqué, était celui des convois fluviaux. Il était destiné aux hommes – les femmes n'étant pas admises au sein du marché maritime. Travestis en paludiers, les Italiens prendraient place sur les barges salines depuis les quais des Sauniers, transportant dans leur sac – chargement factice – non point de la fleur de sel mais leurs effets personnels. Mes généraux s'étaient assurés de la confiance des bateliers avec quelques sacs d'or. Une fois débarqués à l'intérieur de la grange, c'est une activité ordinaire qu'ils mimeraient, gouvernés par l'impératrice en personne, patientant entre les caisses, les paniers et les charrettes, dans les cris des marchands, l'odeur de poisson frais et de saumure, attendant que les acteurs d'une autre procession pussent enfin les rejoindre : leur femme et leurs enfants. C'était le second itinéraire que ceux-ci devaient suivre – parcours plus pieux bien qu'il ne promît pas le salut : il conduisait à St Havla.

À cette période de l'année, la nuit tombe à vêpres. L'office, célébré dans un recueillement qui ferait s'incliner Rome, rassemble autant qu'il apaise. C'est dire son succès. Sans doute l'effet bénéfique des bains sur la parole du bon abbé Prédelle. Une eau lustrale se répand sous sa langue vermeille. Cependant, ce soir-là, lorsque le clocher sonna, il n'y eut jamais autant de fidèles sous les voûtes. Beaucoup de femmes, d'enfants aux cheveux noirs. Le transept craquait – c'est que ces demi-familles s'étaient massées aux portes divines, non celles du Paradis soudain lointaines, mais celles de la crypte, celles de la salle aux tombeaux où reposaient mes faux rois, celles qui les feraient entrer au seuil des écluses dans les bras des époux.

En mer, le vaisseau-saunier *L'Amalfi* approchait. Sa proue noire tenait cap sur les remparts. Dans la nuit, ses voiles rouges faisaient contre le ciel des lames tendues teintes comme du cuir. Une fois mouillé à quai en contrebas des écluses, il guetterait sa cargaison humaine, toutes cales ouvertes, trappes abattues, équipage prompt. Au milieu des autres navires marchands, il ne dénotait pas.

Comment, en ces heures de complot, n'ai-je jamais pensé aux leçons de l'Histoire, à ses retournements, au soulèvement sicilien ? Nous étions au mois de mars et nous sonnions les vêpres. Je n'ai pas entendu l'avertissement du passé. Un massacre s'annonçait ; je n'ai vu que ma gloire, satisfait de ma pauvre ruse, précipitant dans ma chute et mon peuple et ma femme.

Peu après dix-huit heures, Kranek fut introduit dans mon bureau. Il était gonflé, pâle, agressif sous un masque de sagesse. Je ne lui offris pas de s'asseoir. Ses poings, ciel ! ses poings tremblants brûlaient de prendre les armes. Dans son habit de drap de laine azur, avec ses basques longues et ses épaules brodées d'or, je dus admettre qu'il avait fière allure – une allure cependant usurpée. Quel fripier au fait de son dessein le lui avait cédé ? D'un geste large dicté par le dédain, sans préambule, Kranek demanda ma capitulation. Le temps de ma domination était révolu. La ville était à lui, à son armée constituée ; ses hommes n'attendaient plus que son signal pour s'emparer de mon gouvernement, investir le palais, fermer les portes des remparts déjà sous leur contrôle. Si j'acceptais, nous aurions la vie sauve, l'impératrice et moi – condamnés cependant à l'exil. Un refus et c'était la prison. Une trahison, c'était l'exécution. Je lui proposai le velours d'une bergère ; il s'assit. Nous avions à parler.

À dix-huit heures trente, la pendule de mon bureau sonna la demie. À St Havla, cet autre carillon, on sonna les vêpres. Tournant le dos à la foule, prosterné devant le retable de Grünewald, l'abbé Prédelle entonna le premier psaume.

Dixit Dominus Domino meo
Sede a dextris meis
Donec ponam inimicos
Tuos scabellum pedum tuorum.

Il y avait tant de monde que les portes de l'église étaient restées ouvertes. Jusqu'au palais Zadar parvenaient les chants de l'assemblée et le souffle des orgues. Les yeux de Kranek rougeoyaient. Il allait se produire quelque chose. Nous nous observâmes avec la certitude d'un proche basculement de l'ordre établi. Une clameur monta bientôt des rues. Il y eut des cris. Je me levai, me précipitai à la fenêtre sous le regard de Kranek imperturbable. Le long des quais, des hommes couraient en provenance de la Grange Batelière : les faux sauniers, révolutionnaires à leurs trousses. Il n'y eut jamais de *Magnificat*.

L'orgue émit une plainte grave, bloquée dans ses tuyaux. Puis éclata une fusillade. Interminable. Nourrie. Relayée d'un groupe à l'autre des miliciens au calme saisissant, organisés, qui s'étaient déployés en arcs de cercle de chaque côté de la grange. Le bruit des balles contre la roche renvoyait un écho des plus épouvantables, lugubre, auquel se mêlaient les cris des victimes prises dans la souricière. Certains s'abritaient derrière des paniers aussitôt éventrés, des caisses pulvérisées ; d'autres plongeaient dans les eaux déjà rouges du canal.

St Havla déversa ses fidèles sur ses marches soudain noires d'affolement tandis que l'abbé Prédelle, monté en chaire, multipliait des signes de croix depuis la hune de son navire perdu. En vain. Dans un dernier et très saint sursaut, il se précipita aux portes de l'église pour bénir ses paroissiens transformés en gibier. Il y mourut d'une balle perdue.

Dehors, le cauchemar se poursuivait. Des fantômes bouleversés crevaient les nappes de brume. La panique était partout. Et mon cœur fut sur le point d'éclater quand, parmi les fuyards, je reconnus l'impératrice. Malgré son habit, ses mouvements ne pouvaient me tromper. Elle venait de descendre sur les quais, se glissant entre le mur et une haie de cyprès. Elle courait. Son visage était tourné vers le palais Zadar, vers moi, vers cette fenêtre derrière laquelle je me tenais et d'où, impuissant, je la verrais mourir. Nos regards se rencontrèrent. Au-dessus du quai, des révolutionnaires la traquaient. Elle les distançait de quelques mètres. Elle ne criait pas. Sans sa cape qu'elle avait arrachée, elle ressemblait à un jeune soldat courageux jeté dans son entraînement. Ses cheveux se déroulèrent sur son dos à force de déséquilibres. Elle atteignit les escaliers qui mènent au pont de l'Horloge. Il ne lui restait qu'à le traverser, franchir la rue, venir à moi. Elle gravit les marches sans me quitter du regard et je la vis sourire. Un sourire confiant et qui me demandait pardon. Elle courut sur le pont. La tour de l'Horloge l'avala dans sa grande ombre. Elle ne reparut pas.

À dix-huit heures quarante-trois, l'impératrice Karlotta tomba sous les balles d'un révolutionnaire en faction. À l'image de mon règne, le massacre des Italiens venait de prendre fin. Il ne me restait plus qu'à m'asseoir sur le banc de ma désolation.

TABLE

Remerciements

Ils vont à Serge Safran, qui m'a fait confiance, à nouveau, plus de dix ans après *Le Clos Lothar ;*

à Thierry Escaich, qui, amicalement, sans improviser, a tracé le thème musical de *Kol Nidrei* présenté en exergue du roman ;

et au Dr Sébastien Zilber, qui m'a permis d'achever ce livre dont la composition aurait pu ressembler à celle d'un concerto pour la main gauche.

Chez le même éditeur

ARIAS-MISSON Alain, *Le Théâtre de l'inceste*
ASCIANO (D') Jean-Luc A., *Cigogne*
BOIDÉ Caroline, *Les Impurs*
BONNAND Alain, *La Grammairienne et la Petite Sorcière*
CARLIER Christophe, *Happé par Sempé*
CARLIER Christophe, *L'Assassin à la pomme verte*
CARLIER Christophe, *L'Euphorie des places de marché*
CASTANER Béatrice, *Aÿmati*
CHEON Un-yeong, *Adieu le cirque !*
COHEN DE TIMARY Éloïse, *Babylone Underground*
DOYON René-Louis, *Éloge du maquereau*
DRUESNE Anna, *La Vénus aux kakis*
ELIZAROV Mikhaïl, *Les Ongles*
ENGDAHL Horace, *Café Existence*
ENGDAHL Horace, *La Cigarette et le Néant*
GENÈVE Max, *Le jeune homme qui voulait ralentir la vie*
GENÈVE Max, *Le Voyage de M. de Balzac à Turin*
GENÈVE Max, *Virtuoses*
HOCQUENGHEM Guy, *La beauté du métis, réflexion d'un francophobe*
HWANG SOK-YONG, *L'Étoile du chien qui attend son repas*
KHIYAVI Hafez, *Une cerise pour couper le jeûne*
LECLAIR Bertrand, *La Villa du Jouir*
LEE Seung-U, *La Baignoire*
LEE Seung-U, *Le Vieux Journal*
LEMIEUX Anne, *Les Retranchées*
MATHIS Alexandre, *LSD 67*
MEYER Shmuel T., *La bouche ouverte*
MINIÈRE Isabelle, *Je suis très sensible*
MINIÈRE Isabelle, *On n'est jamais à l'abri d'une bonne surprise*

NADAUD Alain, *Dieu est une fiction, essai sur les origines littéraires de la croyance*
OH Jung-hi, *Le Quartier chinois*
PARAVEL Dominique, *Giratoire*
PARAVEL Dominique, *Nouvelles vénitiennes*
PARAVEL Dominique, *Uniques*
RESENTERRA Olivia, *Le Garçon*
ROSIĆ Tiodor, *La Robe de madame Kilibarda*
ROUBAUDI Ludovic, *Camille et Merveille, ou l'amour n'a pas de cœur*
SERDAN Éliane, *La Fresque*
SERDAN Éliane, *La Ville haute*
SIEFENER Michael, *Albert Dunkel, écrivain de génie, tueur en série*
STÉNUIT Marie-Ève, *Le Tombeau du guerrier*
STIBBE Isabelle, *Bérénice 34-44*
STIBBE Isabelle, *Les Maîtres du printemps*
TEYSSEYRE Michèle, *Loin de Venise Vivaldi, Rosalba, Casanova*
WAILS Stanislas, *La Maison Matchaiev*

Cet ouvrage
a été achevé d'imprimer
par CPI Firmin-Didot
le 3 août 2016
Composition et suivi de fabrication
Ateliers Graphiques de l'Ardoisière
à Bègles

Dépôt légal : août 2016
N° d'impression : 136832

Imprimé en France